ズメイは黒髪をなびかせて、後ろへ大きく跳躍する。
犬頭の怪物と距離をとった。

魔弾の王と凍漣の雪姫（ミーチェリア） 10

川口士　イラスト／美弥月いつか

Lord Marksman and Michelia

Presented by Tsukasa Kawaguchi / Illust. = Itsuka Miyatsuki

黒い光をまとった矢をガヌロンは素手で受けとめた。

「成長は認めよう。だが、
これで私を倒すつもりなら
思いあがりもはなはだしい」
ティグルは背筋を冷たい汗が流れるのを感じた

「緊張、してないか？」
ミラの脚に手をかけながら、
ティグルが訊いた。
「……少しだけ」

ダッシュエックス文庫

魔弾の王と凍漣の雪姫10

ミーチェリア

川口 士

ルヴーシュ
オステローデ
レグニーツァ
●王都シレジア
ブレスト
ライトメリッツ
ジスタート
アルサス
オルミュッツ
ボリーシャ
城砦
ムオジネル
エレシュキルト
アニエス
王都パルティア●
黄金の海

アスヴァール島
王都コルチェスター
オード
ルテティア
王都アスカニア
ブリューヌ
アスヴァール
ナヴァール城砦
王都ニース
ネメタクム
ザクスタン

リュドミラ＝ルリエ

ジスタート王国のオルミュッツを治める戦姫で『凍漣の雪姫』の異名を持つ。18歳。愛称はミラ。ティグルとは相思相愛の仲。

ティグルヴルムド＝ヴォルン

ブリューヌ王国のアルサスを治めるヴォルン家の嫡男。18歳。ベルジュラック遊撃隊の副官を務め、リュディとブリューヌのために奮戦する。

ミリッツァ＝グリンカ

ジスタート王国のオステローデを治める戦姫で『虚影の幻姫』の異名を持つ。16歳。ジスタートに帰還した。

エレオノーラ＝ヴィルターリア

ライトメリッツ公国を治める戦姫で、愛称はエレン。18歳。『銀閃の風姫』の異名を持ち、長剣の竜具、銀閃アリファールを振るう。ミラとは険悪な間柄で有名。

Character / Lord Marksman and Michelia

リュディエーヌ＝ベルジュラック

ブリューヌ王国の名家ベルジュラック公爵家の娘で、レグナス王子の護衛を務める騎士。18歳。ベルジュラック遊撃隊の指揮官を務める。

ロラン

ブリューヌ王国西方国境を守るナヴァール騎士団の団長で『黒騎士』の異名を持つ。29歳。国王から宝剣デュランダルを貸与されている。

ガヌロン

ブリューヌを代表する大貴族。約三百年前に魔物を喰らい、死とも老いとも無縁となった。よみがえったシャルルの腹心として活動する。

シャルル（ファーロン）

ブリューヌ王国を興した始祖。約三百年前の人物だが、ガヌロンのほどこした術法によって現代によみがえる。国奪りを宣言し、戦を起こす。

プロローグ

夏も半ばを過ぎて、小高い丘の斜面を埋めつくす葡萄畑には、紫色の房がいくつも垂れさがっている。朝の風に揺れる葡萄は色合いも瑞々しさも申し分なく、数日中に収穫が行われるだろうことは間違いなかった。

その葡萄畑に、ひそかに近づく者たちがいる。数は二人。いずれも四十代の男だ。

ひとりは金髪碧眼で、髭のよく似合う整った顔だちの持ち主である。紫の上着と黒のズボンという活動的な服装をしており、両眼には楽しそうな輝きがあふれていた。

もうひとりは灰色の髪と赤い瞳をしていて、悪相だった。髪は丁寧に撫でつけてあるが、肉づきが薄く、目つきが鋭いために、どんな表情をしても怪しげに見える。こちらは紫色の絹服の上に同じ色の豪奢なローブをまとい、頭に小さな帽子を載せていた。

青く晴れ渡った空の下、二人は音をたてずに、葡萄畑に迫った。

「男がひとりいるな」

葡萄畑の奥に目を向けて、灰色の髪の男がささやくように告げる。彼の視線の先には、頭部に布を巻き、土で汚れた粗末な服を着て、籠を抱えた男がいた。この畑の主だろう。

「よし、予定通りにやるぞ」

金髪の男は身を屈めると、葡萄畑に沿って右手へ歩きだした。

彼の名はシャルル。約三百年前にブリューヌ王国を興した男で、歴史上の人物だ。とある術法により、現ブリューヌ王ファーロンの身体を乗っ取る形で地上によみがえった。

灰色の髪の男の方は、ガヌロンという。正式には、マクシミリアン＝ベンヌッサ＝ガヌロンといい、ブリューヌを代表する大貴族ガヌロン家の当主である。シャルルをよみがえらせたのはこの男であった。

音をたてずに、シャルルが葡萄畑に潜りこむ。それを確認したあと、ガヌロンは正面から葡萄畑に足を踏みいれた。農夫に声をかける。

「すまない。ひとつ尋ねたいのだが、金髪の男を見なかったか？」

農夫はガヌロンを訝しげな顔で見たあと「いいや」と、首を横に振った。

「本当に見なかったのか？　四十ぐらいで、紫の上着を着た男だ」

ガヌロンは食い下がる。自分が彼の注意を引いている間に、シャルルが葡萄を失敬するという手はずだ。農夫が面倒くさそうに、眉間に皺を寄せたのを見て、内心でほくそ笑んだ。

「おれは半刻前から畑におるが、葡萄しか見ておらんでな。畑の外を誰かが歩いとってもわからんよ。それに、まわりを見てみい。隠れられるところなんてそこらじゅうに――」

農夫がぐるりと周囲を見回し、ある一点を凝視する。

「盗人かっ」

大声をあげた農夫を見て、ガヌロンはローブの裾をすばやくひるがえした。苦虫(にがむし)を嚙(か)み潰したような顔で駆けだす。五十アルシン（約五十メートル）ばかり走ったところで、隣に笑顔のシャルルが並んだ。農夫の怒声を浴びながら、脱兎(だっと)のごとく走る。

草原を一ベルスタ（約一キロメートル）ほども駆けて、二人は足を止めた。シャルルが草の中に寝転がって、見せつけるように右手を持ちあげる。そこには一房の葡萄があった。逃げる際にしっかり奪(と)ってきたらしい。

「いただくものはいただいたから、失敗ではないというところかな」

「二度とやらんぞ」

ガヌロンは仏頂面(ぶっちょうづら)で応じた。

「何だ、楽しくなかったか？」

訊きながら、シャルルは葡萄を一粒ちぎって口に運ぶ。皮ごと咀嚼(そしゃく)して、目を丸くした。

「甘いな。このあたりの葡萄はもっと酸(す)っぱかった気がしたが」

「昔はそうだった」と、ガヌロンが答える。

「たしか、百年ほど前になるか。もっと甘い葡萄をつくろうと考えた者たちがいたのだ。三、四代かけて、いまの葡萄ができあがった」

「三、四代か。たいしたもんだ」

シャルルは感心したように葡萄を見つめたあと、新たな一粒をちぎってガヌロンへ投げた。

それを受けとったガヌロンは、皮を剥いて口の中に入れる。皮は地面に放った。捨てたように見えるが、そうではない。妖精や精霊といった見えざるものたちへ与えたのだ。

「昔はよくやったよな」

「金も食べものもないということが珍しくなかったからな」

まだシャルルがブリューヌ王国を興す前、ガヌロンをはじめとする少数の部下を率いて、戦場を転々としていたころのことだ。派手に負けてみっともなく敗走し、畑の野菜や果物を盗んで飢えをしのいだ。暇潰しや、仲間内の賭け事で盗みを働いたこともある。

「――楽しくないとまでは言わんが、容易に逃げきれると思うとな」

ぽつりと、ガヌロンがつぶやく。さきほどの問いかけへの答えだ。昔の二人なら、農夫に捕まればただではすまなかっただろう。だが、いまは違う。

「たしかに緊張感には欠けるな」

葡萄を味わいながら、シャルルは応じた。二人は黙って青空を見上げる。東に浮かんでいる小さな雲の群れがゆっくりと西へ流れていった。

「そういえば、おまえに聞こうと思っていたんだが」

空を眺めながら、シャルルが何気ない口調で尋ねる。

「どうしてランブイエで怪物たちを使った？　逃げるための穴を掘るのも、断崖で時間稼ぎをするのも、兵たちでできただろう」

　王都からやってきたブリューヌ軍をランブイエ城砦で迎え撃つにあたって、シャルルはいくつかの手を打ったのだが、その中に、断崖で敵兵の行軍を鈍らせるというものと、ランブイエ城砦の中に脱出路を用意しておくというものがあった。

　シャルルはそれらの作業を兵士たちにやらせるつもりだったのだが、自分がやるとガヌロンが言ったので、任せたのである。

「そのことか」と、こともなげにガヌロンは答えた。

「より確実にことを進めるためだ。怪物どもは疲れを知らず、不満を漏らさぬ。数は、私の力でいくらでも用意できる」

　そこまで言ってから、懐かしそうな口調で続ける。

「昔は……王国を興す前も、興してからも、大変だったろう。敵より多く兵を用意できたことなんて、数えるほどしかなかった。必死にかき集めた兵の半分が使いものにならないなんてこともざらだった。知恵を絞るだけでは足りず、幸運をあてにして戦ったこともあった」

「戦ってのはそういうもんだ。数日かけてこしらえた仕掛けが、たった半刻のにわか雨でだいなしになるなんて、よくあることだったじゃねえか」

　シャルルの声音(こわね)はどこかたしなめるふうだったが、ガヌロンはそれに気づかなかった。決意と自信をにじませた表情で答える。

「わかっているとも。だからせめて、今度の戦いでは、数が不足するという事態だけは絶対に

避けてみせる。何千でも、おまえのために兵を用意してみせよう」

ガヌロンの横顔を見るシャルルの瞳に、一瞬だけ複雑な輝きがちらついた。それは憐憫のようでもあり、寂寥のようでもあった。

「――そろそろ兵たちのもとに戻るか」

わずかな間を置いて、そう言ったとき、シャルルの顔つきは不敵なものに戻っている。

葡萄を食べ終えて、彼は勢いよく立ちあがった。二人はただの旅人などではなく、王都ニースを目指す軍の指揮官と、その副官だ。兵たちが交替で朝食をとっている間に軍を離れ、遊びというにはいささか性質の悪い息抜きをしていたのである。

「指揮官がひとりしか供を連れずに軍を離れるなど、あってはならないことだがな」

「固いことを言うなよ。このあたりを自分の足で歩くのは三百年ぶりだからな」

急ぐでもなく、のんびりとした調子で歩いて、二人は軍に戻った。

北から南へ流れる川のほとりに、軍は幕営を設置して休息している。数は約二千。シャルルに従ってランブイエ城砦から逃げだした者たちに、ガヌロンの領地であるルテティアから来た一千八百前後の兵が加わっていた。一割ほどが騎士で、他はすべて歩兵だ。

こちらに気づいた兵たちが敬礼をする。シャルルは鷹揚に手をあげて彼らに応えた。

この軍の名は、ファーロン軍である。国王軍とも呼ばれている。シャルルがファーロンの名を使い、現在の王として振る舞うことで兵たちを従えているからだ。掲げている軍旗も、ブリューヌを象徴する紅馬旗（バヤール）である。

それゆえに、兵たちの中には、シャルルとガヌロンに戸惑（とまど）いの視線を向ける者が少なからずいた。

ガヌロンがファーロン王に忠誠を誓うどころか、侮蔑（ぶべつ）の対象として見ていたことはよく知られている。その上、ガヌロンは王宮を急襲して、国王を監禁するという真似（まね）までやったのだ。並んで歩きながら談笑をするような仲であるはずがなかった。

こうした思いは、ファーロン王を実際に見たことのある者ほど強く感じている。

ガヌロンと手を結ぶ以前の国王は、温厚で落ち着きのある為人（ひととなり）をしていた。しかし、いまの国王は活動的で自信にあふれ、言動の端々（はしばし）に力強さがある。しかも、王国の宝剣デュランダルを自ら振るってみせる。もはや別人といっていい。

だが、ガヌロンとシャルルに面と向かって疑問を口にする者は、ひとりもいなかった。

ガヌロンに対する恐怖心ももちろんあるが、シャルルに接し、その言葉を聞いていると、この男についていこうという気になってくるのだ。シャルルの進む先に、自分の求めるものがあると思えてくる。幻想だとしても、それは信じるに足る輝かしい幻想だった。

兵たちをかきわけて、ひとりの騎士が二人を出迎える。年齢は三十前後、顔の線が太く、大柄で、無骨（ぶこつ）な印象を与える男だ。くせのある黒髪の下の両眼が、鈍い輝きを放っていた。ガヌロンに長く仕えている男で、名をナヴェルという。

「ご無事で何よりでございます、ファーロン陛下」

「おおげさだな。俺たちは気晴らしに歩いてきただけだ。準備は？」

「すでに隊列は整えており、いつでも出発できます。ただ、不審な出来事がひとつ」

よどみのない口調でナヴェルは報告する。

「夜が明けてから、兵を四方に放って周囲を偵察させておりました。ここから北西へ二ベルスタほど行ったところに、誰もいない小さな村がひとつ、あったとのことです」

「北西というと、俺たちが焼き払った村ではないな……」

シャルルが首をひねる。敵であるブリューヌ軍を欺くために、シャルルとガヌロンはルテティア領内にある村や集落を二十近く焼き払っていた。

「軍に襲われることを恐れて、総出で逃げだしたのではないか？」

珍しくもないという口調でシャルルは言った。だが、本気でそう思っているわけではなく、両眼には興味の色がある。はたして、ナヴェルは首を横に振った。

「報告によれば、村はほとんど荒れていなかったそうです。兵たちも、敵軍が近くまで来ている可能性を考えて念入りに調べたとのことですが、襲われたとか、慌てて逃げだしたとか、そう思える痕跡はなかったと」

「私が見てこよう」

横から口を挟んだガヌロンを、シャルルとナヴェルは同時に見つめた。

「心当たりがあるのか？」

「そんなところだ」

答えを濁したガヌロンの肩に腕をまわして、シャルルが声をひそめる。

「……あのろくでなしに仕えている使徒とやらいう連中か？」

シャルルの言うろくでなしとは、死を司り、死者の世界を管理するといわれる神アーケンのことだ。南の海の向こうにあるキュレネー王国などで信仰されている。

王の鋭さに感心しつつ、ガヌロンは苦笑を浮かべてこう答えた。

「先に出発してくれ。なに、『葡萄』にくらべれば簡単な用事だ。すぐに追いつく」

「わかった、ここはおまえに任せよう。『バヤール作戦』には遅れるなよ」

当たり前のような口調で言ったシャルルに、ガヌロンは顔をしかめる。

「何だ、その『バヤール作戦』というのは」

「帰り道で思いついた。『王都奪還作戦』じゃ面白味がないからな。ルノーがバヤールをつかまえようとした逸話に倣った」

得意そうに笑うシャルルを見て、ガヌロンは納得したようにうなずいた。

ブリューヌ王国がこの地に誕生する以前から、魔法の馬バヤールの伝説はいくつも語り継がれているのだが、そのひとつに、『ルノー王とバヤール』というものがある。

広大な領土を持ち、王を称していたルノーという男が、ある森の奥でバヤールを見たという噂を聞きつける。ルノーはこの馬を己のものにしようと兵を派遣するが、バヤールは森の中を自在に駆けて兵たちを疲れさせ、また彼らを谷や川に突き落として撃退する。

何度も兵を返り討ちにされて業を煮やしたルノーは、とうとう自身が兵を率いて森へ赴き、バヤールのあとをつけてねぐらを見つけるのだが、それはバヤールの罠だった。

バヤールがねぐらに戻ってきたところを捕まえようと、ルノーたちは待ちかまえたのだが、その間にバヤールは森を出てルノーの城を襲い、守りについていた兵たちを蹴散らし、追いだして、城を奪ってしまったのだ。

ルノーは二度とバヤールの森に入らないと誓い、樽いっぱいの干し草と林檎を用意して、やっと城を返してもらったのだった。

「ついでに言うと、これは始祖シャルルがよく使っていた作戦の名でもある」

調子に乗って、シャルルがそのように付け加えたので、ついガヌロンは皮肉を返した。

「必ず勝っていたわけではないだろうに」

「ここぞというところでは勝っていただろう」

シャルルの言葉は嘘ではない。反対したいわけでもないので、ガヌロンは肩をすくめた。

「よろしいかと存じます」

そう発言したのは、黙って控えていたナヴェルだ。すぐそばに掲げられている紅馬旗を、彼はまぶしそうに仰(あお)いだ。

「言葉を知らぬ赤子を除いて、バヤールを知らぬブリューヌ人などおりませぬ。陛下のご威光を示し、兵たちの戦意を奮いたたせるよい名かと」

ガヌロンは意外だという顔でナヴェルを見た。この男は忠実で有能だが、このようなことを言う人間ではなかった。シャルルの影響を受けているのだろうか。

——だとすれば喜ばしいことだ。

シャルルたちに背を向けて、ガヌロンは歩きだした。

「行ってくる」

再び軍から離れたガヌロンは、ローブの裾を風になびかせて、悠然と草原を歩く。何とはなしに空を見上げると、いつのまにかずいぶん雲が流れてきており、太陽を隠すところだった。

「一雨くるやもしれんな……」

夏の半ば過ぎであることを思えば、急に天気が変わるのは珍しいことではない。

「いまのうちに、ひとつ手を打っておくか」

つぶやき、足元の草を無造作に引っこ抜く。呪文のようなものを唱えて、手の中の草をばらまいた。そうして、何ごともなかったかのようにガヌロンは歩みを再開する。

四半刻ばかり歩みを進めたころ、灰色の雲がわだかまる空の下に、小さな建物が見えた。

「ほう」と、微量の感慨を含んだ声が漏れる。見覚えがあった。

あれは石造りの神殿だ。

約三百年前に、自分とシャルルが壊滅させた邪教徒たちの拠点のひとつだった。

約三百年前、ガヌロンは隠者だった。

生まれつき、ひとならざるものの姿を見たり、意思をかわしたりすることができた彼は、ひとと交わるよりも、山や森の中でそれらと触れあうことを選んだ。

歌を好む鳥の妖精シレーヌや、あらゆる言葉を操る狼の精霊ルー、いたずら好きの小人リュタンらと戯れながら、神と呼ばれる存在に近づきたいとひそかに願っていた。

人々との交流を完全に断ったわけではなく、ときどき人里に現れては、薬草の束を置いていったり、病人を診たりした。そんなガヌロンを、賢者殿と呼ぶひともいた。

敵もいた。山や森に棲みつくガヌロンを敵視した狩人や木こり、怪しい呪術師だと決めつけた神官、得体の知れない存在だと気味悪がった者たちだ。

そうした者たちをあしらいながら、ガヌロンは日々を過ごしていた。

ある日の昼ごろ、いつものように森の中で自然の音に耳をすませていたガヌロンの前に、ひとりの男が現れた。粗末な革鎧を身につけ、腰に剣と矢筒を下げ、弓を背負い、手に大振りの鉈を持っている。旅人というには汚れすぎていた。野盗かと、ガヌロンは思った。

この男こそ、シャルルだった。

「おまえさんか、このあたりで有名な賢者というのは」

「人違いだろう」

ガヌロンのそっけない返答を無視して、シャルルは気さくな調子で聞いてきた。

「なあ、このあたりで暴れまわっている邪教の信徒たちのねぐらを知らないか」

「なぜ、やつらのねぐらをさがしている？」

尋ねると、シャルルは自分が傭兵であることを告げた。この一帯を治めている豪族に雇われており、彼に敵対している邪教徒の集団を殲滅（せんめつ）するのが目下の仕事だと。

「……案内だけならしてやる」

邪教徒と呼ばれる者たちの拠点をガヌロンが知っていたのは、彼らに敵視され、何度か襲われたことがあったからだ。彼らの動きをつかんで戦いを避けるために調べたのだったが、この傭兵が邪教徒たちを追い払ってくれるなら、願ってもない話だった。

ガヌロンは邪教徒たちの拠点にシャルルを案内したが、それだけではすまず、彼らとの戦いに協力させられた。それがかたづくと、引きずられるようにして町に連れていかれ、いくつかの事件や戦い、陰謀に巻きこまれた。

力を貸す理由はないのだから逃げてもよかったはずだが、ガヌロンはそうしなかった。

シャルルは一個の戦士としても、一軍の指揮官としても優れた力量を備えていたが、何よりその目と声には、ひとの感情を強く揺さぶる力があり、「このひとを支えてやらなければ」と思わせる雰囲気があった。

シャルルの活躍に見惚れ、ときどき見せる醜態に呆れながらも、ガヌロンは彼を支えた。

ガヌロンだけでなく、多くの者がシャルルに従った。その中には、かつてガヌロンたちと敵対した邪教徒もいた。公式の記録には残されなかったが、シャルルの最初の妻となったのは、邪教徒の娘だったのだ。

あるとき、ガヌロンとシャルルは葡萄畑から葡萄を盗んだ。上手く逃げきった二人は草むらに腰を下ろし、あるいは寝そべって戦利品を味わった。

他愛もない話をしながら、ガヌロンはシャルルに、どこで生まれ育ったのかを聞いた。ふとした興味からだったが、返ってきたのは意外な答えだった。

「ずうっと東に行くと、皆がヴォージュと呼ぶ険しい山の連なりがある。そこから来た」

「どうして、そんなところからここまで？」

シャルルは右腕をまっすぐ伸ばして空を、次いで地の果てを指さした。

「先がどうなっているのか、気になってな」

ガヌロンは首をかしげた。そんなこと、考えたこともなかったのだ。

「おまえは精霊や妖精が見えると言っていたが、はるか遠くには、おまえがまだ見たことのない精霊や妖精がいるかもしれないぜ」

「まさか」

　ガヌロンは笑ったが、このときのシャルルの言葉は、いつまでも彼の心の中に残った。

　シャルルは戦い続け、前進し続けた。彼のまわりにいる者たちの顔ぶれは、よく変わった。戦場で命を落とした者もいれば、何らかの事情によって去った者もいた。

　そうしてシャルルがブリューヌ王国を興したとき、ガヌロンは最古参の部下として、また王の腹心として、彼の傍らに立っていた……。

「――国を興してめでたしめでたしとは、ならなかったな」

　ひときわ強い風が吹いた。草花のざわめきが、ガヌロンを現実へと引き戻す。

　遠い昔を振り返っていたのは、せいぜい百を数えるていどの時間だったはずだが、見上げた空は、陰鬱な色彩をさらに強めていた。

――かつての私の心のようだ。

　そう思ってから、自分らしくないと苦笑する。首を左右に振って気を引き締めると、ガヌロンは歩きだした。ほどなく、あるものに気づいて、顔をしかめる。

　神殿を囲むように、槍のようなものが無数に乱立していた。

　よく見ると、それは槍などではなく、人間を串刺しにした二十チェート（約二メートル）ほどの長い杭だった。百を超える数の人間が無惨に殺害され、さらされているのだ。

「老若男女の区別なく、という感じだな。派手にやったものだ」

　小さな村が無人になっていたというナヴェルの報告を思いだす。神殿の前まで来ると、ガヌロンは串刺しにされている者たちを観察した。彼らの服装は一様に粗末だ。

「間違いないな。まとめてさらって、葬り去ったか」

このような真似をしたのが何ものなのか、ガヌロンはすでに見当をつけている。ただ、意図がわからない。何らかの儀式にでも使うのだろうか。

考えこんでいると、肩にぽつりと水滴が落ちた。雨が降りだしたのだ。

「さっさとすませるか」

神殿の中に足を踏みいれる。強烈な血の臭いが鼻をついた。

ガヌロンは、暗闇の中でも問題なくものを見ることができる。視線を巡らせると、床を埋めるように、数十もの死体が転がっていた。外で串刺しにされていたものと同じく、村人たちだろう。奥に目を向ければ、自然のものではない暗闇がわだかまっている。

「来てやったぞ」

無造作に告げると、言い終えるかどうかというところで異変が起きた。

暗闇の奥に篝火(かがりび)らしき炎が出現し、ガヌロンを取り巻く大気が、まるで灰が混じったかのように黒く濁りはじめる。

――瘴気(しょうき)か。

黒い大気は濃度を増しながら急速に広がって、ガヌロンの周囲を覆った。そして、正面にある闇が蠢(うごめ)いて、あるものの形を浮かびあがらせる。

それは、犬の頭部だった。犬といってもブリューヌでよく見るものではない。南の海を越えた先の大陸にいるという、鋭い輪郭を持ったものだ。

充満している血の臭いさえもかき消すほどの香油の匂いが漂ってきて、ガヌロンはローブの裾で鼻を覆う。その反応に、くぐもった笑い声が響いた。

「お気に召しませんか。ひとにはけっこう気に入られているものなのですが」

犬の頭部がたしかな厚みと形を持って、闇を突き破るように前へ出てくる。首から下は黒いローブに包まれていた。白い目から放たれる光は鋭く、尋常でない威圧感を帯びている。並の人間であれば、向かいあうだけで指の一本も動かせなくなってしまうだろう。犬の頭部を持つこの怪物は、静かなたたずまいながら、まさに恐怖そのものだった。

「アーケンの使徒の……ウヴァートだったかな。私に何の用だ」

落ち着き払った態度で、ガヌロンは呼びかける。ウヴァート——犬の頭部の怪物は、赤い舌を覗かせて笑ったようだった。

「ここまで来たのだから、おわかりでしょう」

「予想はついている。だが、ここまで来たのだ。貴様の口から聞いた方が面倒がない」

ガヌロンの身体から、黒い霧のような禍々しい瘴気があふれだす。両者の瘴気がぶつかりあうと、そこかしこで黒い火花が散った。ウヴァートが声を発する。

「我が輩(ともがら)であったセルケトが、死にました」

「魔弾の王と戦姫たちに倒されたのだろう。知っている」

知っているどころか、セルケトのもとへティグルヴルムド＝ヴォルンたちを誘導したのは他ならぬガヌロンだ。その後に繰り広げられた戦いと、結末についても、もちろん知っている。

ウヴァートが静かな口調で問いかけた。

「彼らをセルケトに会わせたのは、あなたでしょう」

「たしかに私は連中の動きをさぐっていたが、そのように受けとられるのは心外だ」

平然ととぼけてみせながら、ガヌロンは考えを巡らせる。

――この化け物が挑んでくることに驚きはないが。

もともと打算で結びついていた関係である。ガヌロンは死者をよみがえらせる方法を求め、アーケンの使徒たちは神を降臨させる場を求めた。そして、おたがいに相手の望みをかなえた以上、もはや協力しあう必要はない。

――理由は何だ。

手を組むにあたって、ガヌロンは当然ながらアーケンの使徒について調べた。

彼らにとって、死は忌むべきものではない。主の治める世界へいけるのだから。仲間の仇を討つという発想もない。さきほどのウヴァートの言葉は、でまかせだ。

「貴様の戯れ言につきあってやるほど暇ではない。さっさと本音を言え」

「せっかちですね」

首をすくめるような仕草をしたあと、ウヴァートは視線を冷たいものに変える。

「あなたがた魔物は、理(ことわり)から外れた存在です」

犬頭の怪物の声に微量の苛立(いらだ)ちが混じった。

「生者必滅(しょうじゃひつめつ)。命ある者は必ず死ぬ。あなたがたの敵である魔弾の王や戦姫たちはもちろん、神々とてその理から逃れることはできない。空に輝く星々すらも。しかし、あなたがたは違う。幾度、肉体を失おうと、時を経て必ずよみがえる。非常に不愉快です」

ガヌロンは嘲(あざけ)るように表情を歪(ゆが)めた。

「……なるほど。ようするに、私がアーケンから自由であることが気に入らないわけか」

凶悪な笑みが浮かぶ。半ばは、安堵(あんど)からのものだった。

彼らの目的が、もしもシャルルの道を阻(はば)むものであれば、何としてでも排除しなければならない。そう考えたからこそ、ガヌロンは単独でここまで来たのだ。

ウヴァートの狙いが自分だとわかった以上、何も遠慮することはない。だが、戦う前にもうひとつ聞いておくことがあった。

「メルセゲル……貴様の仲間はおらぬのか？」

ガヌロンの知るかぎり、アーケンの使徒は三体で行動している。ウヴァート、セルケト、そしてメルセゲルだ。彼らは複数で戦うということができないが、それでもこの場にいるものと思っていた。しかし、さぐってみてもウヴァートの気配しか感じられない。

「路傍の石を取り除くのに、我々は必要な手間しかかけません」

たいしたうぬぼれだ。内心でつぶやき、ガヌロンは笑った。

「泣いて感謝しろ。すぐに貴様の崇拝する主のもとへ送ってやる」

「人間らしいですね。できもしないことを堂々と口にする」

ウヴァートのまとう瘴気が渦を巻く。この怪物もまた戦闘態勢に入ったのだ。相手の動きに注意を払いつつ、ガヌロンは新たな疑問を投げかけた。

「ところで、この死体の数々は何だ。私への手土産か？」

「飾りつけですよ。ひとの世では、客をもてなす際にそうするのでしょう」

「感性が死んでいるな。死を司る神の使徒とはそういう意味か」

ガヌロンの両眼が白い光を帯びる。床に転がっていた死体の数々が、呻き、よろめきながら立ちあがった。彼の持つ、死体を意のままに操る力だ。

死体の群れがウヴァートを取り囲む。だが、彼らがガヌロンの命令に従ったのはそこまでだった。にわかに死体たちは向きを変えて、ガヌロンに襲いかかってくる。

——私の力を死体から切り離して、支配権を奪ったか。

ガヌロンは自身の瘴気を放射状に放って、死体の群れを吹き飛ばそうとした。しかし、その判断はウヴァートよりわずかに遅かった。

ガヌロンに迫っていた死体の群れが次々に破裂し、瘴気と衝撃波をまき散らす。不意を突かれて、ガヌロンはそれらをまともにくらった。

並の人間なら跡形もなく吹き飛ぶほどの破壊力だが、ガヌロンにとってはいくらか動きが鈍るていどの痛打でしかない。それでも、間断なく瘴気と衝撃波が襲ってきては、さすがに身動きがとれなくなる。ガヌロンは舌打ちをした。

「ずいぶん死体を粗末に扱うものだ」

「肉体など、魂を地上につなぎとめておくための容れ物に過ぎません。あなたがたも、穴の空いた酒瓶は打ち捨てるでしょう」

余裕を見せつけるためか、ウヴァートが軽口を返す。ガヌロンは鼻を鳴らすと、面倒くさそうに手を叩いた。それに呼応して、彼のまわりに何体もの骸骨が出現する。

骸骨たちは瘴気と衝撃波を浴びても崩れることなく、歯を鳴らしながら死体の群れにつかみかかった。ガヌロンもまた床を蹴って跳躍し、空中からウヴァートを殴りつける。竜の鱗をたやすく貫くほどの一撃だ。アーケンの使徒といえども無傷ではすまないはずだった。

不自然な静寂が両者を包む。

ガヌロンの拳をまともにくらったというのに、ウヴァートは小揺るぎもしなかった。

「こんなものですか」

ウヴァートが嘲弄する。彼の身体から放たれた黒い瘴気が帯状となって、ガヌロンの身体にまとわりついた。それを吹き散らす前にガヌロンは吹き飛ばされ、壁に叩きつけられる。壁に亀裂が走り、一部が音をたてて崩れた。

瓦礫にまみれて壁に寄りかかりながら、ガヌロンは顔をしかめる。

――何だ、いまのは。

ウヴァートを殴ったとき、ガヌロンの手に伝わってきたのは、怪物の額の感触だけだった。それが硬いのかやわらかいのかまるでわからず、拳を押しこむこともできなかった。

――知らず知らず、感覚を狂わされた……というわけではなさそうだな。

自分の身体の具合を確認してみるが、異常はない。ウヴァートが、その身に何らかの術法をほどこしていると考えるべきだろう。その術法の正体を突き止めなければならない。

ずれかけた帽子の位置を直して、ガヌロンは立ちあがる。ローブの汚れを手で払い落としながら、世間話でもするような口調でウヴァートに尋ねた。

「貴様、殴りあいは好きか？」

「いいえ、まったく」

「それはよかった」

にこやかに言葉を返すと同時に、ガヌロンが動く。次の瞬間には、彼の身体はウヴァートの眼前にあった。怪物の鼻面を狙って、左から右へ、腕を振り抜こうとする。ところが、ウヴァートの顔に触れたところで、ガヌロンは動きを止めた。正確には、振り抜けなくなった。

「好きではないと申しあげたはずですが」

　ウヴァートが首を動かして、口を大きく開ける。肉の潰れるような音とともに、ガヌロンの右腕が半ばから食いちぎられた。断面から、赤い血ではなく、黒い瘴気がほとばしる。

　ガヌロンは体勢を崩して倒れたが、そのまま床を転がって相手から距離をとった。ウヴァートが口の中に残った右腕を吐きだして、ガヌロンに笑いかける。

「教えてあげましょう。私が好きなのは、こういうものです」

　ウヴァートの周囲に転がっているいくつもの死体が、いっせいに黒い塵と化す。それらは渦を描きながら彼の頭上へ舞いあがり、漆黒の円環を作りだした。そして、円環の奥から、白い輝きを放ち、霧のようにゆらめく巨大な髑髏が現れる。

　髑髏の口から、背筋が震えるような怨嗟の声が漏れた。ウヴァートが口を開く。

「これは、あなたに殺されてきた者たちの魂を集めて形にしたものです。感じるでしょう、魂に残された恨み、怒り、憎しみを」

　白い髑髏が空中を泳ぐように突き進んで、ガヌロンに襲いかかった。

　ガヌロンはその場から動かず、肘までしかない右腕をまっすぐ前に突きだす。その断面から流れでていた瘴気が、急速に寄り集まって肘から先を形作った。そうしてできた手で、ガヌロンは自分に迫る白い髑髏を受け止める。あっさりと、握り潰した。

「私に殺された者たちと言ったが……」

　虚空に溶けていく白い輝きを一瞥もせず、ガヌロンはウヴァートを睨みつける。

「たとえ百万、千万いようと、塵芥(ちりあくた)に過ぎぬ。そのようなものを投げつけて、私をどうにかできるとでも思ったか。幼児の投石にも及ばぬわ」

「あなたを人間扱いしてしまったのが間違いでしたね」

自分の失敗を認めるように、ウヴァートは首をすくめる仕草をした。

「人間でありながら人間ではなく、魔物でありながら魔物ではない。そういう中途半端な存在であるとわかっていたつもりですが」

「己の未熟さがようやくわかったか。いまなら見逃してやらぬでもないが」

傲岸不遜(ごうがんふそん)な態度で笑いかけるガヌロンに、ウヴァートはわざとらしく首をかしげる。

「逆ではありませんか。あなたに私を傷つけられるとでも？」

「たったいまの言葉を訂正しよう」

できたばかりの黒い右腕を振りながら、ガヌロンは笑みを消した。

「貴様は未熟なままだ」

三度、ガヌロンはウヴァートに接近する。跳躍して、相手の頭上から襲いかかった。だが、ウヴァートはそれを待っていたかのように動く。瞬時に頭部を巨大化させて、ガヌロンに噛みついた。鈍い音が響いてガヌロンの腰が食いちぎられ、上半身が怪物の顎の中へと消える。

「愚かな半人半魔(はんじんはんま)め。黙って何度も殴らせてやると思ったか」

ガヌロンの身体を念入りに咀嚼しながら、ウヴァートは口調を変えて勝ち誇った。

直後、その背中を一条の閃光が襲う。尋常でない衝撃がウヴァートを穿(うが)ったはずだが、犬頭の怪物は何ごともなかったかのようにローブの裾を揺らし、悠然と背後を振り返った。

ひとりの人間が立っている。黒い仮面で頭部を覆った女性だ。

仮面は両目と口の部分にのみ細い隙間があり、左半分には竜が彫られている。仮面の後ろからは、長い黒髪が腰のあたりまで伸びていた。身体の曲線がわかるような黒い服を着て、その上に外套(がいとう)を羽織(はお)っている。そして、右手に槍を持っていた。

「あなたのことは知っています。人間の死体に憑依(ひょうい)する力を持つ魔物、ズメイですね」

白い目を細めて、ウヴァートが女性――ズメイに笑いかける。魔物をことごとく滅ぼそうと考えていた彼は、当然というべきか他の魔物についても一定の情報を得ていた。彼にその情報を与えたのはガヌロンだったが。

「もしかして、仲間を助けに来たのですか？　だとすれば遅すぎました」

ズメイは言葉を返さず、無造作な足取りで距離を詰める。槍をかまえた。

石突(いしづ)きに七つの宝石を埋めこみ、漆黒の柄に白銀の弦を巻きつけ、黄金の穂先を備えた、芸術品と見紛(みまが)うつくりの槍だ。見る者を怯ませずにはおかない、荘厳(そうごん)な雰囲気をまとっている。

グングニルというのが、槍の名だった。

ウヴァートは槍を一瞥し、哀れむような視線をズメイに向ける。

「その槍が私に効かないのはもうわかったはずでは？」

ズメイは答えず、果敢にも正面から踏みこむ。すさまじい速さで槍を繰りだした。ウヴァートは避けようとせず、身体で受けとめる。ズメイの槍はウヴァートの目を打ち、鼻先を打ち、喉や胸元を打っては閃光をまき散らしたが、この怪物を傷つけることはできなかった。

それでもズメイは、己の技巧をすべて試すとばかりに、さまざまな角度から攻めたてる。上から振りおろし、横から薙ぎ払い、下から打ち据え、正面からえぐるように突きこんだ。人間であれば、否、魔物であっても、これほどの攻撃には耐えられないだろう。

だが、ウヴァートは薄笑いさえ浮かべて立っている。

「そんなに踊りたければ、相手を用意してあげましょう」

ズメイの周囲の大気がかきまわされ、十もの死体が立ちあがった。死体に囲まれてもズメイは動じる様子を見せなかったが、なぜかグングニルを真上に投げ放つ。

耳をつんざくような破壊音とともに、天井が大きく穿たれた。ほとんど同時に死体が次々に破裂して、瘴気と衝撃波がズメイを襲う。ズメイ自身は傷を負わなかったが、つけていた仮面が吹き飛んで床に落ち、甲高い音をたてた。

二十代半ばの美女の顔が、露(あら)わになる。一見、何の感情もうかがえない人形のようだが、両眼には凍てつきそうな冷ややかさがにじんでいた。

ズメイの右手が光り輝いて、グングニルが現れる。この槍は、手放してもすぐに使い手のもとへ戻ってくるのだ。

「よく気づきましたね」

ウヴァートが賞賛の言葉を贈る。ズメイを囲んだ十の死体は、囮だった。そちらに注意を向けさせておいて、天井に漆黒の円環を生みだし、魂の集合体をぶつけるつもりだったのだ。しかし、ズメイはそれを読み、死体の群れを放っておいて天井からの攻撃を消し去った。

「さて、次は何をしてきますか？　その槍だけがあなたの力ではないでしょう」

ウヴァートがそう言うと、ズメイは黒髪をなびかせて、後ろへ大きく跳躍する。犬頭の怪物と距離をとった。ウヴァートは訝しげな顔をする。

「まさか、もう諦めてしまったのですか？　仲間の仇を討ちに来たのでは？」

床に転がっていたガヌロンの下半身を、ウヴァートは爪先で蹴った。それだけで、下半身は砂でできていたかのように崩れ去る。あとには黒い灰だけが残った。

「貴様が滅ぶ前に、二つ教えてやる」

槍を下ろして、ズメイが淡々と言葉を紡ぐ。

「仲間の仇を討つなどという発想は、私にはない。これがひとつ」

その台詞を、ウヴァートは半ばまでしか聞いていなかった。ガヌロンの下半身であった黒い灰が、音もなく動きだしたからだ。ズメイが続ける。

「もうひとつ。コシチェイは滅んでいない」

コシチェイというのは、約三百年前にガヌロンが喰らった魔物の名だ。それゆえに、魔物たちは彼を人間の名では呼ばず、そのように呼んでいる。

ウヴァートが呻いた。ズメイの言葉に驚いたのではない。彼の顎が、見えざる力によって上下に引っ張られているのだ。ウヴァートは必死に抵抗を試みているようだったが、軋むような音をたてて、怪物の顎は徐々に引き裂かれていく。

異変はそれだけに留まらなかった。ウヴァートに操られていた死体の群れが、糸の切れた人形のように次々と倒れる。犬頭の怪物の目に、隠しきれない動揺が浮かんだ。

「もはや、貴様が自由にできる骸はひとつもないぞ」

苦しげに顎を震わせるウヴァートの喉の奥から、楽しげな声が発せられる。その声はウヴァートのものではなく、ガヌロンのそれだった。

「貴様ごときにかじられたていどで、私が滅ぶと思ったか。これから三つ数える。その間に貴様の手品を見せてみろ。なに、失敗しても死ぬだけ、貴様にとっては主のもとへ逝くだけだ。むしろ恩恵であろう？」

その挑発に抵抗する意志を失ったのか、ウヴァートの両眼に宿る白い光が力を失っていく。それを感じとっていながら、ガヌロンは「一、二」と、ことさらにゆっくり数字を数えた。

「――三」

ガヌロンが言うと同時に、それまで黙っていたズメイが槍を一閃させる。一切の攻撃を受けつけなかったウヴァートの首から上が、粉々に吹き飛んだ。彼のまとっていた黒いローブが、音をたてて床に落ちる。中身などはじめからなかったかのように。

ウヴァートが滅んだのを示すように、黒いローブが色を失って灰のように崩れだす。その下から黒い瘴気が広がりはじめた。

瘴気は、ガヌロンの下半身だった黒い灰と溶けあい、螺旋(らせん)を描きながら宙に舞いあがって、ひとの形をとる。瘴気と灰の集まりに色がつき、輪郭が刻まれ、ガヌロンの姿となった。紫色の絹服とローブまで元通りだ。

「おっかない真似をする。私まで滅ぼすつもりか？」

復活を果たしたガヌロンは、ズメイを軽く睨みつけて抗議する。ズメイは取りあわず、率直に疑問をぶつけた。

「この犬の不死身の理由は何だ」

「死体だ」

崩れ去っていく黒いローブを見下ろしながら、ガヌロンは説明を続ける。

「あらかじめ選んでおいた死体に、自分の身体が受けた熱や痛み、衝撃をことごとく移して身代わりとする。種を知ってしまえば、どうということはない手品だな」

「この犬は死体を操り、使い捨ての武器にまでしていただろう。そうはさせまいと、こちらが死体を残らず吹き飛ばしたら、不死身を維持できなくなる」

神殿の中に散らばる死体の数々を見回して、納得しかねるというふうにズメイが言った。他に隠していることがあるのではないかと、ガヌロンを疑っているのだ。

ガヌロンは、愉快そうな笑みを浮かべて口の端を吊りあげる。

「それが狙いだ。こいつが身代わりとして選んだ死体は、地下深くに転がっていた。ここと、外で串刺しにされている死体は、言うなれば、不死身の正体を隠すための目くらましだ」

ガヌロンがそれを突き止めたのは、上半身をウヴァートに食われたあとだ。やられたふりをしてウヴァートの意識から自分の存在を消し、ズメイにウヴァートを攻撃させることで、彼の不死身の力がどのように働いているかをさぐった。

ちなみに、ズメイに協力を頼んだのは、この神殿に来る前だ。アーケンの使徒が待ちかまえていることは予想していたので、話を持ちかけたのである。

ズメイにとっても、アーケンの使徒は目障りな存在だ。ガヌロンに利用される形なのは気に入らないだろうが、単独で戦う場合にくらべて手の内をさらさずにすむ利点もある。また、ガヌロンが提示してきた見返りは、それなりに魅力的なものだった。

そのような事情から、ズメイはガヌロンの頼みに応じたのであった。

「地下深くに転がっている死体とやらを、どうやってさがしだした？　この犬も、簡単に発見されぬよう、何らかの術法をほどこしていたと思うが」

ズメイの視線が鋭さを増す。この魔物は、当然ながらガヌロンを信用していない。

「さがしだしてなどおらぬ。知っていたのだ。三百年ばかり前にな」

ガヌロンの口元に浮かぶ笑みが、いくらか皮肉な色を含んだ。ズメイに背を向けて、彼は神殿の出入り口へ歩きだす。

「昔、ここは邪教徒の拠点だった。死んだ仲間を地下深くに弔う風習があってな。それを覚えていたので、精霊や妖精を向かわせて確認したら、思った通りだった」

「精霊や妖精を向かわせたのは、貴様の気配をアーケンの使徒に気取られぬためか」

「他にどんな理由がある」

背を向けたまま、ガヌロンは訝しげに尋ねる。ズメイの口元に皮肉めいた笑みが浮かんだ。

「精霊や妖精を使役するのは、人間の力だ。いまさら人間を気取るのかと思ってな」

「貴様こそ、ずいぶん人間らしくなったものだ」

ガヌロンが冷笑を返す。だが、舌戦を続ける気まではないようで、すぐに話題を変えた。

「そういえば、ムオジネルは動くのか？」

ズメイはアジ・ダハーカという名の占い師として、ムオジネル王国の王族ハーキムに仕えている。十数日前、ガヌロンはムオジネル軍を動かせないかとズメイに聞いたことがあった。

流血は、夜と闇と死の女神ティル＝ナ＝ファへの供物である。女神の降臨は魔物たちの悲願であり、流れる血の量が多いほど降臨はたしかなものとなるはずであった。

「気になるのなら、自分の目でたしかめたらどうだ」

言葉と同時に、ズメイの気配が消える。歩みを再開しながら、ガヌロンは思案にふけった。

今回、ガヌロンが見返りとしてズメイに用意したのは、ティル＝ナ＝ファを地上に降臨させるための場所だ。ガヌロンもティル＝ナ＝ファを降臨させるべく手を尽くしてきたが、それは魔物としてではない。人間として、シャルルの復活を願ったからだった。

だが、シャルルはアーケンの使徒の力を借りてよみがえった。もはやティル＝ナ＝ファは必要ない。ズメイに譲ってしまってもかまわなかった。

――それに、アーケンの使徒はあとひとり残っている。

ティル＝ナ＝ファを降臨させる地は、アーケンを降臨させる地としても適している。ガヌロンがそのような場所を選んで、形を整えたからだ。

アーケンの使徒は、その地を己のものとすべくズメイと争ってくれるだろう。そうして生き残った方をガヌロンが滅ぼせば、シャルルにとって厄介な存在はいなくなる。

神殿を出ると、霧のような雨が静かに降っていた。雨の冷たさや空の様子から、あと一刻はやまないだろうと推測する。約三百年前、山や森で暮らしていたころに培ったものだ。

――後顧(こうこ)の憂(うれ)いは断った。軍も、それほど先に進むことはできぬだろう。ゆっくり戻るか。雨がやむころに、軍に合流できればよい。ガヌロンは悠然と歩きだした。

ガヌロンの屋敷は、彼の領地であるルテティアの中心都市アルテシウムにある。

いま、その屋敷の一室に侵入者の姿があった。

黒いローブに身を包み、同じ色のフードを目深にかぶって顔を隠している。顔のつくりも、身体つきもわからない。ただ、異様なまでの威圧感を放っていた。

アーケンの使徒の最後のひとりとなったメルセゲルである。

彼がいるのは、ガヌロンの私室だ。大貴族らしく豪華な調度(ちょうど)で飾りたてられた部屋だが、それらしく見せるために配置したかのような、どこか作りものめいた印象がある。例外は、壁にかけられた始祖シャルルの肖像画ぐらいだろうか。

メルセゲルの関心は、円形のテーブルの上に置かれた小さな箱に向けられていた。ブリューヌのものではない独特の装飾がほどこされ、ふたにキュレネー王国の文字が綴(つづ)られた箱だ。

「罠か……」

メルセゲルはローブの隙間から細い腕を伸ばして、箱に触れる。その瞬間、あたかも彼の手を拒むかのように、黒い火花がいくつもほとばしった。だが、メルセゲルはかまわず箱をつかんで持ちあげる。その手が淡い光を帯びると、黒い火花は吹き散らされて沈黙した。

「あの半人半魔らしい小細工だ」

この箱には二つの悪質な罠が仕掛けられていた。ひとつは、箱に触れると黒い火花を発するものだ。火花は、人間であれば触れた瞬間に即死するほどのすさまじい威力を備えていた。

もうひとつは、最初の罠を解除することが引き金になっており、箱それ自体を粉々に吹き飛ばすものだ。箱を手に入れようとするなら、最初の罠にあえてかかる必要があった。

「――よくやった、ウヴァート」

淡々とした口調で、メルセゲルはついさきほど滅び去った部下を賞賛する。

「偉大なるアーケンが降臨すれば、この大地は冥府の一部となる。すべてが等しく死を迎え、神のもとで永久の安寧を得るのだ。このメルセゲルも遠からず使命を果たし、はるかな眠りの旅へ向かおう」

この箱はアーケンの使徒たちのものであり、死者をよみがえらせる力を持つ。ガヌロンは、アーケンの使徒たちからこの箱を借りてシャルルをよみがえらせたのだが、そのあと、箱を返さずに厳重な封印をほどこし、罠を仕掛けた。

メルセゲルにとって、封印を解くのは難しくない。だが、彼にはガヌロンに気づかれぬようことを運ぶ必要があった。そこで、彼はウヴァートを差し向けたのだ。

メルセゲルの姿が音もなくかき消える。

あとには、はじめから誰もいなかったかのような無人の部屋が残された。

1　転進

強烈な夏の陽射しに頭と首筋を炙られながら、ティグルことティグルヴルムド＝ヴォルンは胸のあたりまで川に浸かっていた。身につけているものは腰巻きだけだ。

隣には、テナルディエ家の嫡男であるザイアン＝テナルディエがいる。こちらも同じく腰巻きだけの姿で川に浸かり、苛立ちを隠さず、まっすぐ前に延びた水面を睨みつけていた。

草原を貫くように流れているこの川は、それほど大きなものではない。だが、二人の若者が並んで泳げるぐらいの幅は充分にあった。

川の両脇には兵たちが押しあうように集まって、口々に応援の言葉を投げかけてくる。昨日まで落胆していたり、不満そうにしたりしていた者も、好奇と期待の表情を浮かべていた。

——負けるわけにはいかないんだが……。

首筋に水をかけながら、ティグルは今朝のことを思いだしていた。

レギン王女が庶子の王子バシュラルとの戦いに勝ち、王都ニースに凱旋を果たしたのは、二十日近く前のことである。そのときまで、王都はガヌロン公爵の支配下にあったのだが、レギンの勝利を知った彼は、王都を捨てて、己の領地であるルテティアへ逃げ去った。

ただし、ガヌロンはひとりで逃げたのではない。監禁していたファーロン王とベルジュラック公爵を人質として連れていったのだ。

レギンは王都の治安回復に努めながら、王と公爵を救うべく、軍の編制を命じた。

そこへ、始祖シャルルを名のる男がガヌロンとともに現れたのである。

シャルルはファーロンの肉体を借りて現代によみがえったと告げ、王国の宝剣であるデュランダルを奪い、『黒騎士』の異名を持つロランを退けた。そして、この国を奪うと宣言し、ベルジュラック公爵の首を置いて去った。

レギンの受けた衝撃、驚愕と動揺は尋常なものではなかったが、彼女は気力を奮い起こし、あらためてガヌロンを討つことを明言した。ルテティアへ向かう軍の指揮は、ティグルとザイアンの二人が執ることに決まった。それぞれ約一万の兵を率いるという形だ。

ティグルたちは、シャルルに奪われたランブイエ城砦を奪還し、そこを拠点としてルテティアに攻め入るつもりだった。

だが、シャルルは城砦に火を放って逃げたのである。

川は近くになく、城砦内部の井戸は潰されていた。城砦を包む猛火に対して、客将である戦姫リュドミラ＝ルリエは懸命に冷気を浴びせかけ、兵たちも必死に土をかけたが、火が消えたとき、もはや城砦は使いものにならなくなっていた。

誰もが疲れきった顔で肩を落とし、とても勝者には見えなかった。

ブリューヌ軍は焼け落ちた城砦から離れたところに幕営（ばくえい）を築くと、数日かけて兵を休ませ、戦後処理をすませた。

そして今日の朝食後に軍議を開いて、どう動くべきかを決めることにしたのだ。

早朝、ティグルは軍議の前に、ミラ――リュドミラ＝ルリエとともに馬を走らせて、焼け落ちた城砦を見に行った。

ティグルの懸念は、この城砦から逃げていった敵の動きがわかっていないことだ。今日までに何度か偵察隊を放ったのだが、足取りをつかめずにいる。敵の狙いがわかるような何かが残っていないか、煤まみれの城砦を見てまわりながら、懸命に考えを巡らせた。

ふつうに考えれば、次の戦いに備えてルテティアへ引き返したのだろう。しかし、事前に調べたかぎりでは、ルテティアには二千前後の兵しか残っていないという。

ガヌロンたちはファーロンの名を使って、レギンが偽り（いつわ）の王女であると主張し、自分たちに味方するよう諸侯へ呼びかけている。だが、いまのところ応じた者はごくわずかだ。仮に四千から五千ていどまで戦力を増強できたとしても、ルテティアを守るのさえ難しい。

レギンには、テナルディエ公爵とベルジュラック公爵夫人が従っている。ブリューヌを代表する大貴族であるこの二人がレギンを支えているかぎり、ほとんどの諸侯はガヌロンたちへの協力を拒むだろう。

加えて、諸侯の多くは、ガヌロンがファーロンに従っている図に違和感を抱いている。もしもガヌロンがファーロンを傀儡としているのであれば、ファーロンのもとに走ったつもりで、ガヌロンに従うことになりかねない。彼らはそれを警戒しているのだ。

国外からの支援も、ガヌロンたちは期待できない。ジスタート、アスヴァール、ザクスタンの三国はレギンに協力している。国王を病で失ったムオジネル王国は内部で争っており、ブリューヌに干渉する余裕はないだろう。

一方、自分たちは、行軍中のさまざまな妨害や、ランブイエを巡る戦いで死傷者を出したものの、まだ約二万の兵をそろえている。食糧と水も確保できている。

ランブイエ以外の城砦を拠点とし、ルテティアの主要な町や都市をおさえていくことが可能なのだ。シャルルの行動は時間稼ぎにしかならない。

──時間稼ぎか……。

もしもシャルルが数日の猶予(ゆうよ)を得たら、それをどう活かすだろうか。自分たちをルテティアの奥まで誘いこんだところで劣勢を覆すことはできないと、わかっているはずだ。

──少ない手勢で勝たなければならないとなれば、よほどおもいきった手を打つしかない。

シャルルは、王都に乗りこんでレギンを討ちとるつもりだ。

むろん、こちらも敵の奇襲を警戒して、ロランの他に、アスヴァールのギネヴィア王女と、三人の戦姫に王宮を守ってもらっている。エレオノーラ＝ヴィルターリア、オルガ＝タム、エリザヴェータ＝フォミナはいずれも優れた戦士だ。魔物と戦った経験があるのも心強い。

──だが、ガヌロンは俺とミラ、リュディの三人がかりでもあしらわれた。

ガヌロンがロランと戦姫たちを足止めして、その間にシャルルがレギンを討ちとるというのは考えすぎだろうか。

傍ら（かたわ）にいるミラに相談すると、彼女は厳しい表情になった。

「ありえる……いえ、あなたの考えている通りだと思う。ただ、説明して他のひとにわかってもらえるかといったら、難しいわ。敵のそれらしい動きでもつかんだならともかく、きっとそう動くだろう、ではね」

「とにかく軍議の席で話してみよう。急いでニースに引き返すようにと。それに、兵の士気についても何とかしないとな」

ランブイエ城砦の奪還に失敗したからか、兵の士気は低い。次の戦いがはじまる前に、指揮官として手を打たなければならなかった。

その後、二人は幕営に戻り、軍議に参加した。

出席者は七人。ティグル、ミラ、リュディことリュディエーヌ＝ベルジュラック、ザイアン、オリビエ、デフロット、サイモンである。

オリビエはナヴァール騎士団の副団長であり、ティグルが率いるヴォルン隊の兵のまとめ役を務め（つと）ている。デフロットはラニオン騎士団の団長で、ザイアンが率いるテナルディエ隊の副官だ。サイモンは、ヴォルン隊の指揮下にあるザクスタン傭兵隊の隊長だった。

はたしてミラの懸念した通り、はじまって間もないうちに軍議は行き詰まった。ティグルとザイアンの考えが真っ向から衝突したのだ。

ティグルは撤退を、ザイアンは前進をそれぞれ主張して、譲らなかった。

「我々の目的はルテティアを攻め、ガヌロンを討つことだ。城砦を焼かれたのはたしかに面白くないが、戦いを諦めるほどの痛手ではない。他の城砦や町を拠点にすればいい」

地面に敷いた絨毯を叩いてザイアンが力説すれば、ティグルも身を乗りだして反論する。

「そのガヌロンが、ルテティアで待ちかまえているという保証はない。ルテティアそのものを餌として俺たちを誘いこんでいる可能性がある。このまま進むのは危険だ」

「自分の領地を餌にする貴族などいるか！　やつらがランブイエを焼いたのだって、もともと自分のものではないからだ。田舎貴族の貴様には理解できないのか？　それとも予想外の行動をとられて怖じ気づいたのか？　やはり貴様は臆病者なのか、ヴォルン」

「俺のことを臆病者だと思うなら、それでかまわない。だが、ガヌロンとシャルルを俺たちの知る貴族の枠に当てはめるべきじゃない。敵はまったく違う考え方をする」

「貴様だって、昨日までは前進するつもりだったろうが」

「それは認める。考え直したのは今朝のことだ。だが、思いつきで言っているつもりはない」

ティグルが意見を曲げないと見て、ザイアンは傭兵隊長のサイモンに視線を移した。

「いま一度、偵察の結果を報告してくれ」

サイモンは配下の傭兵たちを率いて、昨夜のうちから偵察に出ていた。北にある村や集落を訪ねてまわり、敵軍の動きをさぐるつもりだったのだ。彼は憮然とした顔で言った。

「俺たちは十二の村と集落を見た。そのどれもが無人で、家はことごとく焼かれ、家畜は一頭も残っていなかった。井戸も石を投げこまれて埋まっていた」

ザイアンはティグルに向き直り、睨みつける。

「わかるだろう。敵は、あきらかに俺たちの足を鈍らせようとしている。ガヌロンの屋敷があるアルテシウムで迎え撃つために、消耗を強いているんだ。やつらは俺たちの進む先にいる。貴様の考えているようなことなどありえん！」

「俺たちにそう思わせるのが、敵の狙いなんだ」

ティグルとしてはそう主張するのが精一杯だった。

「貴様とはどれだけ話しても無駄のようだな。まったく、士気の低い兵たちも何とかしなければならんというのに……」

埒が明かないと判断したザイアンは、ミラとリュディに意見を求めた。そして、それまで黙っていたミラは、次のように提案したのである。

「ティグルヴルムド卿とザイアン卿に勝負をしてもらうのはどうかしら」

「勝った方の意見を採用するということか？　俺はかまわんが」

ザイアンは自信たっぷりに応じた。ティグルに負けることなど考えてもいない様子だ。

ティグルは不思議そうな顔でミラを見つめた。『凍漣の雪姫』の異名を持つこの想い人が、勝負事で戦略を決めるはずがない。何か考えがあるのだ。

「ザイアン卿がやるというなら、俺も受けよう」

ミラを信じて、ティグルも承諾する。

「勝負って、具体的に何をするんですか？」

そう聞いたのは、リュディだ。

「ブリューヌ貴族同士の勝負など、剣での決闘に決まってるだろう」

当然のような口調で言うザイアンに、ミラは首を横に振る。

「軽傷ですむならともかく、万が一にでもどちらかが重傷を負ったら、それこそ兵の士気に差し障りがあるわ。武器を使わない勝負にしてほしいのだけど」

もっともな話だが、ザイアンは面倒くさそうに渋面をつくった。

「こいつとなごやかにチェスや九柱戯でもしろと言うのか？」

それはティグルとしても避けたかった。チェスは父やミラに教わって親しんではいるが、強いといえる自信はない。九柱戯も同様だ。

「では、馬を走らせる速さを競うのはどうでしょうか」

リュディが意見を述べると、ミラが真っ先に賛成した。

「いいわね。あとは……そうね、暑いから水泳も組みあわせましょう。自信がないのなら他の勝負も考えるけど」

「いや、それでいい」

ミラのもの言いに自尊心を刺激されたらしい、ザイアンは即答する。ティグルも了承した。水泳は得意だ。小さなころから、故郷の川や湖でよく泳いでいる。

そして、二人はいまこうして幕営の近くを流れる川に、並んで浸かっているのだった。

「――あらためて、勝負の方法を確認するわね」

兵たちの間からミラとリュディが現れ、川岸に立ってティグルたちを見下ろす。

「まず、この川を三百アルシン先まで泳ぐ。川岸にあがって馬に乗り、ここまで戻ってくる。早く戻ってきた方の勝利よ」

「相手への妨害は失格ですよ。私たちはもちろん、兵たちも見ていますからね」

リュディが周囲をぐるりと見回し、しかつめらしい口調で言った。

「問題ない」

ティグルがそう答えれば、ザイアンも「さっさと始めてくれ」と、せかす。

「それでは――はじめ！」

ミラが叫び、二人は盛大に水をはねさせた。兵たちが歓声をあげる。

両腕で水を掻き、足で水を叩き、飛沫をまき散らしてティグルは懸命に泳いだ。

三百アルシン（約三百メートル）。矢を届かせるのならば何ということはない距離だが、泳ぐとなるとなかなか手間取る。それに、泳ぎすぎないように注意しなければならない。

まぶしい水の外と、透明な水の中が交互に視界に広がる。時折、呼吸のために顔をあげ、その一瞬で川岸の様子を確認する。まだ馬は見えない。無心で身体を動かす。休みなく泳ぎ続けて苦しくなってきたが、腕と脚の動きは止めない。ザイアンの様子を見る余裕はない。

それにしても、こんなふうに誰かと競って泳ぐなど、いつ以来だろう。

視界の端に栗色（くりいろ）の馬体が映った。水飛沫とともに身体を起こす。

すぐに泳ぐのを止めたつもりだったが、馬がいるところから二十チェート（約二メートル）先まで進んでしまっていた。頭から流れ落ちる水を拭う暇も惜しんで、川からあがる。首だけを動かして肩越しに対岸を見れば、ザイアンが馬のいるところにたどりついていた。

――勝負に乗ってきただけのことはあるな。速い。

土を蹴立（けた）てて駆けだし、その勢いを利用して馬に飛び乗る。陽射しの熱と風の冷たさを、同時に肌に感じた。盛りあがる兵たちに戸惑（とまど）っている馬をなだめて、その腹を蹴る。ザイアンもまた馬を走らせていた。

馬にはもちろん鞍が乗せてあるが、腰巻きだけの身には揺れが強く響く。ティグルは尻への衝撃に耐えながら、馬の首筋にしがみついて姿勢を低くした。振り落とされる心配がなくなったところで、ザイアンの様子をうかがう。息を呑んだ。

ザイアンは、ティグルよりも荒々しく馬を駆っていた。この勝負で潰れてしまってもかまわないとばかりに急きたてて、わずかに先行している。その分、馬体の揺れは大きかったが、歯を食いしばって耐えていた。

判断を誤ったことを、ティグルは認めた。

この勝負だけを考えるならば、ザイアンのように馬を操るべきだったのだ。

これが生き死にのかかった戦場であれば、ティグルも考えを切り替えていただろう。だが、つい馬を大事にしていた。故郷のアルサスでは馬が貴重だからだ。

——終わるまではわからない。

両者の差はわずかだ。諦めずに、ティグルは馬を走らせる。だが、ザイアンが手綱を緩めることはなく、何らかの失敗をすることもなかった。

熱狂に満ちた叫びが二人を包む。

僅差(きんさ)で、ザイアンはティグルに勝利した。

馬から下りたティグルのもとに、数人の騎士が早足で歩いてきた。ヴォルン隊で一部隊を率いている者たちだ。ティグルはばつの悪い笑みを浮かべた。

「不甲斐(ふがい)ないところを見せてしまったな」

「そんなことはありません。負けたとはいえ、馬の御(ぎょ)し方(かた)はお見事でした」

ひとりが真剣な顔で首を横に振れば、他の騎士たちも口々にティグルを讃(たた)える。

「私は閣下の泳ぐ速さに驚かされました。勝負をわければ一勝一敗だったのに」

「ところで」と、ひとりの騎士が聞いてきた。「これは何のための勝負だったんですか？」

まさか、軍の行動を決めるためのものとは言えない。ティグルはてきとうに答えてごまかそうとしたが、口を開きかけたところであることに気づいた。

「悪いが、軍の重要な機密だ」

冗談めかした口調で答える。周囲が笑いに包まれたとき、ひとりの娘が身体を拭くための布と着替えを抱えて走り寄ってきた。リュディだ。彼女は腰に剣を吊し、また『誓約の剣(セルマーヴェ)』と名づけた長剣を背負っている。二本の剣を操るのが、いまの彼女の戦い方だった。

「お疲れさまでした、ティグル」

飛びつくように抱きついてきた彼女を、ティグルはどうにか受けとめる。嬉しそうにティグルを見つめる彼女の瞳は、右が碧、左が紅の輝きを放っていた。このように左右で色の異なる瞳を、ブリューヌやジスタートでは『異彩虹瞳(ラズィーリス)』と呼んでいる。

冷やかすような周囲の視線と口笛に、ティグルはごまかすような笑みを浮かべた。

「リュディ、ちょっとここで待っていてくれ」

ティグルは川に入り、対岸に出ると、ザイアンに向かって歩きだす。彼も自分の隊の騎士たちから称賛を受けていたが、ティグルに気づくと、勝ち誇った顔で胸を張った。

「どうした。泣き言でも言いに来たのか、ヴォルン」

ティグルは彼の前に立って、手を差しだす。おそらく、これがミラの考えていることだ。

「負けを認める。いい勝負だった、ザイアン卿」

兵たちの視線がザイアンに集中する。普段の彼なら罵声(ばせい)のひとつも吐き捨ててティグルの手を払っただろうが、いまは勝者の余裕があり、見栄(みえ)もあった。

二人は笑顔で握手をかわす。兵たちが手を叩いて褒め称えた。

†

リュディから布と着替えを受けとったティグルは、川から少し離れた木陰へ歩いていった。大雑把(おおざっぱ)に身体を拭いたあと、当然のような顔でついてきて、こちらをじっと見ているリュディに困ったような視線を向ける。

「その、何だ、見られていると服を着づらいんだが……」

「恥ずかしがることはないでしょう。ティグルの鍛(きた)えられた身体は素敵だと思います。お返しに今度、私の着替えを見せてあげますね」

いたずらっぽく、リュディが笑いかけてくる。本気で言っているから性質(たち)が悪い。たしなめようとしたとき、リュディの背後に人影が現れた。

「何を言ってるのよ、あなたは」

　呆れた声とともに、槍の穂先がリュディの頭を軽く叩く。頭をおさえる彼女の後ろから姿を見せたのは、ミラだった。蒼い軍衣を身につけ、手に竜具ラヴィアス（ヴィラルト）を持っている。

　リュディのことは無視して、ミラはティグルにいたわりの言葉をかけた。

「お疲れさま。残念だったわね」

「悔しくはあるが、納得はしてるよ」

　自分もザイアンも堂々と戦ったのだ。結果は受けいれるべきだろう。

「ところで君たちは、落ちこんでいた兵たちにやる気を出させたかったのか？」

　気になっていたことを尋ねると、ミラはくすりと笑って近くの木に寄りかかった。

「まず彼らの士気を回復させないことには、前進も後退もないでしょ」

「それに、兵たちの対立についても、いまのうちに手を打っておきたかったんです」

　リュディの言葉に、ティグルは首をひねる。対立とはどういうことだろう。

「今日までの間に、我らがヴォルン隊の兵たちと、テナルディエ隊の兵たちが、何度か衝突していたそうなんです。城砦を陥とせなかったのはどちらの部隊が悪いのかと。ようは責任のなすりつけあいですね」

　勝ち戦であっても、戦果らしい戦果を得られなかったときにはよくあることだ。リュディも最初はそう考えたのだが、念のために兵たちから詳しい話を聞いた。

「彼らと話をして、わかったことがあります。テナルディエ隊の兵は、あなたのことを弓しか使えない田舎貴族で、レギン殿下に依怙贔屓されているだけの臆病者だと思っていました」

「よく言われてることだな」

「ヴォルン隊の兵は、ザイアン卿のことを、傲慢で尊大、家柄を笠に着て威張り散らす貴族の馬鹿息子と見ていました。私はとても同感です」

ティグルは難しい表情になった。本音をいえばリュディと同じだが、指揮官という立場上、素直な反応はできない。

「我が軍は王都を発ってすぐに二手にわかれて、ランブイエ城砦の手前で合流したでしょう。そのせいで発覚が遅れたんです。これを放っておくのは危険だと思いました。この対立が足の引っ張りあいに発展する前に、兵たちにおたがいの指揮官を認めさせなければならないと」

「それで、水泳と馬か」

水遊びは平民にとって、馬を御すのは騎士にとって、それぞれ身近なものだ。力量もわかりやすい。自分たちの指揮官である貴族の若者たちが、それらで勝負をするとなれば、盛りあがらないはずがなかった。

ティグルたちは、いわば見世物にされたわけだが、そうとわかっても不快感はない。ザイアンも認識していたが、兵たちの士気を回復させるのも急務だったのだ。自分たちが勝負をするだけで解決できるなら願ってもない話だった。

「相手のことを認めれば、あるていど不満は薄れる。あなたがザイアン卿と握手したのはよかったわ。満点はあげられないけど合格点をあげる」

「厳しいな」

ミラの評価に、ティグルは肩をすくめる。もっとも、勝負が終わったあとで彼女らの意図にようやく気づいたことを思えば、減点は仕方がない。

「それにしても、これからどうする？　ザイアン卿が勝った以上、前進することになるが」

それが問題だった。ところが、ミラはとぼけた顔で言葉を返す。

「私もリュディも、勝った方の意見に従うなんて一言も言ってないわよ？」

ティグルは呆気にとられ、それから真剣な表情で記憶をさぐった。たしかに、ミラは提案しかしていない。リュディもだ。ザイアンと自分が勝手にそう解釈しただけである。

「冗談よ。ごめんなさい」

よほど深刻な顔をしてしまったらしい、ミラはすぐに訂正した。

「でも、気をつけなさい、ティグル。大事な話をしているときは、単語ひとつとっても確認しないとだめ。これはザイアン卿にも言えることだけど」

「肝に銘じておくよ……」

ため息をつく。ティグルが気を取り直すのを待って、ミラは言った。

「確実とは言えないけど、ひとつ手はあるわ。手ができたといった方がいいかしら」

「あなたががんばってくれたおかげです、ティグル」

リュディも満面の笑みを見せる。詳しく聞こうとしたとき、足音が近づいてきた。ザイアンが侍女を従えて、自信たっぷりに歩いてくる。

ミラにだけ会釈し、リュディを無視すると、彼は尊大な態度でティグルに声をかけた。

「こんなところにいたのか。負けたことが恥ずかしくて逃げたのかと思ったぞ。軍議を再開するからさっさと幕舎へ行け」

ティグルはミラたちと視線をかわすと、ザイアンに向き直る。

——手があるというのだから、あとはミラに任せるべきかもしれないが……。

その前に、もう一度だけザイアンと話しあおうと思った。

「ザイアン卿は、どうしてもルテティアへ向かいたいのか?」

その質問に、ザイアンは不機嫌そうにティグルを睨みつける。

「往生際が悪いぞ。貴様もブリューヌ貴族なら潔く負けを認め、結果を受けいれろ」

「負けは認める。だが、このままルテティアへ進めば、取り返しのつかない事態になるかもしれないんだ。ガヌロンたちが王都を攻める可能性について……」

「俺に言わせれば、ここで引き返す方が取り返しのつかない事態を招くぞ」

ティグルの言葉を遮って、ザイアンは握り拳をつくり、熱を帯びた声で続ける。

「時間稼ぎに成功したガヌロンは、俺たちを撃退したと声高に主張して味方を集め、力を蓄えるだろう。王都に引き返して、すぐに再遠征なんてできると思うか？　できるわけがない。俺たちには何の武勲もない敗軍という不名誉な烙印が押される」

話しているうちに気が昂ぶってきたのか、ザイアンは一歩、前に出た。

「ヴォルンよ、オージュールで、貴様は大きな手柄をたてたんだったな」

突然、話題が変わってティグルは戸惑いを覚えた。

バシュラルとの決戦におけるティグルの手柄といえば、近隣諸国に援軍を要請していたことだろう。ザクスタンに助けを求めたのは、ティグルの側仕えであるラフィナックと、ミラの側近であるガルイーニンの独断だが、部下の手柄は主の手柄でもある。

「あの『黒騎士』も、一騎打ちでバシュラルを打ち負かした。だが、俺には何もない。俺は貴様らのような手柄をたてられなかった。情けないことにな。俺だけじゃない、デフロットのやつもそうだ。あの戦で手柄のないやつなんて掃いて捨てるほどいる」

おさえきれない感情を吐きだすように、ザイアンは続けた。

「この遠征に加わっているやつのほとんどは、ここでどうにか手柄をたてたいと思っている。この機会を逃せば終わりだと思っている。貴様は、それを奪う気か」

「……そうだ」

ザイアンの言葉というより、その激情を受け止めて、ティグルはゆっくりとうなずく。

「手柄がほしいという気持ちは、よくわかる。俺だってそうだ」

昨年の春の、ムオジネルとの戦いを思いだす。

ミラと結ばれるために、彼女の隣に立つために、ティグルは武勲を求めた。その機会を与えられるどころか、使い潰されそうになったが、それでも諦めはしなかった。

「だが、戦そのものに負けてしまえば、どれほど大きな手柄をたてても意味がない。昨年の、ムオジネルとの戦いで、ロラン卿は単騎で戦象を打ち倒す活躍をした。あの戦いぶりには多くの兵が助けられただろう。それでも、我が軍は撤退するしかなかった」

「父……公爵閣下の指揮がまずかったとでもいうのか」

とっさに言い換えて、ザイアンがティグルを睨みつける。ティグルは首を横に振った。

「それは、俺にはわからない。竜が殺されるなんて、誰も想像しなかっただろうからな。俺が言いたいのはそこじゃない」

風が梢をそよがせる。短い沈黙を先立たせて、ザイアンはティグルに問いかけた。

「どうしてガヌロンがルテティアを守らないと思う。貴様の配下の傭兵隊が報告した通り、やつは村や集落をいくつも焼き払っているだろうが」

「ブリューヌを奪うと、シャルルは俺たちに言った。ルテティアを守っても、俺たちを撃退してもブリューヌは手に入らない。やつは、王都と殿下の御身を狙う」

「シャルルか……」

ザイアンの顔をかすかな緊張と恐怖が彩る。ランブイエ城砦で、彼はシャルルとはじめて対峙した。驚くべきことにシャルルは飛竜を恐れず、それどころか飛びかかって尻尾にしがみついてきたのだ。飛竜にどれだけ振りまわされても離れなかった。

ティグルから視線を外して、ザイアンはミラを見た。

「戦姫殿も同じ考えなのか」

「ええ」と、ミラはうなずいた。

「私なりに考えてみました。私がわずかな兵でルテティアを守らなければならなくなったとしたら、何を必要とするか……。ガヌロンにはそれがありません」

「それ、とは？」

「レギン殿下との和解です」

その言葉に、ザイアンは虚を突かれた顔になる。ミラは続けた。

「多数の兵を失った現在のルテティアで、テナルディエ家とベルジュラック家に支えられた殿下と長く戦い続けることはできません。ガヌロンが己の領地を守ろうとするなら、どこかで殿下と和解して、戦を終わらせる必要があります。ですが……」

「そうだな……。殿下は決してガヌロンを許さないだろう」

ミラが言いたいことを理解して、ザイアンはつぶやいた。

「和解が望めない以上、ガヌロンには殿下を討つ以外の選択肢はありません。ルテティアを守り抜くだけでは、それはかなわないのです」

戦姫の言葉ならば素直に聞けるらしい、ザイアンは空を仰いで唸った。そこへ、リュディが笑顔をつくって横から割りこむ。

「私の意見は聞いてくれないんですか、ザイアン卿」

ザイアンは露骨にいやそうな顔をした。彼は、王都で好き放題に遊びまわっていたころ、リュディによってたびたび痛い目に遭わされており、強い苦手意識を抱いている。

舌打ちをして、ザイアンはティグルたちに背を向けた。

「軍議の再開は明日の朝にする」

不機嫌そうに地面を踏み鳴らして歩いていくザイアンに、侍女が無言で続く。二人を見送ったティグルは、くすんだ赤い髪をかきまわしたあと、ミラたちを振り返った。

「二人のおかげで助かった。ありがとう」

「私は最初から最後まで無視されていましたけどね。なぐさめてくれてもいいんですよ？」

そう言ってティグルににじり寄ろうとしたリュディを、ミラが後ろからすばやく捕まえる。リュディを左腕だけでおさえこみながら、彼女はティグルに笑いかけた。

「あなたは休んでいて。私はさっき言った手を試してみるわ」

「わかった。手伝いが必要になったらいつでも呼んでくれ」

そして、三人は兵たちのところへ戻った。

†

テナルディエ隊に属する兵たちの忠誠心は、指揮官であるザイアンと、副官を務めるデフロットの二人に向けられている。ただし、畏敬の念となると、そこにもうひとり加わる。ザイアンに仕えている侍女のアルエットだ。

今年で十七になる彼女は、感情がないのではないかと思うほどに愛想がなく、主であるザイアンに対しても最低限のことしか話さない。

頭に布を巻き、黒い長袖の服と、足下まであるスカートという戦場には似つかわしくない格好で、幕営を平然と歩きまわっているが、男勝りというわけでもない。

彼女が兵たちから一目置かれているわけは、毎日ひとりで飛竜の世話をしているからだ。

飛竜の体躯は六十チェート（約六メートル）をゆうに超える。その巨大な身体は、鉄の刃を通さない強靱な鱗で覆われており、牙や爪は鉄塊を容易に引き裂く。獣特有の獰猛さをはらんだその両眼に睨まれれば、肝の太い大人でも動けなくなってしまうだろう。

だが、アルエットは怯えない。ランブイエまでの行軍で飛竜を見慣れた兵たちでさえ、近づくことは避けているのに、彼女は毎日、飛竜に餌を与え、身体を洗ってやっている。飛竜が気まぐれを起こして顔を近づけたり、尻尾で地面を叩いたりしても平然としていた。

いまでは、テナルディエ隊の兵の誰もがアルエットに敬意を払っている。彼女がザイアンに仕えているということもあり、余計なちょっかいを出そうという者はいなかった。

ティグルとザイアンの勝負の熱狂もいくらか落ち着いた昼過ぎ、アルエットはいつものように幕営の隅で身体を丸めて寝ている飛竜のもとへ行き、その巨躯(きょく)を洗っていた。

先端に厚手の布を何重にも巻きつけた長い棒で、飛竜の身体をまんべんなくこすり、汚れを落としていく。飛竜の鱗は硬く、表面は砂のように粗いので、一度の手入れで厚手の布を二回ばかり取り替えなければならない。

一見してのどかな光景だが、実際はそうとう危険な作業である。飛竜が時折、脚や尻尾を意味もなく動かすからだ。急に翼を羽ばたかせることもある。小動物なら微笑ましいが、飛竜がやればそれどころではない。まともにくらえば大人でも吹き飛び、骨の二、三本が折れる。

だが、アルエットは緊張するそぶりすら見せずに棒を操る。

そうして飛竜の身体の半分近くをきれいにしたころ、誰かが近づいてくるのに気づいて、アルエットは手を止めた。

「仕事中にごめんなさい。歩いてきたのはミラだ。聞きたいことがあるのだけど」

「どうぞ」

返事をしながら、アルエットは作業を再開する。ミラのことは一瞥(いちべつ)したきりで、それ以上は見向きもしない。他国の客将に対して無礼きわまりないが、ミラは苦笑ですませた。アルエットは自分の仕事をしているだけであり、邪魔をしているのはこちらだ。

「飛竜が怖くないの？」

　これが聞きたかったわけではない。彼女に興味が湧いたがゆえの、他愛(たあい)ない質問だ。

「あまり」

「もう少し詳しく聞かせてもらえると嬉しいわ。私は怖いと思うもの」

　返事はない。だが、答える気がないというわけではないらしい。ミラはせかさずに待った。しばらく、アルエットが棒を動かす音だけが響く。

「乱暴な行動と、その前兆は何となくわかります。ひとであれ、獣であれ」

　間を置いて、アルエットは付け加えた。

「この子はよく躾けられていて、むやみやたらに暴れるようなことはありません。ひとに向かって吼えることがあるのは、自分を守るためか、気まぐれか、甘えです」

「……甘え？」

　ミラは意外だという顔になる。自衛と気まぐれは理解できるが、甘えというのは考えたこともなかった。アルエットは手を止め、飛竜の顔を見上げる。

「ザイアン様にはよく甘えています」

「よく見ているのね」

　素直に感心してアルエットの横顔を見つめたあと、ミラはもうひとつ質問をぶつけた。

「あなたにとって、ザイアン卿はどんなひとなの？」

アルエットはまた考えこんだが、今度の沈黙はさきほどよりも短かった。

「この飛竜のような方です」

難解な答えだったが、ミラは内心でなるほどとうなずく。

昨年、ムオジネルやアスヴァールで会ったときにくらべて、ザイアンはいくらか変わったように思えたのだが、それにはこの娘の存在も少なからずあるのだろう。

オルミュッツ公国は以前からテナルディエ家と交流があり、それはこの先も続いていく。ザイアンがよい方へ変わるのは歓迎すべきことだった。

満足したところで、ミラは本題に入る。

「ところで、ザイアン卿が信頼しているひとについて、心当たりはないかしら。あなたでもいいけど、できれば騎士や兵士が望ましいわ」

「デフロットさまですね」

デフロットは戦場でザイアンと助けあったことがあり、今回の戦では「竜騎士の戦いぶりを近くで見るため」という理由から、力を貸すことにしたという。騎士団長だけあって兵を指揮する能力はたしかであり、ザイアンに対しても遠慮のない態度で接している。

「ありがとう。これはほんのお礼よ。受けとって」

ミラは腰に下げていた革袋のひとつを外して、アルエットに渡す。中身は蜂蜜を塗った焼き

菓子だ。親指の大きさほどのものがいくつか入っている。アルエットは棒を小脇に抱えると、

「ありがとうございます」と言って、受けとった。

デフロットにザイアンを説得させ、方針を変えさせるというのがミラの考えだ。自分やティグルが言葉を重ねるよりも効果が期待できる。

むろん、デフロットが簡単にうなずくとは思えない。だが、彼も兵の士気には頭を悩ませていたはずだ。それを解決したミラたちにまったく協力しないということはないだろう。

ミラが歩き去ったあと、アルエットは革袋を足下に置いて、作業に戻る。

しばらくして、ザイアンが姿を見せた。アルエットが挨拶すらしないことにはもう慣れているので、彼は何も言わない。飛竜を見上げて皮肉をぶつけた。

「おまえはいいよな。食って寝てるだけで、身体まで他人が洗ってくれる」

とくに反応を期待してのものではない。実際、飛竜はわずかに首を動かしただけだった。ところが、ザイアンにとっては予想外のところから反応があった。

「洗いますか」

アルエットが棒をザイアンに向ける。先端に巻かれた布は真っ黒に汚れていた。

「俺をこいつといっしょにするんじゃない」

アルエットを睨みつけたあと、いくばくかの間を置いて、ザイアンは咳払(せきばら)いをする。とくに気にしているわけではないというふうを装(よそお)って聞いた。

「ところで、俺とヴォルンの勝負は見ていたよな?」

勝負を終えた直後は昂揚感に包まれていたのと、ティグルをさがすことに気をとられていたため、聞きそびれたのだ。ティグルを見つけたあとは、それどころではなかった。

「見ました」と、いつもの調子でアルエットは淡々と答える。

「どうだった?」

感想を求められているらしいと、アルエットはようやく気づいた。

「泳いでいるときのお顔を見て、つい笑ってしまいました」

「えっ」と大声を出して、ザイアンはアルエットを凝視する。本来なら、主の顔を見て笑うとは何ごとだと怒るところだが、彼女が笑ったという衝撃はあまりに大きかった。

「笑えたのか……?」

ザイアンのつぶやきに首をかしげたあと、アルエットは作業を再開した。

†

指揮官同士の勝負から一日が過ぎて、朝を迎えたブリューヌ軍の幕営にはなごやかな雰囲気が漂っている。城砦を焼かれたことを引きずっている者は、ほとんどいなくなっていた。

ヴォルン隊の兵と、テナルディエ隊の兵とで鍋を囲む光景もちらほら見られる。

「おまえのところの指揮官もやるじゃねえか。王女様に気に入られてるだけでたいしたことはねえと思ってたが」

「そちらもな。貴族のどら息子と聞いてたが、なかなか勢いよく馬を走らせる」

そんな調子で、ひとまず仲良くやろうという者が出はじめていた。むろん、すべての兵がそうなったわけではない。だが、ティグルやザイアンを公然と侮蔑する者は大きく減っていた。


朝食をすませたティグルとミラ、リュディが軍議のために幕舎に入ると、ザイアン、オリビエ、デフロットの三人はすでに待っていた。サイモンは偵察に出ているのでいない。

絨毯の上には人数分の銀杯が置かれ、ランブイエを中心にした地図が広げられている。銀杯の中身は水で薄めた葡萄酒だ。

ティグルたちが絨毯の上に腰を下ろすのを待って、ザイアンがぶっきらぼうな口調で「はじめるぞ」と、告げる。地図を見下ろした。

「ルテティアに向かうつもりだったが、考えが変わった。ニースへ引き返す」

「昨日の今日で、なぜ方針を変えたのか、教えていただけるだろうか」

そう訊いたのはオリビエだ。昨日の勝負のあとで、ティグルとミラがザイアンとどのような話をしたのか、彼はすでに聞いている。その上でこのような質問を投げかけたのは、ザイアンの考えを確認するためだ。

ザイアンの説明は、ティグルとミラの考えを上手くまとめたものだった。オリビエは得心(とくしん)がいったという顔でうなずき、デフロットに視線を移す。

「デフロット卿のお考えもうかがいたい」

「私は指揮官殿の決められたことに従う」

大雑把な造作の顔に微笑を浮かべて、デフロットは答えた。

「オリビエ卿、もしも誰かの進言によって指揮官殿が考えを変えたとしても、それは熟慮の上での決断だ。まして、その説明に異論がないのなら従うべきだろう」

オリビエは彼に敬意を示し、無言で一礼する。ザイアンが一同を見回した。

「何か意見はあるか？」

「ひとつ提案があります」と、リュディが手を挙げる。

「やり方についてですが、半日ばかり北へ軍を進め、ルテティアへ向かうつもりだと思わせてから、一気に引き返すべきかと。そのあたりまでなら傭兵隊が偵察していますし」

ザイアンはすぐには答えず、デフロットを見た。

「敵がどこにいるのであれ、我々の動きを気にしているのは間違いないだろう。意表を突くいい手だと思われる」

「そうか。ならば、そのようにやってくれ」

兵の統率はデフロットとオリビエが行っている。それもあってザイアンは鷹揚（おうよう）だった。

「では、これで今度こそ決まりだな」

晴れやかな顔でザイアンが言ったとき、リュディが「あっ」と、小さな声をあげた。

「あの、ひとつお願いがあるんですが」

慌てた様子の彼女に、ティグルとミラも不思議そうな視線を向ける。「何だ」と、ザイアンが訊くと、リュディは地図の一点を指で示した。

「一時的に軍を離れたいんです。行きたいところがあって……」

ティグルは呆気にとられた。彼女からは事前に何の相談も受けていない。

「どこへ、何をしに行くんだ？」

尋ねると、彼女は申し訳なさそうな顔で説明した。

「ここから南東へ二、三日ほど馬で行ったところにギュメーヌという村があるんですが、そこに王宮の書庫管理官だったフィデル殿が暮らしているんです。フィデル殿は始祖シャルルについて何十年も調べていた方で、この戦いを有利に運べる話が聞けるかもしれません」

「はじめて聞いたわ」

ミラが呆れた顔になる。リュディはごまかすように笑った。

「ごめんなさい。昨日の軍議で言うつもりだったんですが、あんなことがあったのでつい言うのを忘れて……」

「軍議の前に言いなさい。もしかして、こっそり軍を離れるつもりだったの？」

ミラがそう疑うのも無理はない。何しろリュディには前科がある。彼女はレギン王女の護衛であったにもかかわらず、独断で単独行動をしたのだ。

「さすがにそれは懲りたので、ちゃんと許可をとるつもりでした」

殊勝なもの言いに聞こえるが、却下されるとは微塵も思っていない表情だ。どう言ったものかティグルが考えあぐねていると、デフロットが面白そうな顔で聞いた。

「ベルジュラック家のご令嬢は、敵が騙りなどではなく、本当に始祖だと思っているのか」

「実際に王宮で相対しましたから」

笑顔で答えたあと、リュディはすぐに真剣な表情になる。

「すでにお話ししましたが、私たちの隊は行軍中、怪物の集団に遭遇しました。敵は尋常な存在ではありません。ファーロン王に瓜二つのあの男は、本当によみがえった始祖でしょう。彼らとの戦いに役立つかもしれない情報は、どんなものでも集めておきたいんです」

幕舎の中に硬質の沈黙が舞いおりた。ザイアンが顔をしかめて尋ねる。

「公爵閣下が、ガヌロンは妖術を使うとおっしゃっていたが、そういうことか……？」

「そう考えていいかと」

リュディがそう答えると、ザイアンは苦い顔でため息をついた。信じたくはないが、父の言葉を無視することはできないというところらしい。

「ベルジュラックよ、供の者は何騎連れていく？」

「ひとりで行きます。その方が身軽ですから」

「……以前から思っていたんだが」

とうとう堪忍袋の緒が切れたというふうに、ザイアンはリュディを睨みつける。

「貴様は一応、大貴族ベルジュラック家の跡継ぎのはずだな？　その自覚はないのか？」

「失礼な。当然あるに決まってるじゃないですか」

何をおかしなことを聞くのかという顔でリュディが答えたので、ザイアンは怒鳴った。

「自覚のある者が単独で敵の領地の近くを動きまわるか！　そこの田舎貴族！　この馬鹿は貴様の副官だろう。何か言ったらどうだ」

台詞の後半はティグルに向けたものだ。ティグルは困ったように髪をかきまわす。

ザイアンの言うことはもっともだが、並の騎士がリュディについていけるとは思えない。途中で脱落してしまう気がする。

「仕方がない。俺とラフィナックが同行しよう」

「貴様も馬鹿か！」

ザイアンは激昂して絨毯を殴りつけた。

「一万もの兵を率いている指揮官と副官が、軽々しく軍を放りだすな！」

ティグルたちのやりとりに笑いを噛み殺しながら、デフロットが訊いた。

「オリビエ卿、そちらの隊をまとめているおまえさんの意見はどうだ」

不機嫌そうな顔でティグルたちを一瞥してから、オリビエは答える。

「これがまともな人間を相手とした戦なら、私もザイアン卿の意見に賛成だ。指揮官の自覚がないどころの話ではないからな。だが、我々の敵はとうていまともとは呼べない。そのことはザイアン卿もデフロット卿もおわかりだろう」

デフロットがうなずくのを確認して、オリビエは続けた。

「我が隊を襲ってきた怪物たちは、戦姫殿やリュディエーヌ殿の勇戦によって滅ぼすことができた。しかし、兵の中には、いまだ夜ごと神々に祈っている者もいる。怪物たちや、やつらを操っているだろうガヌロンに対して有効な手立てが得られるなら、私はお願いしたい」

「怪物か……」

その単語からザイアンが思い浮かべるのは、オージュールの野で戦った庶子の王子バシュラルだ。ロランとの一騎打ちに敗れた直後、彼は怪物となって空に舞いあがった。彼に飛竜ごとぶつかって、よろめかせたのはザイアンだった。

自分の銀杯を手にとって、ザイアンは勢いよく呷る。それからデフロットを見た。

「貴様の意見は？」

「私は戦うことしか知らぬし、人間との戦い方しか知らぬ。怪物は手に負えぬ」

怪物の相手は、戦ったことのある者たちに任せろということだ。

ザイアンは腹を決める。ティグルに向き直った。

「わかった。だが、貴様と、貴様の従者だけでは不安だ。もっと護衛を用意しろ」

リュディの身を気遣ったわけではなく、彼女に何かあればベルジュラック家の恨みが自分に向くのではないかという保身からの発言だったが、それにミラが応じる。

「では、私も彼らとともに行きます。それなら問題ないと思いますが」

「そうですね。戦姫殿なら私も安心できます」

リュディも笑顔でミラにうなずく。ティグルがオリビエに言った。

「俺たちがいない間、ヴォルン隊の統率はオリビエ卿に任せる。急にこんなことを言ってすまないが、ザイアン卿とデフロット卿と上手くやってほしい」

「心得たと言いたいところだが」

オリビエの声には、隠そうとしない棘がある。

「部隊長たちにはティグルヴルムド卿から説明してほしい」

ティグルは昨日の勝負のあと、自分に声をかけてきた騎士たちを思いだした。

どのような理由であれ、自分は一時的に指揮官としての責務を放り捨てるのである。彼らに頭を下げ、自分の言葉で話すべきだった。

軍議を終えたあと、ティグルは自分の幕舎に十人の騎士を集めた。それぞれ一千の兵を統率している部隊長だ。

正直に話すわけにはいかない。策略の一環としてひそかに軍から離れると告げると、半数は落ち着いた態度を見せたが、二人が不満を露わにし、三人が不安そうな視線を向けてきた。

「いつごろ戻られるんですか？」

騎士のひとりが尋ねる。「六日後には戻れると思う」と、ティグルは答えた。

「すまない。埋めあわせのしようもないが、これは勝つために必要なことなんだ。決しておまえたちを見捨てるわけじゃない」

「あなたが我々を見捨てるような人間とも、ここへきて怖じ気づいたとも思いません。指揮官と副官が離れるんですから、それだけの見返りを期待させていただきますよ」

別の騎士はそう言って、ティグルたちの行動を受けいれた。

「我が隊の美女をまとめてさらっていくんです。兵たちから恨まれるのは覚悟してください」

また別の騎士はおどけるように言って、肩をすくめる。何人かが笑った。

「赤狼の紅矢、また見せてくださいよ」

そう言った騎士は、バシュラルとの戦いのときからティグルに従っていた者だ。

ティグルはあらためて、彼らに礼を言った。

騎士たちが幕舎から去ったあと、入れ違いにミラが入ってくる。

「ガルイーニンとラフィナックが出発の準備をしているわ。四半刻後には出られるわよ」

リュディは、ベルジュラック家と交流のある騎士たちに頭を下げてまわっているらしい。ミラはその様子を少しだけ見たが、「リュディエーヌ殿が事前に許可をとったとは」と驚いた者が少なくなかったそうだ。

「毎度のことながら、君には世話をかけるな」

苦笑まじりに詫びると、ミラはティグルの前まで歩いて、上目遣いに見上げてくる。

「本当にそう思ってる？」

「当然だろう。この戦が終わったら、できるかぎりの……」

ティグルの言葉はそれ以上、続かなかった。ミラが身体を預けてきたからだ。

「だったら、いまここで、少しだけお礼をしてもらうわね」

ティグルはミラをそっと抱きしめる。服越しに彼女のぬくもりが伝わってきた。

ミラが身じろぎして、ティグルの耳元に口を寄せてくる。

「どうして私が同行を申しでたと思う？」

突然の質問に、戸惑った。ミラとの抱擁に意識が向いていたこともあり、とっさに答えが出てこない。狼狽が伝わったのか、ミラがくすりと笑う。甘い吐息が耳たぶをくすぐった。

「あなたたちだけにしたくなかったの」

身体が熱くなる。ミラが自分の首に腕をまわしてきた。その力がいつもより強く感じられたのは、思いこみではないだろう。ティグルは彼女を強く抱きしめた。

「ごめん」と「ありがとう」のどちらを言うべきか迷って、後者を口にする。

「お礼を言うようなことじゃないでしょ」

そう言ったミラの額に、ティグルは唇を押しつけた。顔を離し、今度は頬に口づけをする。ミラは目を閉じ、唇の形を整えた。

そのとき、幕舎の入り口の幕が揺れ動く。わずかな隙間から覗いた服の袖は、ラフィナックのものだ。二人は動きを止め、息を殺す。

だが、見えていないにもかかわらず何かを察したのか、ラフィナックは幕を閉じた。彼の気配がそこから動かないのは、幕舎に誰も入れないようにする気遣いだろうか。

ティグルとミラの視線がまじわり、二人は唇を重ねた。

約四半刻後、ブリューヌ軍は北に向かって行軍を開始する。

中天に向かってじりじりと上昇する太陽の下、ティグルとミラ、リュディ、ラフィナックとガルイーニンの五人は偵察隊を装って軍を離れ、南東へ馬を走らせた。

†

ティグルたちがブリューヌ軍から離れたころ、王都ニースにある王宮では、テナルディエ公爵がレギン王女のいる執務室を訪れていた。

レギンは今年で十八歳。淡い金色の髪は肩のあたりまで伸ばしており、整った容姿と華奢な身体は見る者に繊細な印象を与える。だが、父親譲りの碧い瞳には為政者に求められる冷静さと思慮深さ、意志の強さが浮かんでいた。

——昨年までは、いや、今年のはじめまでは柔弱な小娘としか思っていなかったが。

内心で王女への評価を修正しながら、テナルディエは彼女に頭を下げる。

バシュラルとの戦いからはじまった王国の混乱が、レギンを心身ともに次代の統治者として鍛えあげた。自分の視線をまともに受けとめられる者など年配の諸侯でも多くないが、レギンは少しもひるむことなく、平然とテナルディエと向かいあっている。

「テナルディエ公、火急の、それも内密の用事と聞きましたが、何ごとですか？」

声にも震えはない。強がっているふうもなければ、こちらを見くびっているわけでもない。彼女の後ろに控えている護衛のジャンヌなどは、露骨に自分を警戒しているというのに。

面倒な存在に育ったものだと思いながら、テナルディエは簡潔に告げた。

「ムオジネルに兵を動かす気配があります。いえ、おそらくすでに動かしております」

このことを知らせるために、テナルディエは急いで王宮を訪れたのだ。ムオジネルが攻めてくるとなれば、王国の南部に領地を持つ彼にとってもただごとではなかった。

レギンと、そしてジャンヌの顔が衝撃に強張る。執務室が緊迫した空気に包まれた。

「……たしかなのですか？」

レギンがそう確認したのも無理はない。ムオジネル王国は最近、国王を病で失い、内乱に突入した。他国に介入する余裕などないはずなのだ。

だが、テナルディエは首を縦に振った。

「間違いありませぬ」

「ムオジネルにはそれだけ余裕があると？」

「いえ、逆ですな」

自分の手元に届いた情報を、テナルディエはかいつまんで説明する。

国王を失ったムオジネルの王侯貴族は、次代の玉座を巡っていくつもの勢力にわかれた。とくに大きな勢力は、先代の王の弟で『赤髭(バルバロス)』の異名を持つクレイシュの派閥と、王族のひとりハーキムの派閥の二つである。

「最終的には、このどちらかが勝者になると思われます。いまのところ優勢なのはクレイシュのようですが」

「我が国を攻めようというのは、どちらの勢力ですか？」

冷静さを回復して、レギンが尋ねる。もっとも、彼女は答えを予想しているようだった。

「ハーキムです」

テナルディエの言葉に、レギンは小さくため息をつく。

「クレイシュに勝つのは容易ではなく、短期間で名声を得られないかと隣国に目を向ければ、ブリューヌの内乱は依然としておさまっていない、いまが好機だ……というわけですか」

戦場の将としてのクレイシュの恐ろしさは、近隣諸国にもよく知られている。ブリューヌも昨年の春、ムオジネルを攻めて手痛い打撃を被ったばかりだ。

「そんなところでしょう」

レギンは考えるように窓へ目を向ける。だが、彼女がそうしていたのは三つ数えるほどの短い時間だった。

「テナルディエ公、ムオジネル軍への対処はあなたに任せます」

あっさりと、レギンが告げる。テナルディエの顔に微量の驚きが浮かんだ。

彼女は他の者にこの役目を命じるだろうと思っていた。テナルディエは王女を説得して、自分に任せてほしいと願いでるつもりだったのだ。

「私でよろしいのですか？」

「何か不満でも？」

「いえ。ただちに兵を率いて、南東へ向かいます」

テナルディエはうやうやしく一礼すると、執務室を辞した。

執務室をあとにしたテナルディィエは、堂々とした足取りで王宮の廊下を歩く。気は急いているが、足を速めれば、その様子を見た者たちが余計な不安を抱くからだ。

挨拶をしてくる者たちにうなずきだけで応じながら廊下を抜けようとしたとき、横合いから声をかけられた。相手の姿を確認して、足を止める。

そこに立っているのはベルジュラック公爵夫人グラシアだった。現在のブリューヌで唯一、テナルディエと対等といっていい諸侯である。

「少し話をしませんか、テナルディエ公」

グラシアがすぐそばの庭園に視線を向ける。二人は世間話をするような間柄ではない。手っ取り早く密談をしたいということかと理解して、テナルディエはうなずいた。

半円状に花壇を配した小さな庭園は、ここ最近、手入れをされていないようで、少し荒れている。萎れた草花が放置され、雑草もかなり伸びて、見栄えを悪くしていた。レギンがこうしたことに気づいていないのではなく、人手が足りず、作業が追いついていないのだ。

「もったいないわね」と、萎れた花を指で撫でながら、グラシアが言った。

「ムオジネルに動きがあるという噂を耳にしたのだけど、何かご存じかしら」

「早耳だな」

この女も王女に劣らず厄介だ。そう思いながら、テナルディエはさきほどレギンと話したことを説明する。今日中に王都を発つと告げると、グラシアは眉をひそめた。

「あなたがムオジネル軍を撃退し、ご子息がガヌロンを討てば、テナルディエ家の権勢は比類のないものになるでしょうね。ご子息のために玉座を狙っているのかしら？」

テナルディエの妻は、ファーロン王の姪だ。息子であるザイアンには、傍系とはいえ王族の血が流れている。血筋と家柄だけを見れば、レギンの配偶者候補としては充分だ。テナルディエ家が全力で押せば、並の王族では太刀打ちできないだろう。

率直に切りこんでくるグラシアの豪胆さに感心しつつ、テナルディエは苦笑を浮かべる。

昨年までは、まさにそのように考えていた。そうすることがテナルディエ家はもちろん、自分のためにも、息子のためにもなると信じていた。

「残念だが、そのつもりはない」

グラシアは訝しげに目を細める。

「何か心境の変化でも？」

「飛竜を駆る身に、王冠は重すぎよう」

呆れた顔で、グラシアはテナルディエを見た。

「今後も、ご子息を飛竜に乗せるつもりですか」

「私が命じたことではないのでな。あれが飛竜に乗ることを望むかぎり、放っておく。公爵夫人こそ、ご令嬢をいつまで戦場に送り続けるのだ」

テナルディエとしてはそれなりの反撃をしたつもりだったが、グラシアは言葉に詰まることなく笑顔で答えた。

「公爵家を任せられそうな男をつかまえて帰ってくるまで、ですね」

「戦場は婿さがしをするところではないのだがな……」

必要な話は終わったと判断して、テナルディエは踵を返す。庭園を出た。

王都のことはレギンとグラシアが上手くやるだろう。自分はムオジネル軍に専念できる。

――胸のうちをすべて語ったわけではないぞ。

自分がムオジネル軍を撃退して王都に戻ってきたとき、もしもレギンやグラシアらに隙があれば、テナルディエは容赦なく彼女らを追い落として、己の権勢を強めるつもりだった。ザイアンが玉座につかなくとも、ザイアンの子――自分の孫がつけばいい。

そのためにも、まずはムオジネル軍を叩き潰し、当分おとなしくさせる。

胸の奥でゆらめく野心をおくびにも出さず、テナルディエは傲然と廊下を歩いていった。

テナルディエ公爵が執務室を去ったあと、レギンの後ろに控えていた護衛のジャンヌは、たまりかねたように意見を述べた。

「殿下。テナルディエ公ではなく、たとえばベルジュラック公爵夫人に任せてもよかったのではないでしょうか。テナルディエ家が親子で武勲をたてるようなことがあれば、先の戦の汚名を返上するどころか、王宮において存在感を強めることになるかと」

「そんな余裕はありません」と、レギンは首を横に振る。

「ジャンヌはクレイシュ＝シャヒーン＝バラミールについて、どのていど知っていますか？」

「不敗の名将と聞いています。一昨年、ムオジネルを攻めた東方の王国の軍勢約五万と戦象百頭を、一万に満たない兵で打ち破ったという話が有名ですが、とにかく戦場で負けたことがないと。また、先代のムオジネル王と非常に仲がよかったとも」

「ええ、恐ろしい男です。そして――クレイシュはおそらく野心家です」

レギンの言葉にジャンヌは眉をひそめたが、すぐにその意味を理解して顔色を変える。

「クレイシュがムオジネルの王となったら、いずれ我が国に攻めてくるということですか」

「私はそう思っています。敵対しているハーキムを滅ぼし、国内を安定させたあと……何年後になるかはわかりませんが、彼は兵を動かして領土を広げようとするでしょう。テナルディエ公には、いまのうちからムオジネルとの戦いの経験を積んでほしいのです」

ジャンヌは目を見開いた。あらためて主に敬愛の念を抱く。

「殿下のお考え、恐れいりました。ムオジネルのことはテナルディエ公に任せるとして、いざというときに備えて、ベルジュラック家に力をつけてもらう手立てを考えるとしましょう」

「ええ。お願いします、ジャンヌ。それにしても――」

信頼する護衛に笑いかけたあと、レギンは笑みを苦いものに変えて執務机を見る。そこには膨大な量の書類が積みあげられていた。すべて、王女の決裁を必要とするものだ。

「私ももっと経験を積まなければなりませんね……。目の前のことをもう少し速く処理できるようにならないと、先のことを考えても、時間に追われて手をつけられません」

「申し訳ございません。書類仕事についてはお力になれず……」

ジャンヌも事務処理ができないわけではないが、王女の補佐が務まるほどではない。手伝っても、かえってレギンの仕事を増やすだけだとわかっている。

「ありがとう、ジャンヌ。護衛としてのあなたは頼りにしていますよ。陛下がニースから逃がした官僚たちがもっと戻ってくれれば、だいぶ助かるのだけど」

ジャンヌをなぐさめるために、思ってもいないことをレギンは口にした。

春ごろ、ガヌロンの襲撃を予測していたファーロン王は、宰相のボードワンなど主だった者たちをひそかに王都から逃がしていた。そのうちの何人かはレギンが王都を奪還したと聞いて戻ってきたのだが、まだ半数以上が行方知れずとなっている。

生きていてほしいと願いながらも、彼らの生存について、レギンはほとんど諦めていた。

彼らのことを思い、父と彼らがこの部屋で政務を処理していた過去を懐かしみながら、レギンはいちばん上の書類に手を伸ばした。

†

中天を通り過ぎた太陽の下、ニースの市街を連れだって歩く二人の娘がいた。薄地の外套（がいとう）をまとい、荷袋を肩に担いでいるところから旅人のようだ。

白銀の髪をした娘は表情や振る舞いから活発な印象を与える。もうひとりは娘というより少女といった方がよさそうだが、愛らしさと朴訥（ぼくとつ）さをまとっていた。

ジスタートが誇る戦姫『銀閃の風姫（シルヴフラウ）』エレンと、『羅轟の月姫（バルディッシュ）』オルガである。二人は旅人を装って、市街を気ままに歩きまわっていた。王宮で過ごすことに飽きたからだが、滅多（めった）に来ることのできない他国の王都を観察し、役立てようという目的もある。

ちなみに二人はリーザも誘ったのだが、先約があるからと断られていた。

大通りには露店が押しあうように並んでおり、行き交うひとも多い。だが、戦姫たちの目にはやや活気の欠けた光景に見えた。

「まだ戦が終わっていないのだから、これは仕方ないのだろうな。それに、私たちがこの王都に着いたころにくらべれば、かなりましにはなったか」

人々の話にそれとなく耳をすませてみると、レギンの統治に対する期待や不安を語りあうものがやはり多い。ガヌロンをこのニースから追いだしたことを評価する者がいれば、なぜ性別を偽っていたのかと不満を漏らす者もいる。『黒騎士』ロランが王都にいるから安全だと言う者がいる一方で、敵はファーロン陛下だという噂じゃないかと言う者がいた。

「なるほど。二万の兵でガヌロンを確実に討ちとろうという考えは正しいな。勝報が届けば、レギン王女の評価は一気に高まるだろう」

逆に、敗報が届けば、レギンへの不信感は急速に増すに違いない。いくつかの事態を想定しておいた方がよさそうだと考えて、エレンは難しい顔になった。

「こういうとき、あなたならどうする？」

オルガに聞かれて、エレンは立ち並ぶ露店を見ながら答える。

「すぐにできるものだと、ロラン卿をともなっての見回りだ。統治者や英雄が顔を見せれば、民の多くは安心するからな。商人や吟遊詩人（ミネストレーリ）、露店も便乗するから市街も活気づく。おそらくレギン王女も近いうちにやるつもりじゃないか。――ただし」

オルガが統治者としてまだ不慣れなのを思いだして、エレンは付け加えた。

「こういう状況では二重三重に用心する必要がある。周囲を固める兵たちの他に、ひとを近づけさせないための兵や、屋根の上や遠くを監視する兵も必要だ。そこは気をつけろ」

オルガはうなずいて、露店に目を向ける。とくに何が売られているのかを観察した。

「毛皮と薪（たきぎ）を扱っている店が多い。葡萄酒も」

「いまから冬に備えろということだな。大きな都市で、薪の有無は死活問題だ」

「まだ秋にもなっていないのに？」

「戦が長期化するかもしれない、あるいは、戦の影響で毛皮や薪が一時的に手に入らなくなるかもしれない。そう思う者が多いだろうと見込んでいるんだな」

そう説明してから、エレンは苦笑する。

「柄じゃないな。ここにリムがいれば、もっとわかりやすく話してくれるんだが」

リム――リムアリーシャはエレンの副官だ。戦姫になる前から彼女とともにあり、かけがえのない親友でもあった。

「あなたの話でもわかりやすい」

オルガが素直な感想を述べると、エレンは照れたように笑い、彼女に訊いた。

「おまえの故郷では冬をどう過ごしている？　獲物もろくにあるまい」

「秋までに、羊にはたくさん食べさせる」

オルガが騎馬の民について話すとき、多くは羊についての言及からはじまる。どうも騎馬の民そのものが羊を基準にしているらしいと、エレンはここ数日で知った。

「干し肉と酒、土炭も多く用意する」

土炭とは、羊の糞を乾燥させ、土を混ぜて形を整えた炭だ。はじめて聞かされたとき、エレンは素直に感心したが、いっしょにいたリーザは眉をひそめていたものである。「乾燥させれば臭いはしない」という説明に一応、納得はしていたが、渋面は消えなかった。

「土炭の糞についてだが、牛や馬の糞は使わないのか？　私がまだ戦姫ではなかったころ、そういうのを使って暖をとるという話を聞いたことがある」

「わたしは知らないけど、使っている部族もいるかもしれない。使いやすさの問題かも」

首をかしげつつそう答えたあと、オルガは話を続けた。

「わたしたちの家（ユルタ）は、冬でも暖かい。なるべく家から出ずに過ごす」

騎馬の民の家は円形で、木で骨組みをつくり、羊の毛織物で覆う構造になっている。彼らは季節に合わせて暮らす場所を変えるので、家を分解して持ち運べるようにしているのだ。

「私たちも、冬になる前には引きあげたいものだな」

ライトメリッツのことは信頼する者たちに任せているので、不安に思うようなことはないのだが、気にならないといえば嘘になる。王命によってブリューヌへ来た身であり、気分で帰れるわけではないことを思うと、なおさらだった。

半刻ばかり通りを見てまわったあと、二人はてきとうな酒場に入って休憩する。酒を飲む気分でもなかったので、果実水（クヴァース）を注文した。

「しかし、死者がよみがえるなどということがあるものなのか？　どうも現実味が湧かん」

給仕（きゅうじ）が二人分の果実水を置いて去ったあと、エレンは声を低めた。戦姫の中で、シャルルと相対したのはミラだけだ。そのため、エレンはにわかに信じることができなかった。

「リュドミラは、相手にそんな嘘をつく理由がないって言ってた」

オルガの言葉に、エレンは渋々といった感じでうなずく。

ファーロン王が心変わりしたと言い張る方が、敵にとっても都合がよかったはずだ。それをわざわざ言ったということは、本当なのだろう。

「おまえは、死者をよみがえらせる方法があると言われたら、どう思う？」

真剣な顔で、エレンが尋ねる。オルガの答えは簡潔にして明快だった。

「ない方がいい」

「言い切るものだな……」

エレンは驚きをもってオルガを見つめる。オルガは果実水を飲みながら言葉を紡いだ。

「わたしの故郷に、ひとりの英雄がいた。六十年前にいくつかの部族の争いを話しあいだけでおさめたというひとで、ずっと讃えられていた」

エレンは興味を持ち、彼女の言葉に耳を傾ける。

「最近になって、その男はただの詐欺師で、関わったすべての部族に都合のいい嘘をつき続けていただけだとわかった。名馬が死ねば骨と皮が残り、盗み食いのことは忘れられると、わたしは教わった。名馬がよみがえったら、たぶん盗み食いのことが思いだされる」

「なるほど。真理だ」

苦笑するエレンに、オルガはいつになく真面目くさった顔で続ける。

「これはエリザヴェータが言ってたことだけど。ひとにできないことを、魔物の力を借りて為そうとするのは、だめ」

エレンは虚を突かれた顔でオルガを見つめた。彼女が思っていたのは、親友の戦姫アレクサンドラ＝アルシャーヴィンのことだ。現在は己の公国で病に伏せている。その身を侵している病を治す方法はなく、命が長くないことを、エレンは彼女から聞いていた。

「あいつの言葉だと思うと、説得力があるな」

雑念を払うように、エレンは髪をかきまわす。思いとどまることができたようだった。

「しかし、おまえも大変だな。私とエリザヴェータ、リュドミラは、まだブリューヌに貸しをつくる意義があるが……」

オルミュッツはもちろん、エレンの治めるライトメリッツも、リーザのルヴーシュも、ブリューヌと交易をしている。だが、オルガのブレストはジスタートの東部にあり、ブリューヌとの交流はない。せいぜいジスタート王から褒賞を授かるぐらいだろう。

「わたしは戦姫としての役目を果たしていないから」

オルガは首を横に振る。謙虚(けんきょ)なことだとエレンは思い、それからあることを思いついて、意地の悪い笑みを浮かべながら提案した。

「どうだ。この戦が終わったら、褒美としてティグルを借りていくというのは。ブリューヌの英雄を自分の公国に滞在させることができれば、おまえにも箔がつくだろう」

この場にリーザがいれば、ため息まじりにたしなめただろう。あきらかにミラへの嫌がらせだからだ。オルガはといえば、冗談とも本気ともつかない顔で応じる。

「ティグルの弓と馬の技量は、部族の者たちと競わせてみたいかも」

このあと、二人はいかにしてティグルを自分たちの公国へ連れていくかを話しあった。

　エレンとオルガが果実水を片手に談笑していたころ、アスヴァールの王女であるギネヴィア＝コルチカム＝オフィーリア＝ベディヴィア＝アスヴァールは、自分に与えられた部屋でひとりの娘と向かいあっていた。

『雷渦の閃姫(イースグリーフ)』の異名で呼ばれ、左右で色の異なる瞳を持つ異彩虹瞳の戦姫リーザことエリザヴェータ＝フォミナだ。

　二人の間には小さなテーブルがあり、白磁の杯が二つ置かれている。中身は、山羊の乳をたっぷり入れた紅茶(チャイ)だ。ギネヴィアが淹れたものだった。

「ようやくあなたに会うことができて嬉しいわ。エリザヴェータ殿」

「こちらこそ、アスヴァールの統治者たる殿下のお誘いを受けて、光栄です」

　にこやかな表情のギネヴィアに、リーザも微笑を返す。一見、二人は穏やかに談笑しているようだが、どちらの目も笑っていなかった。

　二人の間には因縁がある。自国の内乱を終わらせたギネヴィアが、王国の宝剣であるカリバーンを正式に継承する儀式を行ったとき、彼女を暗殺しようとしたのが、ひそかにアスヴァールへ渡っていたリーザだった。そして、リーザは返り討ちに遭い、記憶を失ったのだ。

それゆえに、リーザはこの王宮にいる間、できるかぎりギネヴィアと会うのを避けてきた。だが、ギネヴィアが、「お茶を飲みましょう」と名指しで誘うと、ついに応じたのである。

「冷めないうちに飲んでちょうだい。ぜひ感想を聞かせて」

ギネヴィアに紅茶を勧められ、リーザは白磁の杯を持ちあげて、口をつけた。

「いかが？」

「殿下が手ずから淹れてくださった紅茶がおいしくないはずはありません。ほのかな甘味があって、気分が落ち着きますわ」

ジスタート貴族の令嬢らしい上品な物腰で、リーザは答える。彼女が礼儀作法を完璧に身につけていることに、ギネヴィアはひそかに感心した。

「気に入ってもらえたようでよかったわ。ところで、聞きたいことがあるのだけど」

微笑を微塵も崩さずに、ギネヴィアは世間話をするような口調で続ける。

「どうして私を殺そうとしたの？」

リーザが白磁の杯を口から離した。金色に輝く右の瞳にも、碧色を湛えた左の瞳にも動揺や狼狽は浮かんでいない。

「とうに調べあげているだろうと思っていましたが」

「あるていどはね。私が気になっているのは、刺客を放つのではなく、あなたが自ら動いた理由よ。ことが発覚すれば、あなたひとりの問題ではすまない。こうして向かいあって話すのははじめてだけど、そのていどのこともわからない人間には見えないわ」

「それは買いかぶりというものですわ。私は戦姫の中でもっとも愚かですもの」

　赤い髪を揺らして、リーザは首を横に振る。とぼけようというのではなく、本当にそう思っているふうだった。ギネヴィアは口をとがらせる。

「私には詳しく聞く権利があると思うの。誰があなたに頼んだのかも含めて」

　リーザは肩をすくめて、その主張を認めた。白磁の杯をテーブルに置く。

「エリオット王子が、ガヌロンと懇意にしていたのはご存じですか？」

　その名前は、少なからずギネヴィアの意表を突いた。

　エリオットはアスヴァールの第二王子で、彼女にとっては兄のひとりだった男だ。彼はジスタートを攻めたものの敗北し、そのジスタートと手を組んで、アスヴァールの内乱に勝利しようとした。その最中、何ものかによって殺害されたのだ。

「エリオット兄様があなたに……？」

　リーザは再び首を横に振った。

「エリオット王子と懇意にしていたジスタートの諸侯と、ガヌロンの二人ですわ。王子を内乱の勝者とすることで、恩を売るつもりのようでした。もちろん私にも欲はありました」

　リーザの治めるルヴーシュ公国はジスタートの西側にあり、海に面している。ブリューヌやアスヴァールとの交易は、公国を支える柱のひとつだ。エリオットが勝利していたら、ルヴーシュはより多くの富を得ることができていただろう。

「私は自分の手で、ルヴーシュを繁栄させたかった。先代の戦姫が統治していたころよりも。エリオット王子を勝たせるのが最善、王子が負けた場合、勝者を亡き者にしてアスヴァールの混乱を長引かせ、その間に富を得る……。そう考えていました」

「そうなっていたら、このブリューヌの現在は大きく変わっていたでしょうね」

自分の紅茶に手を伸ばしながら、ギネヴィアは言った。

もしもエリオットが命を落とさずにアスヴァールの勝者になっていたら、ガヌロンとバシュラルの叛乱(はんらん)は、より大きな成功をおさめていただろう。そうなれば、ジスタートもここまで介入しなかったかもしれない。

「でも、それだけなら、あなた自身が動く理由としては少し弱い気がするわね」

「ええ。もうひとつありますわ」

リーザが、壁に立てかけられている一振りの剣に視線を移した。

片刃で、刀身は漆黒と黄金が交差した不思議な曲線を描いている。鍔は手を守るように半円状をしており、そこから黄金の鎖が伸びていた。じっと見つめていると引きこまれそうな神秘的な雰囲気が、ただの芸術品ではないことを物語っている。

「その刃、稲妻を鍛えたるなり」と謳われるアスヴァールの宝剣カリバーンだ。

「あれは竜具に対抗するためにつくられたものだと、ガヌロンが言ってましたわ。竜具を使わなければとうてい破壊できないと」

「ガヌロンが……」

新たな驚きと、寒気にも似た薄気味悪さに、ギネヴィアは眉をひそめた。

カリバーンは、アスヴァールの始祖アルトリウスの死とともに王国から失われており、ギネヴィアが逃亡生活の中で発見したものだ。その力についてはさまざまな逸話があるが、リーザがいま説明したようなことは聞いた覚えがない。

では、ガヌロンの言葉はでたらめなのかというと、実際にカリバーンを振るってリーザと戦った身としては、そうは思えなかった。リーザが竜具から放った雷撃を、宝剣は打ち消した。その力がなければ、リーザが決定的な隙を見せることはなかったかもしれない。

「ガヌロンは、カリバーンについて他に何か言っていたかしら？」

リーザは無意識なのか、右腕をさすりながら言った。

「本当に、竜具に対抗するためにつくられたのなら、何としてでも破壊しなければならない。私はそう思わされた……いえ、そう思いましたの」

言い直したリーザを、ギネヴィアは軽く睨みつける。

「誰かに使嗾されたのなら、素直にそうおっしゃいなさい」

「甘言につられたのが無知な村娘ならばいざ知らず、ひとの上に立つ者であれば、その者の罪ですわ。それに、甘言を弄した者は私の手で滅ぼしました」

鋭い視線を受けとめて、リーザは堂々と答える。

面白い娘だと、ギネヴィアは思った。かつて戦ったときとはまったく違う。これからもつきあう相手としては悪くない。ギネヴィアの顔に、いたずらめいた笑みが浮かんだ。

「あなた、私とお友達にならない？」

あまりに唐突な申し出に、リーザは警戒するように目を細める。

「ルヴーシュと距離を置いて、レグニーツァやオステローデを優遇すると思いましたが」

レグニーツァとオステローデは、いずれも戦姫の治める公国だ。ルヴーシュと同様に、アスヴァールと交易を行っている。

アスヴァールは、取り引き相手としてのルヴーシュを切り捨てることが可能なのだ。それによって失う分を他の二公国で補えば、ジスタートとの仲も険悪にはならない。

「この国にいる間、あなたが私の誘いに応じてくれなかったら、そうしようと思ったわ」

笑顔を絶やさずに、ギネヴィアは続ける。

「でも、あなたはこうして話してくれた。ところで、この紅茶、味はどう？」

「おいしいですわね」

リーザの素直な返答を受けて、ギネヴィアは得意そうに言った。

「そうでしょう。そちらのリュドミラ殿はたいへん可哀想なことに、この紅茶のよさがわからないようだったけど、あなたの舌はおいしいものをおいしいと感じることができるようね」

「ああ……」

リーザは納得したような顔になり、口の中でもごもごと何ごとかをつぶやいた。おそらく、事前にミラから何か聞かされていたのだろう。だが、何を吹きこまれていたのであれ、口にしないのなら、ギネヴィアとしても無理に聞きだすつもりはない。

「そういうわけで、この紅茶が好きなら邪険にすることもないと思ったのよ。他に、あなたにお願いしたいこともあるけど」

リーザの表情がいくらか緊張したものになる。ギネヴィアも真剣な顔で続けた。

「我が国には、まだ私に反発している者がそれなりにいるわ」

「内乱が終結してから、一年たつかどうかというところですから、仕方ないのでは」

そう答えてから、ギネヴィアの考えを悟ってリーザはうなずく。

「そういう者たちの情報を集めろ、場合によってはおとなしくさせろということですか」

「できる範囲でかまわないわ。悪くない話でしょう？」

「悪くないどころか、寛大な処置に驚いておりますわ。他には何かありまして？」

確認するようにリーザが聞いてくる。ギネヴィアは身を乗りだした。

「あなたの竜具の使い方を教えてちょうだい。何度か触ってみたのだけど、あなたがやったように何本にもわかれたり、雷光を発したりはしなかったのよ」

「それはお断りさせていただきます」

笑顔でリーザは拒絶した。

ギネヴィアの部屋を出たリーザは、そっと安堵のため息をついた。

王女から誘われたときはどうなることかと思ったが、最悪の事態はまぬかれた。友達になろうという提案は、そういう名目で利用してやるということだろうが、いいように使われるつもりはない。戦姫は公国の主であり、膝をつく相手はジスタート国王のみだ。

——私が殿下を襲ったことは、公にしないでしょうね。

いま、ジスタートとことを荒立てても、ギネヴィアには何の得にもならないからだ。

アスヴァールが国力を充分に回復させ、近隣諸国と良好な関係を維持し、かつジスタートと利害が衝突したときに、はじめて彼女はその手札をちらつかせるだろう。リーザとしては下手に焦らず力を蓄え、様子を見ていればいい。

——カリバーンのことが気になったのは、嘘ではないけれど……。

動く理由が弱いと言われた、公国を繁栄させたいというリーザ自身の欲。

だが、リーザにとってはそちらの方がよほど大きな理由だった。

公国の主としてのリーザは、常に部下たちから先代の戦姫と比較されてきた。公国の政事に携わる官僚の多くは、先代の戦姫が取りたてた者たちだったからだ。

彼らは優秀で、その点においてリーザは満足していたものの、何かというと先代のやり方を持ちだしてくることには閉口していたし、不満も抱いていた。

ちなみに、騎士や兵士たちはリーザを尊敬している。これは、リーザが戦場において積極的に陣頭に立って戦い、勇敢さと強さを示したからだったが、政事において、彼女はなかなか認められなかったのである。

リーザは頭を振った。他国の王女にわかってもらう必要はない。いまの自分には相談できる相手がいるのだ。同じく王宮にいるエレンに、機会を見て話してみようか。

そうして歩きだそうとしたリーザを、後ろから誰かが呼びとめた。振り返ると、二十代半ばと思われるひとりの男が立っている。

長身で、身体つきはたくましいというよりごついという形容が似合うだろう。何より印象的なのは、右腕よりあきらかに長く、太い左腕だ。これはアスヴァールの長弓使いの特徴とでもいうべきもので、強い膂力が必要な弓弦を引き続けることで、腕が変質してしまうのだ。

金色の瞳と碧色の瞳に驚きを浮かべて、リーザは男の名をつぶやいた。

「ハミッシュ卿……」

「やはり千華燈瞳だったか……」

ギネヴィアの従者であるハミッシュは、苦さを多分に含んだ呻き声を漏らす。その単語はリーザの胸に痛みを与え、彼女をひるませた。

ギネヴィアに打ち倒されて記憶を失ったリーザは、川のそばで倒れていたところをアスヴァール人の男女に助けられた。ハミッシュと、彼の屋敷で暮らすシャルロットという少女に。シャルロットの献身的な看病によってリーザは一命を取り留めたものの、記憶は戻らず、自分の名前すら思いだすことができなかった。そこでシャルロットは、リーザの瞳の色が左右で違うことから千華燈瞳と呼んだ。

春になって、ソフィーことソフィーヤ＝オベルタスとともにアスヴァールを発つまで、リーザはハミッシュの屋敷で二人と暮らした。

リーザにとっても、先の内乱で父親を失っていたシャルロットにとっても、何とかしてシャルロットを元気づけたかったハミッシュにとっても幸福な時間だった。

「私と王女殿下の話は聞いていたのかしら？」

リーザが聞くと、立ちつくしていたハミッシュは気を取り直してうなずいた。

「いまの私は殿下の護衛だ。とくにご命令がなければ、隣室に控えるようにしている」

それから、ハミッシュは憮然とした顔になる。

「私は一介の戦士に過ぎず、政事のことはわからぬ。殿下があなたをお許しになったのも、何かお考えがあるのだろう。だから、そのことには触れぬ。ただ、私はシャルロットに、あなたのことをどう話せばいい？　これからあなたに会うたびにどんな顔をすればいい？」

彼の屋敷で暮らしていたときのことが思いだされて、リーザは複雑な微笑を浮かべる。

シャルロットの父は、ジャーメイン王子に従っていた。そのため、彼女はハミッシュに心を開かず、ハミッシュもどうすればよいのかわからず、二人はおたがいによそよそしかった。

リーザはそんな二人の仲を積極的に取り持とうとした、といえば聞こえはいいが、子供じみた思いつきで二人を振りまわしたというのが本当のところだ。だが、それによってシャルロットには笑顔が増え、二人の間にあったぎこちなさは薄れていった。

冬の間だけだったが、三人は間違いなく家族だった。

リーザとしては、できればなかったことにしたい過去だ。自分と関わりがあったことが知れたら、ハミッシュとシャルロットの立場はおそらくよくないものになる。

私たちは会わなかったし、何も知らない。そういうことにしましょう。

そう言おうとしたリーザの脳裏を、ある言葉がよぎった。

――時間を巻き戻してなかったことにするなんて、できないでしょう。

リーザが記憶を取り戻したとき、ソフィーが言ったのだ。自分はそれを認めた。

「――ハミッシュ、シャルロットにはこう伝えて」

あえて敬称をつけずに、リーザは親しげな口調でハミッシュに語りかける。

「私は……千華燈瞳はジスタートのルヴーシュで暮らしている。まだ記憶は戻ってなくて、苦労は絶えないけれど、友達もできた。あなたからもらった帽子は大事にしている。何か困ったことがあったら、今度は私があなたを助ける。大切な友達へ……」

正直であることはできなくとも、誠実であろうとすることはできるはずだった。

「彼女にはいずれ手紙を書くけど、まずはこのことをお願い」

「……承りました」

ハミッシュはうなずき、感謝の言葉を述べようとする。だが、リーザは彼に指を突きつけて押しとどめた。まだ話は終わっていない。小さく息を吸い、吐いて、意識を切り替える。ハミッシュが抱えるもうひとつの悩みについても、答えを出さなければならなかった。

「ハミッシュ卿に、助言してさしあげますわ。あなたがギネヴィア殿下に仕え続けるなら、味方でない者や、敵でない者とも言葉をかわせるようになりなさい。殿下に必要なのはもの言わぬ弓矢ではないわ。弓弦に指をかけながら話ができる戦士よ」

ハミッシュは驚きに目を丸くする。いま、彼の前に立っているのは千華燈瞳ではなく、ルヴーシュ公国の統治者である戦姫エリザヴェータ＝フォミナだった。

「ありがとうございます。その……なるべく努力してみます」

「ええ。これからもよろしく」

苦笑するハミッシュに笑顔を返して、彼に背を向ける。

晴れやかな気分で、エリザヴェータ＝フォミナは廊下を歩きだした。

2　氷の誓い（リオクラーヴァ）

ナヴァール騎士団長にして『黒騎士』の異名を持つロランが、王宮の執務室にいるレギンを訪ねたのは、テナルディエ公がムオジネル軍の動きを報告した次の日の朝のことだった。

現在のロランは、王都守備隊長とでもいうべき役目についている。諸侯の兵約三千を指揮してニースを守り抜くのが、彼の使命であった。

レギンに一礼し、護衛として控えているジャンヌに会釈（えしやく）をすると、ロランは敵襲への備えをはじめとするいくつかのことを報告する。シャルルとガヌロンが王宮に現れた一件は、当事者たちに深刻な衝撃を与えていた。

「殿下がお命じになった四つの隠し通路の封鎖ですが、すべて完了しました。通路の両端に石材を積みあげてふさいだだけですが……」

「ひとまずは、それで充分です」

敵に存在を知られている隠し通路に意味はないというのもあるが、この封鎖は、王都から逃げるつもりはないというレギンの強い決意の表れだった。

次に、ロランは兵たちの様子や城壁、城門の状態について報告する。これらについては異常なしの一言でかたづいた。諸侯の兵たちは、ガヌロン討伐に加われなくて不満を抱えているかということはなく、王都を守るという名誉に感激して戦意を昂揚させている。

「訓練でも何人か負傷者が出るほどです。さすがに見過ごせなくなったら止めますが、しばらくは様子を見ようかと」

守りについている兵たちの士気を高めるのは、ロランでも容易ではない。王都の民と揉めごとでも起こさないかぎりは、この状態を維持したかった。

「兵たちについては、ロラン卿のやりやすいように。ただ、あなた自身も含めて、熱を入れすぎないように気をつけてくださいね」

冗談めかしたレギンの言葉に、ロランは「心得ております」と、苦笑で応じる。

王宮に侵入してきたシャルルとの戦いで、ロランは彼に投げ飛ばされ、肩を外された。ロランは一言も釈明をせず、自分の力不足と甘さを認めた。

その後、ロランは王都守備隊長としての職務をまっとうする一方で、いっそう鍛錬に励んでいる。責任感だけでなく、戦士としての矜持がそうさせていた。

レギンの気遣いに感謝しながら、ロランは次の報告に移る。

「市街の様子ですが、少しずつ活気を取り戻しつつあります。殿下が王都にご帰還なさってから二十日ほどであることを思えば、よい傾向かと」

「嬉しい知らせですね。近隣諸国の隊商や旅人がやってきて多くのものをもたらすのが、ニースの風景です。もう夏も半ばを過ぎていることを思えば、せめて秋が終わるまでには、落ち着いた状況にしたいものですが」

「殿下のお言葉が現実のものとなるよう、我々も微力を尽くします。次に、先日殿下がおっしゃった市街の視察の件ですが、三日後か四日後に……」

そうして一通り報告を終えると、今度はレギンがロランにムオジネルのことを話した。

「ムオジネル軍のことはテナルディエ公に任せていますが、あなたも記憶の片隅に留めておいてください。ただ、他の者には話さないように」

それから、レギンは話題を変えた。

「ティグルヴルムド卿とザイアン卿は、ルテティアに入ったでしょうか」

「順調にいけばランブイエを取り返して、さらに北上しているでしょうが、ガヌロンたちは油断ならぬ相手です。苦戦しているという報告が届くこともありえます」

ランブイエ城砦が焼け落ちたあと、ティグルたちは報告のために伝令を放っている。だが、その伝令はまだニースにたどりついていなかった。

「ガヌロンに従うことを表明した諸侯が何人かいますからね。心配です」

ロランにとっても非常に腹立たしいことに、ファーロン王の名を使ったシャルルたちの呼びかけに、幾人かの諸侯が応じていた。顔ぶれとしては、以前からガヌロンに従っていた者や、最近、目立った活躍ができておらずに不満を抱えている者ばかりだ。

だが、レギンの立場は強固なものではない。楽観することはできなかった。

「あの二人なら、必ずや役目を果たしてくれます。朗報を待ちましょう、殿下」

「そうですね。ロラン卿、これからもよろしくお願いします」

元気づけるようにロランが言うと、レギンも笑顔を返した。

いつもならこのまま退出するところだが、ロランはそうしなかった。精悍な顔にためらいの色を浮かべたのはほとんど一瞬で、両眼に静かな決意を湛えて、レギンを見つめる。

「恐れいりますが、殿下にお許しいただきたいことがございます」

その表情と声音から、真剣に耳を傾けるべき話だと悟ったのだろう。レギンは護衛のジャンヌに目配せをした。ジャンヌが部屋の外に出るのを待って、ロランは口を開く。

「この戦が終わったら、私をアスヴァールへ派遣していただけないかと」

レギンは呆然とロランを見上げる。彼女が気を取り直して困ったような笑みを浮かべるまでには、五つ数えるほどの時間が必要だった。

「ギネヴィア殿下に脅迫でもされたのですか?」

現在、賓客として王宮に滞在しているアスヴァール王国のギネヴィア王女がロランに執心していることは、要職に就いている者で知らない者はいない。

何しろ当のギネヴィアがそれを隠そうとせず、レギンと歓談するたびにロランをねだっているのだ。むろん、レギンは笑顔で断り続けてきた。

「……いえ、私なりに考えてのことです」

王女の静かな怒りに、ロランの返答はわずかに遅れた。

レギンが椅子を勧める。詳しく聞かせろということだ。鍛え抜かれた長身の持ち主であるロランが腰を下ろすと、椅子がかすかに軋んだ。

「口はばったいもの言いになりますが、これまで私は陛下や殿下のため、このブリューヌのために剣を振るい、兵を指揮してまいりました。陛下と殿下をお守りし、ブリューヌに害をなす敵を斬り伏せることこそが騎士の在り方であると、そう信じてきました」

「ええ。私も、父も、あなたに何度助けられたことか」

レギンの言葉に、ロランは深く頭を下げた。

「ですが、私にできることは他にもあるのではないかと、最近思うようになりました」

「アスヴァールへ行くことが、そうだと？」

王女の声音は、やや意地の悪いものだったかもしれない。ロランは硬い表情でうなずく。

「先の戦で、もっとも勝利に貢献したのはティグルヴルムド卿だと、私は思っています。ジスタート、ザクスタン、アスヴァールの援軍がなければ、我々は最終的に敗れていました」

「そうですね」とだけ、レギンは答えた。碧い瞳の奥に、悔しそうな感情がにじんでいる。

「これだけの争いのあとです。殿下のもとでブリューヌが繁栄するのには、時間がかかるでしょう。騎士も、若い見習いが一人前になるまでには何年もかかります。その間、周辺諸国すべてとは無理でも、いくつかの国とは友好を結んでおくべきだと考えます」

「つまり、ギネヴィア王女の執心を利用しようと？」

レギンの言葉に、ロランは苦笑して頭をかく。

「そこまでうぬぼれてはおりません。それに、私などでは逆にいいように使われるでしょう。ブリューヌと殿下の名を貶めぬように心がけるのが精一杯です。——それに」

いくらか口調を変えて、ロランは続けた。

「あの国の軍や武器、戦い方に興味があります。船は正直、苦手ですが……。きっと殿下のお役に立つものを、持ち帰ることができるかと」

レギンがロランを無言で見つめ、ロランはその視線を受け止める。二人の間に横たわった沈黙は、十を数えるまでに破られた。

「わかりました。アスヴァール行きを許しましょう」

「殿下の寛大さに感謝いたします」

深く頭を下げるロランに、レギンは首を横に振る。

「このまま断り続けていたら、ギネヴィア殿下に子孫の代まで恨まれそうですからね。まあ、これは冗談ですが……」

冗談を言っているようには聞こえなかったが、ロランはうなずいておくことにした。

「ムオジネルの件も含めて、今後、アスヴァールとの関係が重要になってくるのは間違いありません。後日、殿下もまじえて詳しい予定を決めるとして、期間は一年ぐらいでしょうか」

「一年以上は長すぎると思います。ギネヴィア殿下がよくしてくださるとしても、私のことをよく思わないアスヴァール人は少なくないでしょうから」

ロランはナヴァール城砦を守る騎士団の団長として、ブリューヌの西方国境を侵そうとするザクスタン軍やアスヴァール軍を幾度となく撃退してきた。また、昨年のアスヴァールの内乱では、ジャーメイン王子に与（くみ）したアスヴァールの兵を数多く討ちとっている。

戦場でのことと割り切れる者はそれほど多くないことを、黒騎士は知っていた。

椅子から立ちあがり、一礼して退出しようとしたロランを、レギンが呼びとめる。

「ありがとう」

一瞬、ロランはまじまじとレギンを見つめた。

穏やかな笑みを浮かべる王女に、かつて自分に宝剣を貸し与えてくれたファーロン王の微笑が重なる。それは濁りのない純粋な信頼の証だった。

「もったいないお言葉……」

一命に代えても、この王女の未来を切り開かねばならない。

決意を新たに、ロランは執務室をあとにした。

†

草むらの中に、一匹の兎が立っている。

周囲を見回して駆けだそうとした瞬間、どこからか飛んできた矢が兎を貫いた。

兎が倒れたことを確認して、木の陰から矢を射放った若者が立ちあがる。ティグルだ。

「これで二匹。こんなものでいいか」

すでにティグルは兎を一匹仕留めている。兎は骨が多く、肉が少ないが、五人で食べるなら充分だろう。それに、ミラとリュディも食糧を集めているはずだ。

ティグルがいるのは小さな森の中だ。見上げれば、太陽はほぼ真上に輝いている。陽射しは強いものの、木陰に入ればかなり涼しい。

ティグルたちがブリューヌ軍から離れたのは昨日のことだが、先を急ぐにもかかわらず、こうして森の中で狩りをしているのにはいくつか理由があった。

今朝、ティグルたちは遠くに三十人ほどの集団を発見した。国王軍の兵か野盗かはわからなかったが、いずれにせよ見つかれば面倒なことになる。彼らを避けて大きく迂回した。

身を隠すために森に入ったところで、ラフィナックが提案した。

「若、食糧は村や集落で買うということでしたが、この森で調達していきませんか」

「私はラフィナック殿の意見に賛成です。さきほど見た一団が敵兵だったとしたら、こちらが考えているよりも広い範囲を見てまわっていることになります。慎重に動くべきかと」

真っ先にガルイーニンが同意した。村や集落に立ち寄れば、村人たちの口から、自分たちの存在が敵に漏れるかもしれない。全員が馬に乗り慣れた五人の旅人というのは珍しい。

　軍を離れる際、ラフィナックたちは三日分の食糧を用意した。目的の村までなら足りるが、この先も、国王軍や野盗の姿を見つけて迂回を強いられる可能性がある。余裕があるうちに手を打っておくべきだった。

「わかった。俺とミラ、リュディの三人で手分けして食糧を手に入れよう。ラフィナックとガルイーニン卿は馬と荷物の番を頼む。余裕があったら薪も拾っておいてくれ」

　ミラとリュディも賛成し、五人はすぐに行動に移ったのだった。

　二匹の兎を手にぶらさげて、ティグルは事前に見つけておいた水場へ向かう。浅い川だ。

　短剣を使ってすばやく血抜きと解体をすませると、革袋に兎の肉と毛皮を入れる。頭部と臓腑は穴を掘って埋めた。最後に短剣と手を洗う。

　何気なく視線を巡らせると、緑の中に鮮やかな赤色がいくつか散っていた。

「秋告花か。かなりの早咲きだな」

　その名の通り、秋の到来を告げるといわれる花だ。生まれ育ったアルサスでも、夏の終わりに森や山に入ると、この花をよく見た。

　――アルサスはいまごろ、どうなっているだろう……。

　故郷の地がガヌロン配下のルテティア兵に襲われたことも、ライトメリッツ軍が彼らを撃退したことも、父が無事なことも、ティグルはエレン――エレオノーラ＝ヴィルターリアと、ミリッツァ＝グリンカから聞いて知っている。その点についての不安はない。

　だが、実際に自分の目でアルサスを見たいという思いは常にあった。

　──そのためにも、一日も早くこの戦を終わらせないと。

　そして、できればガヌロンはこの手で討ちたい。アルサスの領主ウルスの息子として。

　ガヌロンの恐ろしさは充分にわかっている。勝算があるわけでもない。だが、他の誰かに任せてしまうことも、戦わずに諦めることもできなかった。父や領民たちのためにも。

　深く息を吸い、吐いて、熱くなりかけた頭を落ち着かせる。

　ラフィナックたちのもとへ戻ろうと、ティグルは歩きだす。だが、遠くから自分を呼ぶ声に気づいて、すぐに足を止めた。

　ミラとリュディがこちらへ歩いてくる。手を振ると、リュディが小走りに駆けてきた。

「ティグル、見てください。大収穫ですよ、大収穫」

　彼女は腰に外套を巻いて、前掛けのように広げているのだが、そこには木の実やら茸やらがどっさり入っている。ティグルは感心してそれらを見たが、すぐに顔をしかめた。

「リュディ、すまないが、茸は捨てていこう」

「どうしてですか？」

　リュディが不思議そうな顔をする。ティグルは厳しい表情で答えた。

「毒があるかもしれない」

「でも、いくつかはアルサスでも見たことがあるものですよ」

納得できないというふうに眉をひそめるリュディに、ティグルは首を横に振る。

「同じものに見えても、まったく違う茸というのは珍しくないんだ。俺も以前、ひどい目に遭ったことがある」

「オルミュッツの森の中で、アルサスでよく見る茸と似たものを見つけて食べて、二日間寝こんだのよ。顔が丸くなって真っ赤に腫れて、私まで焦ったわ」

さまざまな野草を束にして抱えているミラが、横から口を挟んだ。リュディは素直に驚く。

「そんなことがあったんですか？」

「ええ。私は止めたんだけど、ティグルはよく知ってるものだから平気だ、って聞かなかったのよ。それから、私やお母様にどれが安全な茸なのか教わるまで、手を出さなかったわ」

気まずそうに頭をかきまわして、ティグルは言った。

「このあたりの人間に確認できるならともかく、そうでない以上、危険は避けるべきだ」

「残念ですが、仕方ありませんね……」

落胆して、リュディはティグルの言葉を受けいれる。ティグルとミラは彼女の収穫の中から茸だけを選んで放り捨てた。ミラがリュディをなぐさめる。

「気を落とさないの。あなた、軍を離れるときにチーズを塊で持ってきていたでしょ。あれを少し食べましょう」

「リュディががんばったのはよくわかったからな。とくにうまい部分の肉をあげるよ」

ティグルも彼女を元気づけた。そうして歩きだそうとしたら、「待ってください」とリュディが呼び止める。振り返ると、彼女は真剣な表情でこちらを見つめていた。

「大事な……とても大事な話があります」

かすかな緊張を含んだ声に、ティグルは彼女に向き直る。この場で切りだすということは、ここにいる三人だけで話したいことらしい。

「私がティグルを好きなことは知ってますね？」

憮然（ぶぜん）とした顔で立っているミラを気にしつつ、ティグルはぎこちなくうなずいた。

「ミラがあなたを好きなことについては、確認するまでもないでしょう。——私たちの他に、あなたを好きだというひとがいたらどうしますか？」

ティグルは当惑した顔でリュディを見つめた。

「何の話だ？」

とぼけたわけではない。彼女の言っていることが、ティグルには本当にわからなかった。

リュディは焦らすような真似（まね）をせず、簡潔（かんけつ）に告げる。

「レギン殿下が、あなたのことを好きだそうです」

「……何かの勘違いじゃないか？」

ティグルは首をひねる。当然の反応だった。十歳のときに催された狩猟祭以来、ティグルは

今年までレギンに会ったことはない。バシュラルとの戦いでレギンの窮地を救ったことはあるが、それはリュディやロランも同様だ。目に留まるような活躍をした覚えもない。

「殿下が俺を信頼してくださっているというのなら、わかる。狩猟祭でのことを覚えていてくださったし、この戦では一万もの兵を預けてくださった。だが、俺を好きだというのはいくら何でも飛躍しすぎじゃないか」

リュディとミラは顔を見合わせて、予想通りだと言わんばかりのため息をついた。今度はミラが口を開く。

「あなたがそう言いたくなるのはわかるわ。私たちも殿下にたしかめたわけじゃない。でも、このことをリュディに教えたのは誰だと思う？　リュディのお母様……グラシア様よ」

「グラシア様が……」

ティグルは呆然とつぶやいた。王宮で話したことがあるが、気丈さと強さを備えた、さすが公爵家を支えてきた方だと思わされる女性だった。

「あの方がおっしゃったのなら本当だろうな」

グラシアが、レギンの言葉や想いを捏造(ねつぞう)するはずがない。そんなことをすれば、ベルジュラック公爵家は王女の信頼を永久に失う。

「もうひとつ、付け加えるとね」と、ミラが続ける。

「話を聞いてから考えてみると、思いあたる節があったの。詳しくは言わないけど」

彼女の表情と口調から、聞かない方がよさそうだとティグルは判断した。

「殿下が、俺を……」

地面に視線をさまよわせて、唸る。ブリューヌ貴族としてはもちろんレギンに忠誠を誓っており、恐れ多いことながら親しみも感じているが、男として好きかと問われると、即座に答えを出すことはできなかった。

「ティグル、もしも殿下があなたに想いを告げてきたら、断れますか？」

リュディに訊かれて、二十を数えるほどの時間、待たせたあと、ティグルは短く答える。

「困る」

答えになっていないのはわかっているが、他に言いようがなかった。よほどの事情がなければ断ることなどできない話だからだ。

愛しあっている女性が他にいるからと断れば、レギンの顔を潰してしまう。ブリューヌと彼女を取り巻く厳しい状況を思えば、レギンの尊厳にわずかな傷であってもつけるわけにはいかないということは、ティグルでもわかる。

それに、アルサスと父の立場も悪くなる。レギン自身が素直に引き下がって何も言わなかったとしても、彼女の周囲にいる者たちが王女の名誉のために動くだろう。

「安心したわ」

ミラが安堵の息をついて、微笑を浮かべた。

「はいであれ、いいえであれ、こんな質問にすぐ答えられる人間は、何も考えてないか、自分以外に大切なものが何もないひとよ。あなたはそういうひとじゃないってわかってたけど」

「一晩もらっても答えが出そうにないけどな」

ティグルは無理に笑みを浮かべて肩をすくめた。

「それにしても、なんだってこんなところで、こんな話を？」

「本当は、ルテティアを制圧したあとで話そうと思っていたんです。でも、急いで王都に引き返すことになったでしょう。だから、いまのうちにと思って」

リュディが苦笑する。

「ともかく、私も安心しました。これで、私たちからあなたに提案ができます」

嬉しそうな顔のリュディに、ティグルは警戒心を呼び起こされて気を引き締めた。

「二人で何をたくらんでるんだ？」

「たくらむとは失礼ですね。私とミラで、あなたを助けてあげようというんですよ。あなたと殿下が決して結ばれることのないよう手を尽くします」

「……どうやって？」

「公の場以外で、あなたと殿下を会わせないようにします。殿下への報告はすべて私が行い、殿下があなたを呼びだそうとしたら、ミラが先に予定を入れていたことにします。そうして王都での用事をすべてすませたら、すぐにアルサスへ発(た)ってもらうという形ですね」

　そんなに上手くいくだろうかとティグルは思ったが、自分ひとりではどうにもならないということはわかっている。二人の力を借りるしかない。ただ、気になることがあった。

「君の……いや、君たちの狙いは何だ？」

「私たち二人をあなたの妻にしてください」

　胸を張り、明るい口調でリュディは答える。ティグルは呆気にとられ、次いでうろたえて、ミラに視線で説明を求めた。ミラは苦渋に満ちた顔でティグルの視線を受けとめる。

「私も他に方法がないか考えたけど、浮かばなかったのよ……」

　ティグルを共有するという案をリュディに持ちかけられてから、ミラは自分だけでレギンに対抗する方法を考え続けた。だが、考えれば考えるほど、リュディの助けがなければどうにもならないという結論を出さざるを得なかった。ブリューヌにおいては他国の人間でしかないミラが、王女を相手にするなど無理がある。

「あなたを強引にオルミュッツへ連れていく手が、ないわけじゃないわ。でも、その場合、あなたをアルサスから引き剥がすことになる……」

　そう言われると、ティグルは何も言えなくなってしまった。自分にとってアルサスがどれほど大切なものなのかを、ミラはよく理解してくれている。

　晴れ渡った空を仰いだあと、ティグルは二人に視線を向けた。

「明日まで時間をくれないか」

「ええ」と、ミラが短くうなずき、「わかりました」と、リュディも笑顔で応じる。

三人は連れだって、ラフィナックたちが待っている場所へ歩いていった。


ティグルたちは食事をすませたあと、一刻半ばかり森の中を進み、開けた場所で野営することにした。木の下で火を起こすことで煙を枝葉に遮らせるよう工夫し、馬から荷物を下ろし、身体を拭いてやって休ませる。

ミラとリュディが近くの川へ水汲みを兼ねて水浴びに行くと、この場にいるのは男だけとなった。三人はそれぞれ武器の手入れをしたり、外套のほつれを繕ったりしていたが、不意にティグルは黒弓を磨く手を止めて、ラフィナックとガルイーニンを見た。

「二人に相談したいことがある」

怪訝な顔をする二人に、ティグルはミラとリュディから提案されたことを説明する。レギンから想いを寄せられているらしいというのももちろん話した。ラフィナックは呆れまじりの苦笑を浮かべ、ガルイーニンは難しい顔つきになる。

「複数の女性から好意を寄せられるとは、若もやりますなあ、ですませたいところですが、顔ぶれを考えると胃が痛くなる話ですな」

「政治が絡んでくるのは貴族の結婚らしいといえますが……。リュドミラ様が何も手立てが浮かばなかったというのもわかります。私にも思いつきません」

　ティグルは唸った。突きでた前歯さえ見せなければ女性に人気の高いラフィナックと、長くオルミュッツの王宮に仕え、諸侯の縁談についても広く見聞きしているガルイーニンなら何か考えつくかもとひそかに期待したのだが、甘かったようだ。

「そういえば、若の考えについて、まだ聞いていませんでしたね」

　繕った外套を観察しながら、ラフィナックが言葉を続ける。

「リュディエーヌ殿のことはどう思っているんです？」

「好きか嫌いかでいえば、好きだ」

　ティグルは正直に答えた。ここでつまらない嘘を言えば、正しい助言は得られない。

「俺としては、このまま何も思いつかなかったら……割り切るしかないと思ってる。グラシア様に大きな借りができたからな」

「借りといいますと？」

　首をかしげるラフィナックに、ティグルは深刻な表情で答えた。

「もしもグラシア様がレギン殿下の想いを尊重して、リュディに何も言わなかったら、どうなったと思う？　俺たちが首尾よくガヌロンとシャルルを討ったら……」

「ああ……」と、ラフィナックは納得して呻き声を漏らした。

「私が王女殿下だったら、おさえられるところをおさえて、若を逃がさないようにしますな。

形式を整えるのはそのあとでいい」

「その仮定ですと、ベルジュラック公爵夫人は王女殿下にお味方しているわけですから、ティグルヴルムド卿を王都に閉じこめるのは簡単でしょうな」

ガルイーニンが深い息を吐きだす。ティグルは苦い顔でうなずいた。

「グラシア様の行動は、レギン殿下にしてみれば裏切り以外の何ものでもない。もしも明るみに出ればとんでもないことになる。それだけの危険を、あの方は冒してくれたんだ」

むろん、グラシアはティグルのためというより、娘のために動いたのだろう。それでも、彼女のおかげでティグルが最悪の事態をまぬかれたことはたしかだ。

ティグルには、彼女に応える義務がある。ひとととしても、貴族としても。恩を返さないようでは、ヴォルン家そのものの信用に関わってくる。

「……なるほど。ティグルヴルムド卿のお考えはわかりました」

ガルイーニンが、手入れをしていた短剣を鞘にしまった。まっすぐティグルを見つめる。

「お二人で提案されてきたということは、リュドミラ様も割り切っておられるのでしょう。複数の女性を愛することができるのかなどと、問うつもりはございません。どちらをより愛しているのかなどと問うのも意味のないことです。ですが……」

ガルイーニンの視線が鋭さを増し、声が熱を帯びた。

「それでも、今後もリュドミラ様を愛すると、約束していただけませんか」

「もちろんです。十四のとき――ミラに想いを告げたあの夜から、俺の意志は変わりません」

驚きつつ、ティグルは即答する。初老の騎士に尋ねた。

「ガルイーニン卿、何か不安に思っていることがあったら、教えていただけませんか。俺がリュディのことを好きだと言ったのが……」

「いえ」と、ティグルの言葉を遮って、ガルイーニンは首を横に振る。

「むしろ、その点については安心しております。嫌いな相手と結ばれるよりよほどいいことですし、リュディエーヌ殿ならば手を組めると、リュドミラ様も思っているわけですから。私が申しあげたいのは、リュドミラ様とリュディエーヌ殿の立場の違いです」

自分を落ち着かせるためか、ガルイーニンは三つ数えるほどの間を置いた。

「戦姫は一代かぎりのものです。また、死ぬまで戦姫でいられるわけではありません。スヴェトラーナ様のように、リュドミラ様もいつか戦姫でなくなるときが来ます」

表向きは、戦姫はそのときのジスタート王が選ぶことになっている。

だが、実際は違う。戦姫は竜具が選び、ジスタート王はそれを承認するだけだ。

戦姫が命を落とせば、竜具は姿を消して新たな戦姫を求める。また、戦姫が戦姫らしからぬ行動をとったときも、竜具は戦姫のもとを去るという。

「戦姫は、戦姫でなくなればただのひとです。エレオノーラ様の治めるライトメリッツや、ソフィーヤ様の治めるポリーシャがそうであるように、戦姫が代替わりすれば、よほどのことがないかぎり、先代の戦姫はいなくなるものなのです」

現在のオルミュッツがそうなっていないのは、奇跡的に四代続けて母娘が戦姫になることができたからだ。相手が母であればこそ、ミラも「先代の戦姫」に公国を任せていられるし、騎士や官僚たちも安心して仕えることができている。

「ですが、リュディエーヌ殿は違います」

無意識にだろう、ガルイーニンは拳を握りしめた。

「公爵家そのものに異変でも起きないかぎり、あの方は公爵家のご令嬢のままです。ティグルヴルムド卿があの方と結ばれて公爵家を継げば、公爵夫人になるのでしょう。その後も公爵家と縁が切れるなどということは、まずありません」

そういうことか。ティグルはようやく理解した。同時に、自分の考えが足りていなかったことを反省する。ミラが戦姫でなくなる。それがいつかはわからないが、その日は必ずやってくるのだ。そのとき、ミラとリュディの立場は大きく変わる。

いつか訪れるそのときについて、ミラと話しあったことはある。「そうなったらこんなふうに悩まなくてすむのに」と、彼女は冗談めかして笑ったものだった。そのころは二人だけの話だったし、おたがいに遠い先のことだと思っていた。

「――ガルイーニン卿」

ティグルは膝立ちでガルイーニンの前まで歩いていく。初老の騎士の手をとった。

「いまの俺に、自分の想いと言葉を保証できるものはありません。それでも、俺はミラをいままで通り、いえ、いままで以上に愛し続けることを約束します。いつか、俺も、ミラもこの世からいなくなるときまで」

ガルイーニンはまじまじとティグルを見つめて、表情を緩める。

「失態をお見せしました、ティグルヴルムド卿。あなたのリュドミラ様への想いを疑うなど、恥ずべきことでした。厚かましいのを承知で、できればもうひとつ約束してほしいのですが、よろしいですか」

真剣な顔でうなずくティグルの手をやんわりと離して、ガルイーニンは続けた。

「リュディエーヌ殿も同じように愛してさしあげてください。リュドミラ様を不幸にしないためにも。とても難しい注文ですが……」

「……努力してみます」

想像以上の難題に言葉を詰まらせかけたが、ティグルは懸命に言葉を紡いだ。

ミラたちの提案を受けいれるなら、二人とも愛さなければ、リュディだけでなくミラも幸せになれないと、ガルイーニンは言っているのだ。たしかに、ミラはそういう娘だ。

「愛することと幸せにすることは、必ずしも同じではないということですな」

含蓄（がんちく）めいた言葉を口にするラフィナックを、ティグルは軽く睨みつける。十歳年長の側近は主の視線を受け流すと、あることに思いあたって真面目くさった表情をつくった。

「ガルイーニン卿、気になったのですが、戦姫様のご両親……スヴェトラーナ様とテオドール様がこの話をお聞きになったら、どう思われるでしょうか」

三人の間を沈黙の風が通り抜ける。ガルイーニンがため息まじりに答えた。

「申し訳ありません。まったく予測がつきません」

「若がぶん殴られるのは仕方ないとして、まさか殺されたりは……」

「さすがにそこまではないと思いたいですが、前例のないことですから……」

自分の前で怖い話をしないでほしいと思ったが、たしかにスヴェトラーナとテオドールには事情を説明しなければならないし、相応の覚悟が必要だろう。

「その……二人には迷惑をかけるが、よろしく頼む」

地面に座り直して、ティグルは頭を下げた。

「形はともかく、若が本懐(ほんかい)を遂(と)げられるんですからお手伝いしましょう」

「約束していただきました。微力ながら、お力添えいたしましょう」

二人はそれぞれそう言って承諾する。ラフィナックが思いだしたように付け加えた。

「私としては、こうなったらいっそティッタも加えてほしいところですがね」

ティッタはヴォルン家に仕える侍女だ。ティグルのひとつ年下で、ティグルに好意を抱いている。ティグルも彼女のことは妹のように可愛がっており、大切に思っていた。

ラフィナックも本気で言ってはいないと思うが、これまでの彼の働きぶりを思い、いずれしっかり報いてやらなければならないと考えると、いままで通りに聞き流すことは難しい。

「……考えさせてくれ」

困り果てた顔で答えると、ラフィナックとガルイーニンは温かく笑ったのだった。

ティグルたちが話しこんでいるころ、ミラとリュディは一糸まとわぬ姿で川に浸かり、水浴びを楽しんでいた。太陽はだいぶ西へ傾いて、空もくすんでいる。だが、大気はまだ熱を帯びており、水の冷たさが心地よかった。

「先日のティグルたちみたいに、競争してみましょうか？」

水をぱしゃりとはねさせて、リュディが楽しそうに笑う。彼女はミラより背が低いものの、均整のとれた身体をしており、腕や脚はしなやかで、胸と尻は理想的な曲線を描いていた。

「あの川より狭いし浅いから無理よ」

青い髪を指で梳かしながら、ミラは答えた。戦士らしさと女性らしさを備えた身体つきという点ではこちらも負けていない。健康的でありながら、艶めかしさがあった。

二人のそばの川岸には、ラヴィアスが突き立てられている。獣や、不埒な考えを抱く者が近寄ってくれば、この竜具が教えてくれるはずだった。

「リュディ、聞きたいことがあるんだけど」

二人だけだからなのか、身体を隠そうともせず仰向けに水に浮かぶリュディに、ミラが声をかける。彼女がこちらに視線を向けたのを確認して、続けた。

「どうして私を選んだの?」

「何のことですか?」

碧と紅の瞳がこちらを見つめる。ミラは補足した。

「ティグルを共有するにしても、私じゃなくてレギン殿下と組む手もあったでしょ」

「ああ、そのことですか」

水の中で身体をひねって、リュディは立ちあがる。胸を張って笑顔で答えた。

「簡単です。ティグルがあなたを好きだからですよ」

ミラから視線を外して空を見上げながら、リュディは言葉を続ける。

「あなたといるときのティグルは、うらやましいと思うぐらい幸せそうなんです。私はティグルにたくさんの幸せをもらったから、奪いたくなかった。あなたとなら上手くつきあえそうだという気持ちもありましたけど」

「幸せって、どんな……?」

気になって尋ねると、リュディは昔を懐かしむように、胸に手をあてた。

「木に登ってみたい、川で泳いでみたい、丘を一気に滑ってみたい……。ティグルはそうした私の願いを全部かなえてくれました。本当に危険なこと以外は、やるなと言わなかった。いろいろ言いながらもつきあってくれた」

なるほどと、ミラは内心でつぶやく。実のところ、王女の想いを無視してまで娘とティグルを結ばせようとするグラシアの態度が引っかかっていたのだが、ようやく得心がいった。

──ティグルでないとリュディの相手は務まらない。そう考えたのね。

自分がリュディと出会ってからのことを振り返っても、彼女は昔と変わっていない。護衛すべき王女のもとを離れて単独で城砦に潜入したり、ベルジュラック遊撃隊を組織したりと、非常に行動的だ。ティグルでなければ、とうてい彼女につきあえなかっただろう。

「もっとも、ティグルのそうした優しさに気づいたのは、ずいぶん後だったんですけどね」

苦笑を浮かべて、リュディは言葉を続ける。

「王女殿下の護衛を任されて、多くのことを学んで、でも、やりたいことはできなくて……。そのときになって、ティグルは本当にいろいろとやらせてくれたんだって。あのころ、自分がティグルの弓を馬鹿にしていたことにも気づかされて、とても後悔していました」

「ティグルは許してくれたんでしょう？」

確認するようにミラが聞くと、リュディははにかむような笑顔でうなずいた。

「謝ったら、今度、俺の弓の腕前を見てくれって」

答えてから恥ずかしくなったのか、リュディは水をすくって勢いよく顔を洗う。

「と、ところで、ミラはどうしてティグルを好きになったんですか？」

「あなたに教える必要はないでしょう」

ミラはそっけない口調で突っぱねたが、リュディは引き下がらなかった。

「いまや私とあなたは運命共同体、ともにティグルを夫とする同志じゃないですか。おたがいのことをもっとよく知れば、助言をすることだってできると思うんです」

「まだティグルは承諾してないわよ」

そう言葉を返したものの、少しくらいなら話そうかという気分に、ミラはなっていた。リュディがあまりに素直にティグルへの好意を語ったので、対抗意識を刺激されたのだ。

「ティグルがオルミュッツに来てくれたころの私は、余裕がなかったの。歴代の凍漣の雪姫たちが築きあげてきたものを受け継ぎ、戦姫としての務めを果たさなければならない。そのことばかりを考えて、まわりに目を向けていなかった」

他に、先代の戦姫だった母の存在に重圧を感じていたということもある。当時は、部下たちが母と自分を比較するだけで傷ついたものだった。

「そんな私に、ティグルは積極的に声をかけてくれた。戦姫としての私ではなく、ただの少女の私に。知らないものを教えてくれて、見ようともしなかったものを見せてくれた。私の隣に立って、私の世界を広げてくれたの」

リュディは感心した顔でミラの話を聞いていたが、聞き終えると素直に羨望を口にした。

「一年間、いっしょに過ごしたっていうのはずるくないですか」

「毎日いっしょだったわけじゃないわ。公務の合間を縫って、どうにか時間をつくったのよ。あなたは朝にティグルと会って、日が暮れるまで遊んでいたんでしょ」

「それでも四年間でたった四十日ですよ」

二人は顔をしかめて睨みあう。だが、すぐにどちらからともなく表情を緩め、吹きだした。

「どうなるかわからないけど、これからもよろしく、リュディ」

ミラが右手を差しだす。リュディはその手を優しく握りしめた。

「ところで、私とあなたでティグルを共有するこれを、『氷の誓い』と名づけようと思うんですが、どうでしょうか。あなたの冷気を操る力と、私の誓約の剣とで……」

ミラは呆れた顔になって答えなかった。


小さな鍋に水を張り、昼に食べた兎の肉の残りと、細かくちぎった野草、干し野菜、塩をまとめて放りこんで煮込む。鍋から聞こえる音が食欲をそそるものになってきたら、肉をナイフでつついてやわらかさをたしかめる。それらに薄切りのチーズを加えたものを、パンに挟む。鍋に残った湯は捨てない。木の実を足してスープにするからだ。塩気は薄いが、旅の最中であることを思えば、贅沢はいえない。

日が落ちて森が暗闇に包まれたあと、ティグルたちは焚き火を囲んで夕食をすませる。

ミラが人数分の青銅杯を用意して、紅茶(チャイ)を淹れた。専用の道具などは持ってきておらず、せいぜい茶漉(こ)しを使うぐらいだが、それでも工夫のしどころはある。

ティグルに紅茶を渡すとき、彼女はごく自然な口調で言った。

「はい。濃くしておいたから」

「ありがとう」

笑顔で受けとるティグルを不思議そうな顔で見て、リュディがミラに尋ねる。

「どうしてティグルの紅茶だけ濃くしたんですか?」

ミラはきょとんとした顔になり、わずかな間を置いて苦笑した。

「顔を見て、何となくね」

ラフィナックとガルイーニンが無言で視線をかわし、ティグルは黙ってうつむく。だが、リュディはティグルをそのままにしておかなかった。

「ティグル、いま私が何のチーズを食べたいと思っているか、わかりますか」

彼女の顔をじっと見つめたティグルだったが、ほどなく降参した。

「じゃあ、これから要訓練ですね。お姉さんは厳しいですよ」

そのあと、五人は見張りの順番を決めて、さっさと休むことにした。

無数の星を従えた月が真上に輝くころ、ティグルが見張りを務める番がまわってくる。

黒弓と矢筒をそばに置いて、ティグルは静かに焚き火を見つめた。真夜中はさすがに冷えるものの、外套をまとって火にあたっていれば、夜気の冷たさは頬や耳にしか感じない。

すぐ近くで何かが動く気配がして、ティグルはそちらに視線を向ける。リュディが身体を起こしたところだった。

「どうした？」

他の者たちを起こさないよう小声で尋ねる。リュディはやわらかな微笑を浮かべると、両手を地面について、ティグルに近づいてくる。後ろにまわりこんだ。

「ここを今夜の寝床とします」

甘えるような声とともに、背中に重みを感じる。リュディが背中合わせに寄りかかってきたのだとわかった。何か言うべきかとティグルは思案したが、放っておくことにする。

「昔、休憩したときも君はよく寄りかかってきたっけな」

「あなたの背中は広くて安定感がありますからね」

しばらくの間、火の燃える音と、薪の爆ぜる音だけが闇の中に響く。

思いだしたように、リュディが聞いてきた。

「私たちの提案を、受けいれてくれますか？」

「明日まで時間をくれと言ったぞ」

「寝て、目を覚ませば、もう明日ですよ」

思いつきで反論してみたら、あっさり言い返された。ティグルは苦笑したが、すぐに笑みを消す。リュディたちは真剣に提案してきた。誠実に返さなければならない。

「受けいれるよ」

夕食をとるときにはもう決意を固めていたとはいえ、その言葉は、自分でも驚くほど抵抗なく口から滑りでた。背後でリュディが身体を硬直させる。次いで、肩を震わせはじめた。

声をかけるべきかティグルは迷って、とりあえず様子を見る。しかし、三十を数えるほどの時間が過ぎても彼女が何も言わないので、おもいきって声をかけた。

「リュディ……？」

「……はい」と、返ってきた声は、嗚咽まじりのものだった。

「いえ、だいじょうぶです。こんなに熱くなるものだなんて、思わなくて……。何度も好きだって言って、やっと、いえ、ついに、ですよ……」

ティグルは黙りこむ。思いだしたのは四年前、自分がはじめてミラに想いを告げたときのことだ。緊張と不安で心臓が落ち着かず、てのひらは汗でびっしょりだった。ミラが首を横に振ったときの絶望と、その直後に彼女が話してくれたおとぎ話への希望。

焚き火を見つめて、リュディが落ち着くのを待つ。まだ話は終わっていない。

どれぐらいの時間が過ぎただろうか。リュディが大きく息を吐いて、再びティグルの背中に体重を預けてきた。鼻歌を歌いかけて、慌ててやめる。

それから、ためらいがちにリュディは聞いてきた。

「その、本当にいいんですか……？　もっと考えた方が」

「好きか嫌いかでいえば、好きだと言っただろう」

「その言い方はいただけません。私の方がお姉さんなんですから気遣いがほしいですね」

怒ったような口調でリュディは言ったが、本気ではないことが背中から伝わってくる。二人は声を殺して笑いあった。だが、ティグルはすぐに気を取り直す。

「リュディ、受けいれるという言葉に偽りはない。ただ、先にやりたいことがある」

ティグルの声がまとう気迫を感じとったのか、リュディは黙って促してきた。

「ひとつめ。ガヌロンとシャルルを倒す」

「二つめは？」

ティグルは傍らの黒弓へと視線を移す。自分に言い聞かせていたにもかかわらず、その単語を口にするにはいくらかの勇気が必要だった。

「魔弾の王と、魔物だ」

魔弾の王とは何なのか、解き明かさねばならない。場合によっては、この家宝の黒弓を破壊する覚悟も必要となる。また、ミラの宿敵であるズメイは滅ぼさなければならない。ガヌロンが言っていたドレカヴァクという魔物と、アーケンの使徒についても気になる。

「他には？」

リュディが聞いてきた。「これで全部だ」と、答えると、彼女は嬉しそうに背中を揺らす。

「わかりました。あなたの未来の妻として、お手伝いしましょう」

反応に困って、ティグルは黒弓を見つめたまま一切の動きを止めた。

「危険だぞ？」

たっぷり時間をかけてようやく出てきたのは、自分でも頼りないと思える態度での陳腐な言葉だ。これで彼女を引き下がらせることなどできるはずがない。

「でも、ミラはあなたといっしょに戦うんでしょう」

一言も返せないティグルに、リュディは普段通りの口調で追い討ちをかける。

「私には『誓約の剣』があります。ミラの竜具のように、あなたの黒弓と共鳴することこそありませんが、頼りになることは保証しますよ。夫婦は支えあうものです」

「くれぐれも無理はしないでくれよ」

ティグルはそう応じるのが精一杯だった。

――それにしても、俺にできるんだろうか。

二人の女性を同時に愛することが。幸せにすることが。

――わからないが、やってみるしかないな……。

幸いなのは、ミラもリュディも協力的であるということだろうか。三人で力を合わせれば、何とかなるかもしれない。ただの願望かもしれないが、そう思いたい。

交替する直前まで、リュディはティグルの背中に身体を預けていた。

†

ミリッツァ＝グリンカがオルミュッツ公国の公宮を訪ねたのは、落日の陽光が西の空を金色に輝かせ、公宮の一部を朱色に染めあげたころだった。

戦姫が他領を訪問するとなれば、迎える側も相応の準備が必要となる。よって、ふつうは先触れを出して、何日後に到着するかを伝えるのだが、ミリッツァのやり方は少し違う。彼女の竜具であるエザンディスに、一瞬で他の地へ跳躍できる力が備わっているからだ。

ミリッツァは先触れを出さずに、単独で相手のもとを訪ねる。そして、相手の都合を聞き、予約をとりつけて出直すか、部屋を用意してもらって待つのだ。

今回は、名のってほどなく応接室へと通された。紅茶と焼き菓子を出されて待つこと四半刻足らず、現在の公宮の主が姿を見せる。

「ひさしぶりね、ミリッツァ。元気にしてたかしら」

腰に届く長い黒髪を持ち、白を基調としたドレスをまとった美しい女性だった。彼女の名はスヴェトラーナ。ミラの母であり、いまは娘の代理として公国を治めている。

「スヴェトラーナ様もお元気そうで何よりです」

ミリッツァは椅子から立ちあがって、頭を下げた。

「堅苦しいのは抜き。ちょうどよかったわ。そろそろ気晴らしに散歩にでも行こうかと思っていたところだったのよ」

ラーナは勢いよくソファに腰を下ろす。侍女が、紅茶を満たした白磁の杯と、焼き菓子を盛った皿を置いて退出した。白磁の杯からは湯気が立ちのぼっている。

ミリッツァはさっそく本題に入った。

「今日、お伺いさせていただいたのは、リュドミラ姉様のことについてご報告するためです」

「ご苦労様。あの子、いまはブリューヌにいるんだったかしら」

ラーナが憮然とした顔をつくる。ミリッツァは不思議そうに首をかしげた。

「そうですが……その、ご心配では？」

「あなたが落ち着いているもの。あの子に何かあったら、もう少し顔に出るでしょ。ブリューヌの状況は、ライトメリッツとアルサスからそれぞれ聞いているけど」

ブリューヌの内乱に介入する際、エレンはオルミュッツに使者を送って事情を説明した。

また、ティグルの父ウルスも、ルテティア兵との戦いのあと、戦場となったセレスタの町を復興するための協力をオルミュッツに求めている。二十日以上前のことで、ラーナは即座に承諾し、食糧や衣服、金貨を詰めた樽を満載した馬車を五十人の兵に守らせて派遣していた。

ちなみに、ウルスはルテティア軍と戦うにあたって、なぜオルミュッツに協力を求めなかったのかも丁寧に伝えている。ライトメリッツの方が近いことに加えて、二つの公国にそれぞれ協力を求めたら、アルサスの財政がもたないからということだった。

そのことを説明した上で、復興の支援を要請することでオルミュッツの面子をたててくるウルスを、ラーナは高く評価していた。

「ミリッツァ、どうしてこちらではなく、ライトメリッツに話を持ちかけたの？　オルミュッツの方がアルサスとのつきあいは長いのよ？」

身を乗りだして聞いてくるラーナに、ミリッツァは首をすくめて弁明する。

「リュドミラ姉様がいれば、こちらに話をしたと思います」

ラーナの現在の立場は公主代理だ。その手腕に不安がないとしても、当代の戦姫であるエレンの方を優先するのは、王宮にしてみれば当然の処置だった。

「ところでリュドミラ姉様のこと、いつごろまでご存じですか？」

「あの子が送ってきた手紙でもっとも新しいのが、昨年の秋に書かれたものね。たしか、アスヴァールで冬を越すかもしれないと書いていたわ」

「わかりました。では、そのあとのことをお話しします」

昨年の秋にアスヴァールの内乱が幕を閉じると、ミラはティグルらとともに、ザクスタン王国へ向かった。そして、王家と土豪(レンツヘル)の争いに関わりながら、ザクスタンを脅かしていた人狼(ヴェアヴォルフ)の問題を解決した。

ミラはザクスタンで冬を越すと、今度はブリューヌ王国へ向かった。そこでバシュラル王子とレギン王女の戦いに関わり、いまは王女の貴重な協力者としてブリューヌに滞在している。

詳しく話すとかなりの時間がかかってしまうため、ミリッツァはなるべく手短にすませたのだが、話を聞き終えたラーナは腕組みをして唸った。

「あの子はいつのまにか、揉めごとに首を突っこむ趣味を持ったみたいね。ブリューヌの件がかたづいたら、今度はムオジネルに寄り道をするんじゃないかしら。あの国ではちょうど内乱の真っ最中だと聞くし」

「ザクスタンとブリューヌへ行くことを決めたのは、ティグルヴルムド卿ですから」

ミリッツァはそういう言い方でミラをかばった。ラーナは話題を変える。

「ティグルといえば、二人の仲はどう？　少しは進展した？」

「あと少しで、二人で朝を迎えるところでした」

それを妨害したのが自分であることはおくびにも出さず、ミリッツァは答えた。

「うちの子は本当にそのへんが弱いわね。邪魔のひとつや二つ入ったぐらいでいちいち先送りしていたら、誰かに横取りされるわよ。誰が誰を好きかなんてわからないんだから」

紅茶を飲みながら残念がるラーナを見て、ミリッツァは素朴な疑問をぶつける。

「スヴェトラーナ様がリュドミラ姉様たちの仲を応援しているというのは聞いていましたが、お二人の仲が成就するとお考えなのですか？」

「無理だと思う？」

楽しそうな表情で質問を返されて、ミリッツァは肩をすくめた。

「わかりません。リュドミラ姉様のためにも成就してほしいとは思いますが」

「あなたから見てそれぐらいの方がいいわね」

ミリッツァは首をかしげる。ラーナはソファの背もたれに寄りかかった。

「おたがいに好きあっていて、障害だったはずの生まれた国と立場の違いも乗り越えられそうなのに、あなたの目から見ても二人の仲は不安定。安心すると油断する、あの子の悪い癖よ。いい加減、手段を選ばず、必死になるべきだわ」

「スヴェトラーナ様もそうなさったんですか？」

「私は油断しなかったもの」

当然のような態度で、ラーナは胸を張る。ミリッツァとしては恐れいるしかない。

「ミリッツァ、あなたもあの子からよく学びなさい。横取りされてから後悔しても遅いのよ。ティグルみたいな子はそうそういないんだから」

「肝に銘じておきます」

そうしてミリッツァが帰っていったあと、ラーナはひとりで応接室に残り、曇り空が広がりつつある空を見つめていた。その顔に、ミリッツァと話していたときの明るさはない。

「できれば、あの子に背負わせたくはなかったけど……」

無意識のうちに左腕をおさえる。彼女は戦姫だったころにズメイと戦って、左腕に深傷を負った。腕自体は残ったが、ほとんど動かすことができない。

それからほどなく、戦姫たりえなくなったと判断してラヴィアスが彼女のもとから去り、ラーナは戦姫ではなくなった。

そして半年後、十四になったミラの前に、ラヴィアスは現れたのだ。

「ミラ……。あなたはきっと、ズメイと戦うでしょう。生き延びてちょうだい」

母として、ラーナは神々に祈った。

ミリッツァから聞いた話でもうひとつ気になったのは、魔弾の王のことだ。ラーナは詳しいことは知らないが、ティル＝ナ＝ファに関わっていると聞くと、穏やかではいられなかった。

「運命という言葉は信じたくないけど……」

自分がティグルの弓の才能を発見し、この地に連れてきて、ミラに引きあわせたのは運命と呼ばれるものだったのだろうか。戦姫の竜具は、あの夜と闇と死の女神のためにあるものだったのだろうか。このときのために。

いくばくかの間を置いて、ラーナは首を横に振る。

運命などと決めてしまうのは、二人の一途な想いを、その努力を蔑ろにするものだ。ティグルがミラに振り向いてもらうために、この異国の地でどれだけがんばってきたのか、ラーナはよく知っている。ミラもまた、ティグルと心を通わせる時間をつくってきた。

運命などではない。だが、そうだとすれば、二人はこの先も、自らの意志で『魔弾の王』に関わっていくのだろう。

あらためて、ラーナは神々に二人の無事を祈らずにはいられなかった。

†

王都ニースの城壁が遠くに見えたところで、シャルル率いる国王軍は行軍を止めた。

見えたといっても、ここからでは豆粒みたいなものだ。城壁の前にたどりつくには、あと一日か一日半は進まねばならない。

ランブイエ城砦を放棄した日から数えれば、七日が過ぎている。兵を急がせてまっすぐ進んでいれば、今朝にはニースの城壁に迫っていただろう。そうならなかったのは、シャルルが寄り道を命じたからだった。

見上げれば、太陽は中天を過ぎている。身体を炙るようなこの暑さも、徐々にやわらいでいくはずだ。今日はここまでにしようと、シャルルは決めた。

──欲をいえば、あと四、五ベルスタは進みたいところだが、無理は禁物だ。

ここにいる国王軍は約二千だが、この他に、ほぼ同数の別働隊がいる。シャルルの呼びかけに応じて従った諸侯らの兵で編制された部隊だ。彼らは敵に見つからぬよう、異なる方角から王都に迫っているはずだった。

　別働隊を加えても、国王軍の兵力は四千余り。王都を正面から攻めるのであれば、この二十倍は必要だろうが、シャルルはまともに戦う気など毛頭ない。

「今日はここに幕営(ばくえい)を設置する。休憩のあと、準備にとりかかれ」

　そう命じて馬から下りると、さっそくとばかりに数人の騎士たちが報告に現れる。兵たちの士気は高く、脱走した者も数えるほど、武器と食糧については問題なしということだった。それから、騎士のひとりが遠慮がちに口を開く。

「ファーロン陛下、恐れ多いことながら、お伺いしたいことがございます」

　彼らは、あくまでファーロン王に仕えているつもりだった。シャルルが鷹揚(おうよう)にうなずいて発言を促すと、その騎士は軍の後方を振り返る。

「あれはいったい、何に使うのですか？」

「知りたいか？」

　楽しげな表情で、シャルルは訊いた。後方にあるものは、軍をわざわざ寄り道させた、その成果だ。だが、その騎士は余計なことを聞いてしまったと思ったのか、「い、いえ」と慌てて首を横に振った。

――むしろ、聞かせてやりたかったのだがな。

　以前、ガヌロンに聞いたところでは、この身体の持ち主だったファーロンという男は、兵から過度に恐れられるような男ではなかったという。

――国王という存在に対する態度が、できあがってしまっているのだろうな。

三百年という年月を思う。それだけ長くこの地を治めてきた王家なら、尊ばれるだろう。王家の方も、自分たちに忠実であれと唱え続けてきたに違いない。統治者とはそういうものだ。

そこまでわかった上で、一抹の寂寥を感じる。シャルルが国を興したころは、そうではなかった。王宮の内外に荒々しさが残っており、無礼な口をきく者は少なくなかった。『騎士の中の騎士』と呼ばれたロランなどは、感情が昂ぶると自分をよく呼び捨てにしたものだ。

――わかっていたことだ。

口の端を吊りあげる。先日、忍びこんだ王宮には、当時と変わらぬものがあり、当時から変わったものがあった。自分のものだった王宮は、自分のものではなくなっていた。

三百年もの月日が流れて、何も変わらぬ方がおかしい。

だから、奪うと言ったのだ。取り返すのではなく。

「まあ、遠慮せずに聞いていけ。兵の不安を消し去るのも王の務めだからな」

わざとらしい口調で言って、シャルルは騎士たちに笑いかける。

「あれはな、敵に隙をつくるための、ちょっとした小細工だ。もっとも、あれを使えばおおいに有利になるわけではない。勝敗を決するのは、そなたらひとりひとりの力だ。頼むぞ」

王の言葉に、騎士たちは感激した。緊張と昂揚感で身体を硬くして、「必ずや」と答える。

彼らが敬礼をして去っていくと、入れ替わるようにガヌロンが歩いてきた。

「偵察隊から報告があった。テナルディエは何日か前に兵を率いて南東へ向かったらしい」

「よし、ご苦労」

シャルルは上機嫌でガヌロンをねぎらう。

もっとも、ガヌロンがムオジネルに工作したわけではない。ズメイを通じて煽ったのだ。

正直にいえば、ガヌロンはズメイを信用しておらず、それほど上手くいくと思っていなかったが、シャルルが喜んでいるのならばいいだろうと考えた。それに、王都を攻めるにあたって敵を少しでも減らしておいた方がいいのは間違いない。

「後方にいる敵は？」

ティグルとザイアンに率いられたブリューヌ軍のことである。ティグルたちが軍を離脱したことを、当然ながらシャルルは知らない。

「四日前までは動かず、三日前の朝、北に向かって動きだしたという報告がもっとも新しいものだ。こちらの仕掛けた罠にかかって、ルテティアへ向かってくれたらしい」

いくつもの村を焼き払い、いかにもブリューヌ軍の前進を阻むかのように見せかけて、ルテティアへ誘いこむ。ガヌロンとシャルルの考えた罠であった。

しかし、ガヌロンの報告を聞いたシャルルは素直に喜ばなかった。

「三日前の朝だからな。そのあと気が変わって引き返している可能性もある。追いつかれる可能性も考えておくべきかもしれねえな」

「やはり、私がたしかめてこようか」

そう言ったガヌロンに、シャルルは首を横に振る。

「おまえのその力は、魔物どもやろくでなしを叩き潰すときのために取っておけ」

ろくでなしとは、アーケンの使徒のことだ。ガヌロンは不満そうな目でシャルルを見たが、

「わかった」と答えた。まだ魔物はズメイとドレカヴァクが残っている。アーケンの使徒メルセゲルの動きもさぐっておかなければならない。シャルルの言うことには一理あった。

「ところで、身体の調子はどうだ」と、ガヌロン。

「きわめて快調だ。何なら俺ひとりで王宮を奪ってきてもいいぞ」

「頭の方は不調のようだな」

冗談に皮肉を返して、ガヌロンが視線を転じる。遠くにそびえる王都の城壁を見つめた。

「懐かしいな」

シャルルが視線を向けると、「昔のことだ」とガヌロンは答える。

「王都をあそこにつくるといったら、猛反対されただろう」

「おお、あった、あった」

シャルルは肩を揺らして笑いながらうなずいた。

「もっと他に大きな町はあるだの、山の上に宮殿を建てるのは手間がかかるだの、山に棲む精霊の怒りを招くだの、どいつもこいつもえらい剣幕で、おっかなかったなあ」

「だが、おまえは引かずに強行した」

「自分で興した国なら、王都だって自分でつくった方がいいからな。何より、俺の領土は、どの豪族の領土より広かった。それに、あの山には思い出が山積みだ」

「そうだな……」

ガヌロンの表情が複雑なものになる。リュベロン山は、二人が魔物コシチェイと死闘を繰り広げた場所でもあった。多くの兵を死なせ、信頼していた者も失うほどの苦しい戦いだった。知恵を絞り、死力を尽くし、山の中を駆けまわって、精霊の力を借りた。

コシチェイは恐るべき魔物だった。並の剣や槍では傷つかず、炎や落石も通じなかった。その上、コシチェイ自身は、デュランダルと彼が呼ぶ大剣を振るって、兵たちをまとめて吹き飛ばした。甲冑も盾も、デュランダルの前では無力だった。

シャルルはガヌロンと呼吸を合わせて、どうにか魔物からデュランダルを奪った。

デュランダルは、コシチェイを傷つけることができた。だが、コシチェイは死ななかった。首を失おうと、身体を両断されようと、この魔物はすぐによみがえったのだ。

ブリューヌやジスタートには、『不死身のコシチェイ』と呼ばれる精霊のおとぎ話があるのだが、まさしくコシチェイはそれだった。

最終的に、ガヌロンがコシチェイを喰らうことで、どうにか戦いには勝ったのだが、払った犠牲の大きさを思うと、心から喜べる類のものではなかった。

感慨にふけるガヌロンの肩を、シャルルが軽く叩く。

「昔の話だ。それも、とびきり大昔のな」

ガヌロンは微笑を見せてうなずいた。自分たちが王都へ行くのは、新しい道を歩むためだ。過去を振り返るためではない。

シャルルはナヴェルを呼んで、軍の指揮を任せると告げた。あらかじめ伝えてあったことなので、ナヴェルの顔に驚きはない。しかし、彼は不安を口にせずにはいられないようだった。

「陛下、恐れ多いことと承知していますが……この策は成功するでしょうか」

「上手くいくさ。王宮の主が俺の知らない者に替わっていないかぎりな」

気負う様子もなく、シャルルは笑って答える。

「ナヴェルよ、おまえが多数の兵を従えて、アルテシウムにある館を守っているとしよう。そこへ、敵の大将が部下をひとりだけ連れてのこのこと現れたら、どう思う？」

「何らかの策があるに違いないと考えますが……それ以上に、相手の正気を疑います」

その答えに満足して、シャルルは大きくうなずいた。

「今日までに二度、俺は相手の意表を突いた」

ガヌロンと二人だけで王宮に侵入したのが一度目、ランブイエ城砦を焼いたのが二度目だ。

「道化師の見世物と同じでな、また妙なことをしてみせれば、今度も何かやるかもと勝手に思ってくれる。案ずることはない。ここまで来たら、もう成功したも同然だ」

「かしこまりました」

納得してナヴェルは一礼する。彼が去るのを確認して、シャルルはガヌロンに問いかけた。

「ところで、敵の中でもっとも厄介なのは誰だと、おまえは思っている？」

「もっとも厄介か……」

しばし考えたあと、ガヌロンは戦意を帯びた顔で答える。

「ティグルヴルムド＝ヴォルン。黒弓を持っていた男だ」

「ああ、当代の魔弾の王か」

「そうなるかはわからぬ。片鱗は見せているがな」

「他の者はどうなんだ？　あのロランはなかなか手強かったぞ。ミラとか呼ばれていた、妻に似た女も勇敢だった。俺の遠い孫も、戦士としてはともかく、気丈な女じゃないか」

シャルルの言葉に、ガヌロンは首を横に振る。

「おまえがこの国を興して間もないころ、『戦に恵まれた』と言ったことがあっただろう」

シャルルは記憶をさぐり、ほどなくうなずいた。ガヌロンは続ける。

「ティグルヴルムド＝ヴォルンの初陣は昨年の春だったが、そのときはまったく武勲をたてていなかった。ところがそれから一年の間に、近隣諸国をまわって、諸国の王から助けを得られるだけの功績をあげた」

苦々しい表情で、ガヌロンは続けた。

「今年の春、ブリューヌに帰還するや、たちまち一軍の指揮官におさまった。あの男が王女を救った。『戦に恵まれている』としか思えぬ」

ガヌロンの声には悔いがある。

ティグルを葬り去ろうと思えば、ガヌロンにはその機会が何度かあった。それを、魔弾の王になるかもしれぬ、利用できるかもしれぬと、放っていたのは他ならぬガヌロン自身だ。葬り去ろうとしても、たとえばズメイあたりに邪魔されたかもしれないが、それは別の話だ。

——だからこそ、あの男は私の手で確実に仕留めなければならぬ。

そこで、シャルルが思いだしたように言った。

「いまのうちに言っておくが、怪物を操るような力は使うな」

ガヌロンは眉をひそめる。

「さきほどといい、どうもおまえはこの力を嫌っているようだが……。これは、私とおまえとでつかみとったものだ。不当なものではない」

「おまえは俺を信用してないのか？」

ガヌロンの感情を受け流すように、シャルルは笑った。ガヌロンは憮然とする。

「信用しないわけがないだろう。だが、数の差は歴然としている。以前にも言った通り、私はおまえが確実に勝つためには何でもするつもりだ。この力をいま使わずして、いつ使う」

「……わかった」

　ガヌロンの熱意に押されてか、シャルルはあっさり撤回した。

「だが、ぎりぎりまで使うな。おまえの気持ちはわかるが、俺は、自分の力を試してみたい。よみがえってから一月も過ぎていない俺が、どこまで通じるか……」

　二人のそばでは、紅馬旗（バヤール）と、一角獣（リコルヌ）を描いたガヌロン家の軍旗が風にひるがえっていた。


　その日の夜、シャルルは総指揮官の幕舎の中で地図を眺めていた。

　ひとりではない。女がいっしょにいる。ランブイエ城砦を陥として間もないころに、城砦の近くの村から連れてきた娘だ。控えめで聞き上手なのでそばに置いていた。

　右手に葡萄酒（ヴィノー）を満たした黄金の杯を持ち、左手で娘を抱き寄せながら、シャルルは聞いた。

「空の先や地の果てがどうなっているか、気になったことはないか」

「考えたこともありません」

　娘は正直に答えた。

「きっと、どこまで行っても空も地面も変わらないと思っています。違うとしても、村から見るものに変化がなければいいって」

「俺は違った……。いや、幼いころはおまえと同じだった。そうだな、雷雲はわかるか？」

　娘がうなずくのを確認して、シャルルは新たな質問をぶつけた。

「雷雲がどこから来るのか、どうして消えるのか不思議に思ったことはないか？」

少し考えて、娘は答えた。

「小さいころ、何度か」

「そうか、そうか。思ったことがあったか」

嬉しそうに娘の背中を撫でて、シャルルは話を続けた。

「俺は山の中で生まれ育ってな。村には雷がよく落ちた。年にひとりは雷で死んだ。それで思ったのさ。雷雲はどこから来て、どこへ行くのかと」

それが空を見上げるようになったきっかけであり、時間ができれば空を見上げるうちに、最初の疑問はいつしか、空と大地はどこまで続いているのかという問いに変わった。

「最初は、歩いて行けるところまで行こうとしたんだがな」

早々に限界が訪れた。大地には、目に見えない境界線があまりに多かった。

「思えば、俺の暮らしていた山も縄張りが細かくわかれていたからな。不思議ではなかった。どこが誰の縄張りなのかを知るため、路銀を稼ぐために、てきとうに雇われてみたが、そこでいろいろとおかしな目に遭った」

雇い主には敵が多すぎた。このままでは自分も破滅の渦に巻きこまれると悟った。

「それで乗っ取って、あとは必要に応じて味方を増やしたり、縄張りを広げたりしていたら、国ができあがっていた。いや、必要になったからつくったんだ。興味もあったしな」

「必要だったんですか？」

不思議そうな顔を、娘はした。シャルルはうなずく。

「ついてきたやつらを食わせてやらなきゃならなくてな。息子や娘に畑なり家なりを残してやりたいってやつも多かった。こっちもいろいろとつきあわせたから、あるていどは何とかしてやろうと思うと、それが一番、面倒がなかった」

「国って、もっと立派な考えでつくると思ってました」

「俺の考えは立派じゃないか？」

冗談まじりに尋ねると、娘は首を横に振った。彼女の言いたいことはわかるので、シャルルはその唇を吸うことで許す。音が響くほど濃厚にねぶり、吸いあげてから離した。

──俺の好みも変わったものだ。

漠然と、そんなことを思う。最初の妻は、おとなしさとは無縁の女だった。

邪教徒の両親から生まれ、邪教徒として育てられた彼女は、多くのことを知らなかったが、見聞きするもののことごとくに新鮮な反応を見せた。そして、自分が詳しく知っていることや得意なことにかけては、未熟な弟を教育する意地悪な姉のような態度をとった。

一方で、シャルルの方が詳しかったり、得意だったりすることについては、負けん気の強さをむき出しにしながらも懸命についてきた。

「ベッドの中でだけはおとなしい女」と、シャルルが評すると、容赦なく殴ってきた。

シャルルの部下たちの中で能力が優れていたかというと、そんなことはなかった。

ただ、シャルルの背中を見ながら付き従う部下ばかりの中で、彼女だけは違った。隙あらば隣に立とうとしてきた。隣に立って、胸を張って笑っていた。

――だから、ガヌロンと喧嘩が絶えなかったんだったな。

ガヌロンもまた、シャルルの隣に立った人間だ。ただ、ガヌロンは隠者じみた生活の中で培ったのか、自らは一歩引いてシャルルを立てるという行動を、自然とやることができた。それでいながら、誰も見ていない場では当たり前のように友人として接してきた。

そして、妻とガヌロンはよく口論をした。国を興す前、シャルルが選択を迫られるたびに、二人は正反対の意見を述べた。妻が前進を主張すればガヌロンは後退を叫び、ガヌロンが守勢を主張すれば妻は攻勢を叫んだ。二人の意見が一致したことはほとんどなかった。

妻と、ガヌロンと。約三百年前のシャルルは、この二人にどれほど助けられてきただろう。

「いまも、国が必要なんですか？」

目の前の娘の素朴な問いかけが、過去から現実に引き戻す。シャルルは娘から視線を外して地図を見つめた。約三百年前にくらべて、世界は格段に広がっている。

「まだまだ世界は広いとわかったからな。それに、あいつに報いてやらなくちゃならん」

残った葡萄酒を呷ると、シャルルは杯を放り捨てた。感傷を擲(なげう)つように。

3 閉ざされた世界の姉弟

澄みきった青とまばらな白で彩られた空の下に、黒々とした残骸がわだかまっている。

「これはひどいな……」

馬上から、かつて村だったものを見つめて、ティグルは嘆息した。傍らにいるミラが、痛ましげな表情でリュディを振り返る。

「この村で合ってるの？」

「間違いありません……」

リュディの声には力がない。焼き払われたギュメーヌ村を、呆然と見つめていた。

ティグルたちがブリューヌ軍を離れてから、三日。幸いにも、敵兵と遭遇することも、野盗と出くわすこともなく、一行は目的地にたどりつくことができた。

だが、村は徹底的に焼き払われ、村人らしき者の姿はないというありさまだった。

「目についた死体は二つ。荒らされた跡はなし。おそらくルテティア兵の仕業でしょう」

ガルイーニンの冷静な言葉に、ティグルとミラははっとして遠くに視線を向ける。村のまわりには起伏のゆるやかな草原が広がっているが、敵影らしきものは見当たらなかった。

――このあたりはルテティア領内じゃないのに、こんなことをするのか。

自分たちに利用されるかもしれないというだけで。

野盗も同然じゃないかと思い、怒りがこみあげる。

「軍に戻る？　いっそ王都まで駆け戻るという手もあるけど」

ミラがティグルを見る。ブリューヌ軍が順調に行軍できているなら、いまごろニースまであと二、三日の距離にいるはずだ。ここから軍に戻るなら、むしろ王都を目指した方がいい。シャルル率いる国王軍に見つからないよう慎重に動く必要があるが。

だが、ティグルはもう少しだけ粘ってみようと思った。

「この近くの村や集落に行ってみよう。何か話を聞けるかもしれない」

「賛成です」

ティグルの提案に、リュディが真っ先に返事をする。いつまでも落ちこんでいる余裕などないと考え直したのだろう。「よし」と、自分に気合いを入れ直した。

「このあたりにまだ敵がいて、見つかったら？」と、ミラ。

「おもいきり馬を走らせて逃げるさ」

村や集落に立ち寄るのは、せめてもの悪あがきだ。ティグルはそのことをわかっていたし、そこに固執するつもりはない。リュディも「そうしましょう」と、うなずいた。

「リュディはこのあたりに詳しいの？」

ミラが訊くと、リュディは首をかしげて、中天を過ぎた太陽を見上げる。

「東の方に集落があるはずです。この先に川があって、川に沿って進めば……」

「川があるのは助かりますな」

沈みがちな気分を変えようとしてか、ラフィナックが明るい声で言った。もっとも、日中が暑いのはたしかなので本音も含まれているに違いない。

二つの死体を埋葬し、死者の魂の安寧を神々に祈ると、五人は再び馬を走らせた。


空がくすんできたころ、ティグルたちは目的の集落に着いた。

旅人ということであからさまに警戒されたものの、リュディがギュメーヌ村と、会う予定だった村人の名を出すと、集落の者たちはいくらか気を許した。

「北からたくさんの兵士が来たんだ。そいつらが食糧や家畜を奪い、村人たちをどこかへ連れていって、家々に火をつけた。抵抗した連中はみんな殺されたよ。あれは野盗の集団よりよっぽど恐ろしいぜ」

どうしてそこまでわかったのかといえば、この集落の若者たちの何人かが、物々交換のために村へ向かっていたからだという。途中で兵士たちの姿を見たので、茂みに隠れて様子をうかがっていたところ、村が襲われるのを見て、慌てて逃げたということだった。

「北の方からというと、やはりルテティア兵か」

「ルテティアに連れていかれたとなると、お手上げね」

ミラが悔しそうに口元を歪める。いまからルテティアへ向かうわけにはいかない。

そのとき、何かを思いだしたのか、集落の者が訊いてきた。

「そういえば、あんたたち、どこから来た？」

「ニースだ」と、ティグルが答えると、その男は顔を輝かせた。

「あんたたちと同じく王都から来たという二人の旅人がいるんだ。もしも王都から誰か来たら教えてほしいと言われててな。会ってくれねえか」

ティグルたちは顔を見合わせる。王都は、いまでこそレギンが統治しているが、少し前はガヌロンが支配していた。もしかしたら、そのころに逃げた者かもしれない。集落の者の表情を見ると、どうもその人物たちをここから連れていってほしいようだった。

「ともかく会ってみようか」

ティグルが言い、一行はその旅人たちが休んでいるというところへ案内してもらう。集落の隅にある、粗末なつくりの小屋だった。

扉を開けたティグルの鼻を、異臭がつく。複数の匂いが混じった不快な臭いだった。

顔をしかめながら中を覗きこむ。薄暗い。小さな窓が天井近くにあるだけで、ほとんど陽射しが入らないからだ。床に敷かれた毛布の上に、老人が横たわっているのが見える。外套を身体にかけていた。そばには四十代後半と思しき女性が座りこんでいる。

「王都から来たというひとを連れてきたぞ」

集落の者はそれだけを老人たちに告げて、ティグルたちに小屋へ入るよう促した。五人の中でもっとも王都の状況に詳しいリュディが先頭に立ち、ティグルとミラが続く。全員入ると窮屈なので、ラフィナックとガルイーニンは見張りを兼ねて外で待った。

中に入ったリュディは、老人の顔を間近で見て目を見開く。

「まさか、ボードワン様……？」

その声に、老人が顔をあげる。年齢は六十近くというところか。小柄で、ひどくやつれている。髪と髭は大雑把に短く切ってあり、服は薄汚れて、あちこちがほつれていた。

「おお……」と、リュディを見て、老人が呻くような驚きの声を漏らす。

「リュディエーヌ、どのか。こんなところで、会えようとは……」

「やはり、ボードワン様！」

リュディは慌ててボードワンに駆け寄る。彼のそばに座っていた女性が、「静かに」と、低い声でたしなめた。リュディは目を丸くして、小さく頭を下げる。その様子を見て、ボードワンは弱々しく顔をほころばせた。

「ひさびさに……。本当に、ひさびさに、神々の存在を信じる気になった」

ティグルとミラは無言で視線をかわしたあと、リュディの隣に腰を下ろして、老人に会釈をする。こちらを振り返ったリュディの、左右で色の異なる瞳には涙がにじんでいた。

「宰相としてファーロン陛下に仕えていたピエール＝ボードワン様です。ガヌロンが王宮を襲う前に、陛下の命によって王都を脱出なさったと聞いていたのですが……」

　言葉を失う二人に、ボードワンが視線を向ける。

「そちらは？　見たことが、ある気もするが……」

「ティグルヴルムド＝ヴォルンと、リュドミラ＝ルリエです。ティグルはヴォルン伯爵家の嫡男で、レギン殿下の信頼厚い方です。ミラはジスタートの戦姫で、ジスタート人として私たちに協力してくれていますが、個人的な友人でもあります」

「レギン……？」

　二人の名前よりも、ボードワンはそのことに意識が傾いたようだった。訝しげにつぶやいて天井を見つめる。ほどなく、ゆっくりと息を吐きだした。

「そういえば、公になさったと、噂で聞いたな。仔細は知らぬが……」

　それから、ボードワンはティグルに視線を向ける。

「ウルス卿の息子か。道理で……」

　その言葉に、ティグルはあることを思いだした。春に、マスハス＝ローダントの領地であるオードで父と再会を果たしたときのことだ。父とマスハスの会話の中で、ボードワンの名が出たことがあった。二人の口調から、ずいぶん親しい相手らしいと思ったものだ。

「父やマスハス卿から、お名前を聞いたことはあります」

ティグルがそう言うと、ボードワンは口の端をかすかに吊りあげた。

「ウルス卿には、王宮勤めを勧めて、断られたことが、あった。アルサスから……」

そこで言葉を途切れさせて、ボードワンは苦しげに喘ぐ。ティグルは、彼の顔色がかなり悪いことに気がついた。薄暗いせいでよくわからなかったのだ。

「喋らないでください。いま、水を用意します」

背負っている荷袋を床に置いて、水の入った革袋を取りだそうとしたが、ボードワンはゆっくりと手を挙げて断る。二、三度、深呼吸をすると、リュディへ質問を浴びせた。

「王都は？　いまだガヌロンのものか？　陛下は……？」

「ご安心ください。レギン殿下が兵を率いて王都を取り戻し、ガヌロンはルテティアへ逃げました。もちろん陛下もご無事です」

思いもよらない問いかけであっただろうに、リュディは完璧な笑顔で答える。ティグルもどうにか笑みを浮かべたが、ぎこちないものになってしまった。

「ボードワン様は、どうしてこのようなところに」

リュディがそう尋ねたのは、もちろんそのことが気になっているからだが、王都のことについて聞かれないようにするためでもあった。始祖シャルルがよみがえり、ファーロンの肉体を乗っ取ったなどと知ったら、彼の受ける衝撃ははかりしれない。

ボードワンが咳をした。付き添っている女性が「水を」と、三人を見る。

　ティグルが水の入った革袋を渡すと、彼女はボードワンの肩を支えて、起こさせた。その身体にかかっていた外套がずり落ちる。

　ティグルたちは顔を強張(こわば)らせた。老宰相の身体には包帯が幾重にも巻かれており、背中の一部が赤く染まっていたのだ。そして、床に敷かれている毛布の、ボードワンの背中があたっていたらしいところには黒い染みがあった。

「ボードワン様……」

　リュディがかすれた声を漏らした。

　赤い髪の女性はボードワンに水を飲ませると、申し訳なさそうな顔でティグルたちを見る。

「痛みをやわらげる薬草か何か、ないかしら」

「いらん」と、ボードワンが短く遮(さえぎ)った。

「それより、話だ。いまから三月(みつき)ほど前……」

　ティグルは女性に視線で問いかける。彼女は唇を噛(か)んで、首を横に振った。ボードワンの意志を尊重したいということらしい。

──おそらく、ボードワン殿はもう助からない……。

　ティグルがそう判断したのは、ボードワンたちの態度に加えて、自分たちを包む薄暗さと異臭に、ようやく慣れてきたからだ。老宰相の顔は白く、生気が失われている。だが、両眼は、この偶然の再会を無駄にしないという執念に輝いていた。

拳を握りしめて、ティグルは彼の声に耳を傾ける。

「私をはじめとする多くの者が、陛下の命を受け、ひそかに王都を抜けだした……。その後、ガヌロンが、王都を奪ったと聞いた……。あのときほど、陛下のご賢察に驚き、自分の無力を呪ったことはない……」

ボードワンの顔は歪み、声は呪詛のようだった。

「王都を離れた私は、素性を隠して、ルテティアに……。陛下の御為に、ガヌロンについて、情報を、つかみたかった。マスハスを、頼ることを考えたが、しなかった……。すまぬが、代わりに詫びておいてくれ」

「わかりました。必ず」

彼の耳元に口を寄せて、ささやくようにティグルは答える。この老人は、たしかにマスハスと親しかったのだろう。敗残兵だった自分たちを笑顔で受けいれてくれたマスハスだ。窮地に陥った友人がいれば、どうして自分を頼ってくれなかったと怒るに違いない。

「慣れぬ身に、旅は厳しかったが、ルテティアにたどりつき、アルテシウムに潜りこんだ」

そこまで言うと、ボードワンは首を動かして、赤い髪の女性を見上げた。

「ドミニク殿に、会った」

「ここから先は私が話しましょう。おじいちゃんは休んで」

ボードワンが言い終えるのを待って、ドミニクと呼ばれた女性が口を開く。

ティグルは不思議そうな顔で、彼女を見つめた。ボードワンの存在に驚くあまり、気に留める余裕がなかったが、いったい何者なのだろう。

ボードワンの家族には見えない。白髪まじりの赤い髪は胸元に届くほど長く、顔の左半分がやや隠れていた。痩せているが、細い腕と脚には筋肉がしっかりついている。旅慣れているという印象を受けた。

眠るように目を閉じたボードワンを優しく寝かせると、ドミニクはリュディに尋ねた。

「なるべく声をおさえて。おじいちゃんと親しいみたいだけど、あなたは何者なの？」

信用していいのかという問いかけであることを、リュディは正確に理解した。ボードワンとこれほど親しいのならば、むしろ素性を明かすべきだろう。

「私はリュディエーヌ＝ベルジュラック。ベルジュラック公爵家の長女で、現在、王宮を統治しておられるレギン王女殿下の護衛を務めています。いまは護衛の任を解かれ、軍の副官として行動していますが。ボードワン様には、王宮で何かとよくしていただきました」

「ベルジュラックか……。それならおじいちゃんと親しいのも納得ね」

納得したように前髪をかきあげると、ドミニクは真剣な表情で名のる。

「私はドミニク＝ベルガー」

「ベルガー公爵家の方ですか？」

リュディは首をかしげ、一呼吸分の間を置いて、何かに気づいたように息を呑んだ。

「あなた、ガヌロン家の……」

ドミニクは多分に苦みを含んだ笑みをこぼして「そうよ」と、うなずく。

「おじいちゃんが言っていたでしょう、アルテシウムで私と会ったと。おじいちゃんは、私をガヌロン家のあの恐ろしい屋敷から逃がしてくれたのよ」

二人の会話の意味がわからず、ティグルはリュディに尋ねた。

「どういうことなんだ？」

「この方は、ガヌロンの姉です」

ティグルとミラは反射的に身がまえる。だが、すぐに気を取り直し、そろって頭を下げた。

「失礼しました」

ドミニクから敵意は感じられない。何よりリュディが落ち着いている。ここで攻撃的な姿勢を見せてしまうのは無礼というだけでなく、相手をおびえさせてしまうだろう。

「気にしないで。あなたたちがガヌロンの敵だとわかって、かえって安心したわ」

ドミニクは力のない笑みを浮かべ、それから痛ましそうな目をボードワンに向ける。

「昨年の秋から、私はアルテシウムの屋敷に閉じこめられていたの。七日前に、おじいちゃんに助けてもらって抜けだしたけど、おじいちゃんは私をかばって背中に傷を負った。どうにかここまで逃げてきて、でも薬も何もなくて、二人で死ぬしかないと思っていたわ」

「どうして閉じこめられていたんですか？」

そう訊いたのはミラだ。ドミニクは少し考えたあと、意を決した顔で三人を見つめる。

「少し長くなるけど、私の身の上話を聞いてちょうだい。ガヌロンの敵で、おじいちゃんが信用しているあなたたちに、話したいの」

質問の答えは、その話の中にあるということだろう。ティグルたちはうなずいた。


薄暗い部屋の中、ティグルたちはボードワンを挟んで、ドミニクと向かいあっている。ボードワンの邪魔をしないように場所を移そうかとティグルは提案したが、「最後まで付き添っていたいから」と、ドミニクは首を横に振った。

ティグルは返してもらった革袋から水を一口だけ飲んで、リュディに渡した。彼女も同じく一口飲むと、ミラに渡す。衝撃の連続で、三人とも喉に渇きを覚えていた。

ドミニクも同様らしい。ミラから革袋を勧められた彼女は笑顔で受けとって、喉を潤した。

「身の上話といっても、どこから話したものかしらね……」

「失礼な質問かもしれませんが、あなたは本当に、ガヌロンの姉なんですか？」

わずかなためらいを先立(さきだ)たせて、ティグルは尋ねる。ドミニクは、ガヌロンとまるで似ていない。顔だちだけでなく、態度や雰囲気も。

「記録の上ではね」

ティグルの問いかけが、ちょうどいいきっかけになったらしい。ドミニクは話しはじめた。

「私はもともとバルザック男爵家の一人娘だったのよ」

ティグルはバルザック家を知らないので、リュディに視線で問いかける。彼女はさきほどから何度もボードワンの様子をうかがっていたが、こちらの話は聞いていたらしい。少し困った顔をして、遠慮がちにドミニクを見た。

「名を聞いたことはあります。たしか、跡継ぎに恵まれず、二十年近く前に断絶した家で、あまりよくない噂もあったとか……」

「十柱の神々を蔑ろにして、聞いたこともない神をひそかに崇拝(すうはい)しているという話かしら」

聞かれて、リュディは口をつぐむ。ドミニクは皮肉っぽく笑って肩をすくめた。

「それなら気にしなくていいわ。根も葉もない噂というわけではないから」

「事実はどうなんですか？」と、ミラ。

「バルザック家が信仰していたのはティル＝ナ＝ファよ」

ドミニクは平然と答えて、ティグルたちを驚愕させた。

「公言しなかったからおかしな噂が流れたのでしょうけど、聞いたこともない神ではないし、九柱の神を蔑ろにはしても、一柱だけは大事にしているわ」

ティグルたちは顔を見合わせる。これは公言できることではない。ティル＝ナ＝ファはたしかに十柱の神々の一柱だが、そこから外すべきではないかという議論が定期的に起きるほど、

人々に忌み嫌われているのだ。

もしもバルザック家の信仰が広く知られていたら、ほぼすべての縁を切られていただろう。最悪の場合、何らかの理由をつけて取り潰しにあっていた可能性すらある。

「どうしてティル＝ナ＝ファを……？」

ティグルの質問に、ドミニクは「さあ？」と、首をかしげた。

「そのあたりはさっぱりわからないわ。ただ、信仰を絶やすなという家訓はあったわね。だからなのか、両親も、顔を覚えてない祖父母もティル＝ナ＝ファの信者だった。私も物心ついたときには立派にお祈りの作法を覚えていたし、おかしいとも思わなかった」

ドミニクが目を閉じる。右手の人指し指と中指だけを伸ばして、二つのまぶた、額、唇の順に軽く押し当てた。

「――夜は昼と分かちがたく、闇は光と分かちがたく、死は生と分かちがたく、すなわち天と地の間にいる者たちにひとしく必要なものなり。其は味方。其は敵。其は力。我らに慈雨と試練を与えたまえ。夜と闇と死が我らの安らぎとなる日まで」

「それが祈りの言葉ですか」

ティグルとミラは目を丸くする。ブリューヌとジスタートは同じ神々を信仰しており、他の神への祈りの言葉なら、二人とも聞いたことがあった。しかし、ティル＝ナ＝ファへの祈りを聞くのははじめてだ。ティグルたちを見て、ドミニクはおかしそうに笑った。

「興味深いわね、あなたたち。ティル＝ナ＝ファの名を聞いたら、たいていのひとはひどく顔をしかめたり、不機嫌になったりするものだけど」

「いろいろあって、ただ否定するべき女神ではないと考えています」

一同を代表してティグルが答えた。ティグルの場合、女神から力を借りているので、信仰どころの関係ではないのだが、それは言わずにおく。

「本当に、奇跡だわ。あなたたちのようなひとに会いたかったの」

万感の思いをこめて、ドミニクは息を吐きだした。

「話を戻しましょうか。十歳のとき、私はガヌロン家の娘となった。表向きは病気で死んだことにして、公爵家の娘として生きるように命じられたのよ。ガヌロンはバルザック家のティル＝ナ＝ファ信仰を知って、脅してきたの。両親は逆らえなかった」

ガヌロンの屋敷には、当主のガストン＝ブラン＝ガヌロンと、その息子のマクシミリアン、多くの騎士や従者、使用人が暮らしていた。夫人は何年も前に亡くなったという。

ドミニクはその夫人が産んだ娘で、マクシミリアンの姉ということになった。

「正直、気味が悪かったわ。子供がほしいなら、こんな面倒なことをしなくても、いくらでも手があるはずだもの。ガヌロンが何を考えているのか、まったくわからなかった」

わからなくても、もはやドミニクにはガヌロンに従って生きるしか道がない。

まず、彼女は父となった当主に会った。

明かりひとつない暗い部屋の中、ガストン＝ブラン＝ガヌロンはこちらに背を向けて、書物をめくっていた。ドミニクに見えたのは、薄闇に沈む椅子の背もたれだけだった。

「貴様はここで生まれ、ここで育った。今後はそのつもりで生きよ。おかしな振る舞いをしようものなら、自ら死を求めるほど苦しむことになる」

寒気を感じるほどの恐ろしい声が、十歳のドミニクを震えあがらせた。両親が脅されたことは子供ながらに理解していたので、ひどい扱いを受けることは覚悟していたが、想像以上であった。すべてにおいて従順でいなければならない。そう悟らされた。

その後、ドミニクは弟となったマクシミリアンにも会った。七、八歳ぐらいの、気の弱そうな醜い子供だった。目つきが悪く、鼻梁は歪んでおり、唇は腫れているように厚い。目を合わせようとせず、口数は少なく、終始うつむいている。

ドミニクは不快に感じたものの、「父親」よりはましだと思った。

そうして屋敷での生活がはじまったが、十日とたたないうちに、ドミニクはあらためて現実を突きつけられた。

ある日、屋敷の門の前に、痛めつけられた死体がさらされていたのだ。侍女の話によれば、徴発という名目でルテティア兵に食糧や家畜を奪われた村の代表ということだった。彼は館に直訴しに来たのだが、一晩中ガヌロンの拷問を受けてなぶり殺しにされたという。

ドミニクに説明するときの侍女の顔は無表情で、声にも感情がなかった。村の代表に同情する様子などなく、明日には忘れていそうな話しぶりだった。

その日から、ドミニクは必死になって公爵家の娘としての振る舞いを学んだ。ガヌロンが非道かつ残虐な男だという話は聞いていたが、噂以上だった。もしも機嫌を損ねたら、その場でむごたらしく殺されるだろう。

「騎士も、従者も、使用人もすべて見張りだったわ。毎晩のようにティル＝ナ＝ファに祈り、両親が私を助けに来てくれる夢を見ながら、心がすり減っていくのを実感した……。でも、ひとりだけ仲間ができた。マクシミリアンよ」

弟の名を口にしたとき、ドミニクの瞳を複雑な感情のうねりが彩った。ティグルはもしかしてと思い、慎重な口調で尋ねる。

「マクシミリアンも、あなたと同じくどこかから連れてこられた子供だったんですか？」

「最初のうちは、おたがいに警戒してろくに挨拶もしなかったのだけどね」

ドミニクは悲しみを含んだ微笑を浮かべた。

「あの子の服の袖のボタンが取れていて、それを必死に隠そうとしていたから、内緒で繕ってあげたの。こちらが驚くほどお礼を言われたわ。ベッドの端に引っかけて取れてしまって、どうしようかと思っていた、『父親』に知られたら殺されたかもしれないって」

ティグルは胃の中に鉛を落とされたような苦しさを覚えた。当主のガストン＝ブラン＝ガヌロンの振る舞いは、自分たちのよく知るガヌロンのそれに不思議なほど似ている。

「先に、マクシミリアンが打ち明けてくれたわ。自分はルテティアの騎士の子で、両親が死んだのをきっかけに、屋敷に連れてこられたのだと。顔を見せない父親に、人形のような騎士や使用人ばかりの屋敷で、ひさしぶりにまともな人間を見た気がした」

ドミニクは、ティル＝ナ＝ファの信徒であることは黙っていたが、自分も同じく連れてこられた身の上であることは話した。父親に対して圧迫感や気味の悪さを覚えている点も、二人は共通していた。また、マクシミリアンも、拷問を受けて殺された者を何人か見たという。

「私たちは力を合わせて生き抜こうと誓いあったわ。挨拶の中に暗号を織りまぜて、使用人たちの目を盗んで会って、些細なことでも話しあった」

ドミニクたちがとくに気になったのは、二つのことだった。

どうして自分たちの父親は姿を見せようとしないのか。

どうして自分たちをガヌロン家の人間ということにしたのか。

何度話しあっても、納得できる結論は出てこなかった。

二人の生活の大半は、屋敷の中で過ぎていった。時々、馬車に乗って市街を見てくるように命じられたが、それ以外に外出することはなかった。市街に出るときも、決して顔を見せてはならないと厳命されていた。

「五年が過ぎて、十五になったとき、私に縁談が決まったわ。お相手はベルガー公爵家よ」

「それで、ドミニク＝ベルガーになったわけですか」

ボードワンの様子を見ながら、リュディがぽつりと言った。ドミニクはうなずく。

「あのときは心の底から助かったと思ったわ。まだ自分は利用価値があって、簡単に殺されることはない、場合によってはマクシミリアンも助けられるかもしれないとね」

ドミニクはガヌロンの屋敷を離れて、ベルガー家の館で暮らすことになった。

「ひとりにしないで」と涙を流してすがりつく弟に、ドミニクは手紙を書くと約束して懸命になだめた。父親がまとめた縁談をだいなしにすれば殺されるかもしれないという考えに至って、最終的にマクシミリアンは諦めた。

屋敷を去る際、ドミニクを見送る者は誰もいなかった。マクシミリアンもだ。おそらく部屋から出してもらえなかったのだろう。

ただ、一度だけ馬車の窓から屋敷を見たとき、ドミニクはえも言われぬ恐怖感を覚えた。屋敷の一室から、誰かが自分に冷酷な視線を向けているのが、はっきりとわかった。

この地上のどこに行こうと、それがたとえ公爵家の館であっても、ガヌロン家から逃げることはできない。それをドミニクは思い知らされた。

「公爵家に嫁いだ私に、父親は密偵まがいのことを命じてきた。王家の動き、予定、噂話、何でもいいから毎月、手紙に書いてよこせと。夫もそのあたりは警戒して重要なことは言わなかったけど、心苦しかったわ。いいひとだったのよ」

ドミニクは父親と弟に宛ててそれぞれ毎月、手紙を書いた。弟への手紙は父親も確実に見るだろうから、当たり障りのないことしか書かなかったが、少しでも励ましたかった。

ベルガー家での生活は穏やかで、ドミニクの本当の素性が知られることはなかった。時々、答えに困る質問をされることはあったが、ガヌロン家の名を出して、秘密にするよう言われていると答えれば、かわすのは難しくなかった。

子供にも恵まれたが、それゆえに、ドミニクはバルザック家の家訓に背くことになった。

ドミニク自身はティル＝ナ＝ファの信徒であり続け、そのことを周囲に隠し通していたが、夫をはじめ多くの者がいるこの館で、子供を信徒にすることは不可能だった。

五年が過ぎて二十歳になったとき、ドミニクは一ヵ月ほどガヌロン家に帰ることにした。ひとつには、マクシミリアンからの手紙が少なくなっているのが気になったのだ。

ドミニクは変わらず毎月、手紙を出しており、父親は一度も返事をよこさなかったが、マクシミリアンは二回に一回ぐらいの割合で返事を送ってきた。それが、半年近く返事がない。

子供は無事育っているし、夫との仲も問題なく、ベルガー家の人々とも衝突することなくつきあえている。このあたりは文字通り、死に物狂いで身につけた作法や知識の成果だった。

彼らから快く承諾を得て、ドミニクはガヌロンの屋敷へ帰った。

せっかくだから従者や侍女を何人かつけようかと夫は言ってくれたが、断った。遠慮したのではない、連れていったら、彼らを恐ろしい目に遭わせてしまう気がしたのだ。

馬車と御者だけを借りてアルテシウムまで行き、御者は町の宿に泊まらせた。

「屋敷を包んでいたあの陰惨で陰鬱な空気が消え去っていてくれないかしらと期待したけど、甘かったわね。何も変わっていなかった、いえ、ひどくなっていたわ……」

当時の光景がまぶたの裏に浮かんだのか、ドミニクは壁を見つめてため息をついた。

屋敷の前には、身体中に鞭の跡がある死体が三つ、吊されていた。しかも、それらの死体は手と足に穴を開けて縄を通し、まとめてつながれていたのだ。

五年ぶりに目にした凄惨な光景に、ドミニクは吐き気をこらえなければならなかった。

父親は変わらず、暗闇の中でしか会わなかった。冷酷な声音もそのままだった。騎士や使用人の顔ぶれは半分近く変わっていたが、いずれも無表情で、人形のようだった。

そして、十七歳になったマクシミリアンは、醜い顔つきは変わらず、同年代の男にくらべれば小柄だった。何より、ひどく陰鬱な空気をまとうようになっていた。それでも、ドミニクは弟が無事だったことを喜んだ。

以前のように挨拶の中に暗号を織りまぜて、二人は使われていない部屋でひそかに会った。

開口一番、マクシミリアンは言った。領民を拷問して、死なせたよ。

ドミニクはとっさに言葉が出てこなかった。呆然とする彼女に、マクシミリアンは続けた。

半年前からだ。父親に言われた。おまえの身体で試すか、おまえが領民に試すか、選べ。そう言われて、何度もやって、何人も殺した。十人から先は数えていない。

淡々と、単語だけを並べるように、彼は説明した。

「私が泣きながらマクシミリアンを抱きしめると、あの子も泣いたわ。ティル＝ナ＝ファに真剣に祈った。この屋敷に渦巻く夜は、闇は、死は、どれもつらすぎると」

ドミニクが滞在する一ヵ月の間に二人は何度も会い、そのたびに彼女は弟をなぐさめた。あと数日でドミニクが帰るというころ、マクシミリアンはおもいきったように言った。私たちの父親は、おそらく人間ではない。比喩などではなく。あれは怪物か何かだ。

ドミニクが小さく息を吐いて、「水をもらえるかしら」と言った。

さきほどの革袋は空になっていたので、ティグルは新しい革袋を差しだす。ドミニクの話し方は上手ではないが、強い感情が伝わってくるものだった。

礼を言って革袋を受けとったドミニクは、水を飲む前にティグルたちを見る。

「あなたたちだったら、あの子の言葉を信じることができたかしら」

「それは……わかりません」

ミラが首を横に振る。リュディも色の異なる瞳に迷いをにじませた。

「いまの私なら信じることができます。でも、それは怪物をこの目で見て、戦ったからで、一年前に同じ話を聞かされていたら、たぶん信じませんでした」

ティグルも二人と同じ思いだった。山や森の中で狩りをしていて、ひとや獣とはあきらかに異なる何ものかの気配を感じたことは何度もある。だから、ひとならざるものの存在は、小さなころからごく自然に受けいれていた。

それでも、昨年の春にルサルカと遭遇するまでは、そうした存在が明確な悪意と形を持って自分の前に現れるなど考えたこともなかったのだ。

「私は……何も言えなかった。弟を信じることができなかった」

寂しげな笑みを浮かべて、ドミニクは話を続けた。

父親に拷問と殺人を強いられて、弟はおかしくなったのだと思い、ドミニクは不器用に話題を変えた。いまだに解けていない二つの疑問について、話す。

すると、マクシミリアンは歪んだ笑みを浮かべた。

今度、父親の部屋を調べようと思うんだ。

ドミニクは驚愕した。そんな無謀な真似はやめるべきだと必死に説得した。

おかしな振る舞いをしようものなら、自ら死を求めるほど苦しむことになる。はじめて父親に会ったときに言われたことが、脳裏に鮮明によみがえった。

だが、マクシミリアンは静かな決意に満ちた顔で、答えた。

私はいずれ父親に殺される。視線を感じるんだ。鶏の肥え具合を目で測るような、品定めする視線を。もうこの屋敷には帰ってこない方がいい。手紙もいらない。姉上が何の神を信仰しているのかは知らないが、私の魂の安らぎを祈ってくれると嬉しい。どうか幸せに。

「あのときの、あの子の表情と言葉は、いまでも克明に思いだせるわ。隠し通していたつもりだったのに、まさか私の信仰に気づいていたとはね」

ドミニクは微笑を浮かべているが、それは他の感情を隠すためだった。

数日後、ドミニクは予定通り、ガヌロンの屋敷をあとにした。マクシミリアンとは、それが今生の別れとなった。

「毎月、父親に手紙は送っていたけれど、帰ることだけはしなかったわ。そして私が三十三になったとき、マクシミリアンから手紙が届いたの。父親が病で息を引き取り、自分がガヌロン家を継いだと書かれていてね。喜ぶよりも、唖然(あぜん)とした」

あの恐ろしい父親が病気で死ぬなど、ありえるのだろうか。

ともあれ、こうなったからにはじっとしているわけにはいかない。ドミニクは夫に事情を話して、十三年ぶりにガヌロン家の屋敷に向かった。従者や侍女は、やはりつけなかった。

長い年月が過ぎているというのに、屋敷はまったく変わっておらず、見上げるだけで不安を抱かせる陰鬱さにあふれていた。ドミニクはためらったものの、ずっと会っていない弟に会いたいという思いが優った。屋敷の扉をくぐる。

ドミニクを出迎えたのは、ひどく小柄な男だった。禿頭で、目が大きく、絹服から伸びた腕は枯れ枝のように細い。年齢は四十代というところか。きわめて不気味だった。

内心の不快感をおさえながら、新しい使用人かしらと思ったドミニクに、男は言った。

ひさしぶりだな、姉上。

ドミニクは愕然とした顔で問いかけた。あなたは誰、と。

男は愉悦に満ちた笑みを浮かべて答えた。

何を言う。あなたの弟、マクシミリアン＝ベンヌッサ＝ガヌロンではないか。

ドミニクは総毛立った。その声は、彼女が恐れていた父親――ガストン＝ブラン＝ガヌロンのそれとまったく同じだったのだ。

短い沈黙を挟んで、ドミニクは笑顔をつくった。

ああ、そうだったわね。十年以上も会っていなかったから忘れかけていたわ。

「マクシミリアンは別人になっていたの。十三年の間に成長して変わってしまったというのではなく、他のものがなりすまして……」

ドミニクの顔はやや青ざめている。ためらいがちに、ティグルは尋ねた。

「ガストン＝ブラン＝ガヌロンが、マクシミリアン＝ベンヌッサ＝ガヌロンになったと？」

はたして、ドミニクはうなずいた。

「そうよ。そのあと、私の前に立った男はこう言ったの」

マクシミリアンを名のった小柄な男は、必死に演技をするドミニクを見上げて冷笑した。

ベルガー家との仲は良好だったな。もう必要ないが、わざわざ捨てて、彼らの不審を買うこともないか。何かあれば、ティル＝ナ＝ファ信仰を教えるだけでかたづく。

それは独り言じみた脅迫だったが、ドミニクは膝から崩れ落ちそうになった。

「マクシミリアンは、私がティル＝ナ＝ファを信仰していることまでは知らなかった。知っているのは、私をバルザック家から引き離したガストン＝ブラン＝ガヌロンだけ」

このことが、目の前にいるマクシミリアンは別人だという確信を、ドミニクに抱かせた。理由はわからないが、父親は弟に化けている。では、本当の弟はどこへ行ったのか。

「屋敷に滞在した十日間、私はマクシミリアンの手がかりをさがした。弟の部屋に行くのは恐ろしかったから、懐かしがるふりをして、他のところを見てまわったわ。もしかしたら、マクシミリアンが何か残してくれているかもしれないと期待していた」

そうして見える範囲だけでも観察しているうちに、ドミニクはおかしな点に気づいた。

ベルガー家の館ではよく見た、壁の落書きを消した跡や、遊びでつけた柱の傷、何かをこぼしてしまった床の染み、捨てた玩具のかけらなどが、この屋敷には一切なかったのだ。子供がいたときなどなかったかのように。

五日が過ぎ、六日が過ぎた。マクシミリアンの手がかりについては見つからず、ドミニクは次第に焦りはじめた。そんなとき、彼女は自分の服の袖のほつれに気づいた。

ドミニクの立場であれば、ほつれを直しておくよう使用人に命じるだけですむ話だ。だが、彼女は自分で繕(つくろ)えばいいと考えた。

裁縫(さいほう)道具を入れた箱は、自分の部屋にずっと置いたままだった。ベルガー家に嫁ぐ際に持っていってもよかったが、この屋敷から服以外のものを持ちだすのは怖かったのだ。

　箱の中には、針や糸にまじって奇妙なものが入っていた。穴に糸を通したままのボタンだ。

　ドミニクは首をかしげた。箱を開けたのは十数年ぶりだが、昔の自分は糸をそのままにしてボタンをしまうような真似をしただろうか。他のボタンにはそんなことをしていないのに。

　しばらくボタンを見つめて考えこんでいたドミニクは、あることを思いだした。この糸を通したままのボタンは、小さかったころ、マクシミリアンの服の袖から取れていて、自分が繕ってあげたものだ。

　もしかして、マクシミリアンが自分に何かを伝えようと、この箱に入れたのだろうか。

　懸命に考えを巡らせたドミニクは、自分のベッドを見た。当時のマクシミリアンが、ベッドの端に引っかけてボタンが取れてしまったと言っていたことを思いだしたのだ。

「ベッドを調べたら、当たりだったわ。床板の裏側が削られて、そこに羊皮紙の束が隠されていたの。マクシミリアンが私に宛てて書いたものだった……」

　ドミニクは服の胸元に手を入れると、そこから折りたたまれた羊皮紙の束を取りだした。

「これだけは肌身離さず持っていたわ。あとで読んでみてちょうだい」

　ティグルは恐縮しながら、差しだされた羊皮紙の束を受けとる。ひとまず荷袋にしまった。

　ドミニクが話を続ける。

「おかしなことを聞くけど……。ひとりの人間が三百年も生き続けて、代々のガヌロン家当主を名のっていたなんていったら、信じられるかしら？」

ふつうに考えれば、あまりに荒唐無稽な質問だ。

だが、笑って受け流すことはできなかった。

「あなたの弟が残した羊皮紙には、そう書かれていたんですね？」

ミラが聞くと、ドミニクは深刻な表情でうなずいた。

「あの子は、父親がどのような人間だったのかを調べたり、父親がいない隙を見計らって執務室や私室に忍びこんだりしたらしいわ。そして、ガヌロンは四十代で年齢が止まり、姿形が変わることがなくなったという結論を出したの」

「そういえば、父が言っていたことがあります。ガヌロンは昔のことに詳しすぎる、まるで何十年、何百年も生きているかのようだと」

リュディが思いだしたように言った。その隣で、ティグルは考えこんでいる。

——ガヌロンは魔物だ。戦ってみて、そうとしか思えなかった。

魔物ならば、三百年生き続けていたとしても不思議なことではないだろう。それに、彼女が嘘を言っているのだとすれば、ティル＝ナ＝ファの信徒だなどと明かすはずがない。

ドミニクをまっすぐ見つめて、ティグルは口を開いた。

「俺は、あなたを信じます」

ドミニクは、すぐには言葉を返さなかった。ティグルたちを見つめる彼女の目から、涙があふれて頬を幾筋も伝う。感情の昂ぶりをおさえるように、彼女は手を強く握りしめた。

「ありがとう……本当に、ありがとう」

ティグルたちは黙って彼女が泣き止むのを待つ。しばらくして、ドミニクは話を再開した。

「あのころの私は、あなたたちほど強くなかったわ。弟が命を懸けて残してくれたのに、半信半疑だった。事実だとしても、自分に何かができるとも思えなかった」

ベルガー家の館に戻ったドミニクは、ガヌロンの様子を見ながら、待つことにした。弟の考えが事実であることをたしかめるために。

「十年が過ぎて、マクシミリアンが正しかったとわかったわ。注意して見れば、どんな人間でも五年や十年で顔つきや身体つきは変わる。でも、ガヌロンにはまったく変化がなかった」

それによって、ドミニクが小さいころから抱えていた二つの疑問は解けた。

なぜ、ガストン＝ブラン＝ガヌロンは自分たちに姿を見せなかったのか。ガヌロンが年をとらず、姿が変わらないことを知られないようにするためだ。

なぜ、自分たちをガヌロン家の人間にしたのか。偽装をほどこすのに、自分たちの存在はちょうどよかったからだ。

ガヌロン家が不自然なものに見えないよう、ガヌロンは定期的に偽装をほどこしていた。結婚を偽装し、妻となった女性の出産を偽装し、問題がなさそうなときは養子をとり、兄弟姉妹がいた方がいいと思ったときは、その役目が務まりそうな者をどこからか連れてきた。

「ガストン＝ブラン＝ガヌロンに兄弟姉妹はいなかった。二代続けて一人息子なんてまったくいないわけじゃないのに、なまじ偽装できる分、気にしたんでしょうね。ガヌロンは私という姉を用意した。私に巫女としての素質があれば、ティル＝ナ＝ファを降臨させるのにも使うつもりだったみたいだけど」

　ティグルたちは慄然とした。狂気といっていいガヌロンの思考に目眩を覚える。そして、その狂気と何十年も向きあい続けたドミニクに驚嘆せずにはおれなかった。

「可能なんですか……？」

　話を脱線させて申し訳ないと思いながらも、ティグルは恐る恐る尋ねる。

「その、ティル＝ナ＝ファを降臨させるなんていうことが……」

「わからない」と、ドミニクは首を横に振った。

「やり方は、いくつか伝わっているのよ。まだ私がバルザック家の娘だったころ、両親から少し話を聞いたことがあるわ。そういえば、ティル＝ナ＝ファの他に、アーケンという神を降臨させる方法もあったわね」

　アーケンという名に、ティグルたちは無言で視線をかわした。先日戦った、セルケトという女性の姿をした怪物のことを思いだす。彼女はアーケンに仕えていると言っていた。

「アーケンというのは何ものなんですか？」

「詳しくは知らないわ。異国の神で、両親が話題にしていたから、死を司る類の神だとは思うけど……。覚えているのは、人間の生け贄を要求する儀式が多くて、高貴な血筋の者ほどいいという話だったことぐらいね」

ドミニクは不快そうに顔をしかめる。ティグルも同感だった。会釈して礼を言うと、彼女は話を戻す。

「それから最近まで、私はおとなしくしていた。この話を信じてくれそうなひとを自分からさがすことはしなかったわ。ガヌロンの目につくような行動をとるのは危険だったし、信じてくれるひとがいるのかという絶望感もあった。だから、ただ待ち続けた」

そして昨年の秋、ガヌロンは突如、ベルガー家にいるドミニクを自分の屋敷に呼びよせた。ちょうどバシュラルが王宮に現れたころであり、状況次第では彼女を人質として、ベルガー家を牽制するつもりだったのだろう。ドミニクはガヌロンの屋敷で静かに過ごした。

「そして、一ヵ月前──」

ドミニクの哀れむような視線が、ボードワンに向けられる。

「ガヌロンのいないときを狙って、このおじいちゃんが屋敷に現れた」

「話は終わったか……」

それまで眠っているかのようだったボードワンが、目を開いた。リュディを見上げる。

「奇跡、だな。ドミニク殿の話を信じてくれる者が現れただけでなく……」

ボードワンはやわらかな笑みを浮かべていた。ティグルは目を瞠る。老宰相は安心して気が抜けたのか、息を引き取ろうとしていた。

「だめだ」という言葉が喉元までこみあげたが、かろうじて呑みこむ。

ボードワンは、もう助からない。ドミニクをひとりにするわけにはいかないという執念で、いままで持ちこたえていたのだ。これ以上、苦しみを長引かせるべきではなかった。

リュディがボードワンの手を握る。だが、言葉は出てこなかった。

ボードワンは、半ばうわごとのように言葉を続けた。

「アルテシウムに着いたとき、陛下が、ドミニク殿の素性を気にされていたことを、思いだした……。ひそかに会って、その話は信じられなかったが、ともかく連れだそうと決めた」

「最初、名前を教えてくれなかったから、おじいちゃんと呼ばせてもらったのよ。屋敷を抜けだしたあとも、名前で呼ぶのを避けて、そう呼び続けてね……」

ドミニクもまた、ボードワンの胸元に手を置く。彼女の声は悲しみで濁っていた。

「そう、だったたな……。テナルディエ公が、屋敷に、かなりの数の部下を放っていたようで、存外、助かった」

その先は、ドミニクがすでに説明した通りだ。七日前に二人はアルテシウムから逃げだし、ボードワンは彼女をかばって背中に傷を負った。

二人とも、薬などはろくに持っていない。だが、アルテシウムから追っ手が出ている可能性を考えると、町や村に逃げこむ気にはなれなかった。女と、怪我をした老人の組みあわせなど目立たないはずがない。どうにかこの集落まで来たが、ボードワンが力尽きた。

「リュディエーヌ殿、ドミニク殿を、頼む……」

「わかりました。ですから、もう喋らないでください」

リュディの言葉がボードワンの耳に届いたのかどうかは、誰にもわからなかった。

焦点の合わない目で、ボードワンが天井を見上げる。

「陛下……陛下も、私も、まだ数年は務めねば……殿下に……」

静寂が訪れる。老宰相の口元には微笑が浮かんでいたが、もう言葉は紡がれなかった。

ティグルはそっと立ちあがり、小屋をあとにする。ミラが続いた。

二人が小屋を出る直前、かすかな嗚咽の声が聞こえた。


日が暮れたころ、ティグルたちは集落から離れたところにボードワンを埋葬した。最初は、集落の共同墓地を使わせてもらえないかと頼んだのだが、断られたのだ。

リュディが遺髪を切りとって、予備の革袋におさめる。ニースにいる彼の遺族に渡すのだ。

ドミニクは、ティル＝ナ＝ファの信徒として祈りの言葉を唱えた。

「暖かな闇と永遠の夜が、魂に安らぎを与えんことを……」

ティグルはラフィナックに、ボードワンが父やマスハスと親しかったことを話した。

「そういえば、昔、ウルス様からその方の名前を聞いたことがありました」

神妙な顔でラフィナックは言い、記憶をさぐりながら続ける。

「たしか三年前のことです。その方がウルス様に手紙を送ってきましてね。手紙の内容については聞いていませんが、ウルス様は楽しそうでした」

父たちが彼の死を知ったら、さぞ悲しむに違いない。父の友人に対して何もできなかったことを、ティグルは悔やんだ。

「ガヌロンとシャルルを打ち倒したら、マスハス卿のところへ行く。つきあってくれ」

ボードワンの言葉を、伝えなければならない。彼がどう生きて、どう死んだのかも。アルサスに帰ったら、父にもだ。

夜になって、ドミニクを加えた六人は野営をした。

リュディとドミニクの顔は、目に見えて憔悴している。ティグルたちは、いまの彼女らにかける言葉を持たなかった。時間が傷を癒してくれるのを待つしかないが、彼女たちをそっとしておくだけの余裕も、ティグルたちにはない。

ドミニクから受けとっていた羊皮紙の束に、ティグルは目を通す。

マクシミリアンは過酷な生活に何年も耐えながら、ガヌロンが屋敷から姿を消すときを待って、執務室やガヌロンの私室を慎重に調べた。そして、ガヌロンの私室で手記を発見し、可能なかぎり羊皮紙に書き写したということだった。

『ここ一月ほどの間に、テュルバンのもの忘れが激しくなった』

それが、手記の最初に書かれていた文章らしい。

「テュルバンというのは誰だろう？」

首をひねるティグルに、横から覗きこんでいるリュディが答える。

「始祖シャルルの御世における人物なら、大神官テュルバンのことでしょう。シャルルがブリューヌを興す以前は、地域ごとに異なる神々を信仰したり、ペルクナスではなく、トリグラフやモーシアを主神としたりしていたそうです。それを現在の形にしたのがテュルバンだと」

リュディは目のまわりこそ赤いが、いつも通りに振る舞っている。ボードワンのためにも、そうあらねばならないと思っているようだった。

ガヌロンの手記は、次のように続いている。

『二十年前のことさえも正確に覚えていたテュルバンが、一昨日のことを忘れた。二度も。一度など、私が詳しく説明したというのに。あのテュルバンでも老いには勝てないのか。いずれは私もそうなるのか。その前に、私の知ることを、公には語られぬことを、書き留めておくべきだろう。シャルル……我が親友のことで忘れていいことなど、ひとつもないのだから』

そこに書かれていたのは驚くべき内容だった。

約三百年前、ガヌロンはどのようにしてシャルルと出会ったのか。彼らは何をしたのか。シャルルはどうやって王になったのか……。そういったことが克明に綴（つづ）られていたのだ。

「シャルルは、ヴォージュ山脈の生まれだったのか……?」

何よりもティグルを驚かせたのは、そのことだった。

「山の民」と呼ばれる、ヴォージュ山脈の中で生活している者たちのことは、ティグルも知っていた。だが、彼らは弓を使う。道らしい道などなく、険しい山が連なり、危険な獣が多数いるような環境では、弓は必須だからだ。

ふと、ティグルはランブイエ城砦での戦いを思いだした。あのとき、シャルルは矢を放つ仕草をした。おどけてはいたものの、ずいぶんしっかりした姿勢だと思ったが、弓を使い慣れているなら当然のことだったのだ。

当時、ブリューヌでは五つの豪族が争っていた。シャルルはそのひとつに雇われたが、その豪族を見限って、乗っ取った。

ガヌロンがこの手記を書いたのはシャルルの死後らしく、だいたいは過去を振り返るような書き方になっているが、シャルルのことを困った男だと綴る文には、彼に対する信頼と親愛の情が感じられた。実際、ガヌロンは最後までシャルルのそばにいたのだ。

シャルルは敵対する相手を次々に打ち倒し、その勢力を配下としていったが、彼の敵は人間ばかりではなかった。コシチェイという魔物が、シャルルを襲った。

この戦いについてのガヌロンの記述は短い。だが、壮絶な戦いだったことはわかる。シャルルとガヌロンが能力、人格ともに信頼していた幾人かが命を落としているからだ。シャルルの最初の妻も死んだという。

そして、ガヌロンが魔物を喰らうことで、ようやく勝利した。

「魔物を喰らった……？」

ティグルたちは顔を見合わせた。そのようなことが人間に可能なのか。可能だとして、魔物を喰らった人間はどうなってしまうのか。

「ひとつ、納得できたことがあります……」

リュディが小さく、重苦しい息を吐きだす。

「テナルディエ公とガヌロンは、どちらも残酷かつ非道な気性の持ち主で知られています。この二人について、父が言っていたことがあったんです。許せることではないが、テナルディエ公の非道さには理由があると。しかし、ガヌロン公の非道さには、おそらく理由がないと」

「それは、どういう意味なの？」

ミラが眉をひそめた。リュディは異彩虹瞳（ラズイーリス）と呼ばれる両眼に深刻な輝きを宿す。

「ガヌロンを危険視するようになってから、父は彼の背景について調べました。わかったことのすべてを話してくれたわけではありませんが、こう言ってました。彼は、まず非道を為す。そのあとに理由を考えていると」

「それが魔物だから、というのか」

ティグルは呻いたが、納得できることはあった。これまでに戦ってきた魔物たちにも、そういうところはなかったか。

「しかし、シャルルはどうしてガヌロンのようなやつを放っておいたんですかね」

ラフィナックが腕組みをした。ティグルは少し考えて答える。

「シャルルが生きている間は、まだまともだったのかもしれない」

この手記にしても、最初に戦友だったらしいテュルバンに言及していたようだ。

「マクシミリアン殿が写してくれた記述がすべて正しければだが……。ガヌロンは、自分の力をすべてシャルルのために使おうとしているように思える。魔物を喰らったあとも」

「ガヌロンの、人間としての部分がまだ残っていたということでしょうか」

ガルイーニンが口にした疑問に、ティグルはうなずく。

「おそらく、そうなんだと思う。俺たちと戦ったとき、ガヌロンは自分を人間だと言った。その点は、俺たちがいままで戦ってきた魔物たちと明確に違う」

支え続けた王の死が、かろうじて保っていた均衡を崩して、ガヌロンを魔物の側に踏みださせてしまったのではないか。ティグルにはそんな気がするのだ。

「それにしても、この弓はそんなに危険なものだったのか」

傍らに置いた黒弓に、ティグルは視線を向ける。驚くことに、手記にも黒弓は出てきた。

シャルルが、いつごろ、どこで黒弓を手に入れたのかまでは書かれていないが、頑丈で手入れのいらない弓として重宝していたとは書かれている。そして、シャルルがブリューヌ建国王として即位するころに、ガヌロンが黒弓を捨てたということだった。

この弓は恐るべき祭器だ。そう書かれている。

――祭器？

ティグルは首をひねった。祭器とは、神官や巫女が、神のために何らかの儀式を行うときに用いるものだ。たとえば秋に収穫を祝うとき、神官や巫女たちはさまざまな農具を飾りたてて大地母神モーシアに感謝の祈りを行う。しかし、弓が祭器というのは聞いたことがない。

ティグルは顔をあげて、ドミニクに聞いた。

「ティル＝ナ＝ファにまつわる話で、弓が出てきたことはありますか？」

「ええ」と、ドミニクはあっさり答えた。

「教えてください」

おもわずティグルは身を乗りだしていた。その勢いにドミニクは驚いたが、ミラがティグルの肩を軽く叩いて落ち着かせると、気を取り直す。

「話があるといっても、珍しいものではないわ。他の神でも似たような話はある」

そう前置きをして、彼女は話しはじめた。

「昔々、いま地上にある国はひとつも存在していなかったほどの昔、地上は妖精や精霊、巨人や小人のものだった。そこへ、人のティル＝ナ＝ファが人間を連れてきた。最初は皆、仲良くしていたが、やがて争いが何度も起きるようになった」

「人のティル＝ナ＝ファというのは何でしょうか？」

早くも口を挟んで申し訳ないと思いながら、ティグルは尋ねる。ドミニクはいやな顔をすることもなく答えた。

「ティル＝ナ＝ファは三面女神（トレスリーニャ）とも呼ばれているんだけど、三柱いるのよ。それぞれ人のティル＝ナ＝ファ、魔のティル＝ナ＝ファ、沈黙のティル＝ナ＝ファと私は教わったわ」

ティグルはリュベロン山の山頂にある神殿の、神殿長との話を思いだした。彼女もティル＝ナ＝ファは三柱の女神であり、それゆえに人間の味方でもあり、敵でもあると言っていた。

「どうして争いが起きたんですか？」と、リュディ。

「人間が増えたのを知って、どこからか魔物が寄ってきたそうよ。魔物は人間を喰らい、世界を変えるの。空を緑色に、地を紫色に、人間を怪物に。追い詰められた人間たちは困って精霊や妖精に頼り、それでも魔物に喰われ続けて、とうとうティル＝ナ＝ファにすがった」

ガヌロンの手記に書かれていた、コシチェイという魔物との戦いを思いだす。約三百年前のシャルルとガヌロンは、精霊の力を借りてコシチェイと戦ったのだ。

「そうしたら、ティル＝ナ＝ファは一張りの弓を地上に投げ落とした」

ティグルは自分の黒弓を見つめる。ドミニクは続けた。

「その弓を使って、人間たちは魔物を追い払った。ティル＝ナ＝ファはおっしゃった。また困ったら、黒弓を使って私を呼びなさい。正しい方が望むように世界をあらためよう……」

聞き終えて、ティグルは首をひねる。ドミニクを見た。

「女神は、『正しい方が望むように』と言ったんですか？」

「私はそう教わったわ。でも、これは、母が子供の私に語ってくれたおとぎ話よ」

それがどうしたのかという顔で、ドミニクは答える。

ティグルは、すぐには言葉を返せなかった。かつて自分が見た夢や、リュベロン山の神殿の神殿長の話と照らしあわせて、この黒弓が何なのか想像できてしまったからだ。

何もかもが事実ではないだろう。

だが、魔物と人間が争い、その末に、女神に裁定を願ったのは本当のことではないか。

黒弓に、自分と女神をつなぐ力があるのは間違いない。

問題は、ティル＝ナ＝ファが三つの人格を持っていることだ。

――俺の質問に対して、三通りの答えがあった。

『愛しき者』『勇ましき者』『尊き者』。

『魔を退(しりぞ)ける者』『人を滅(めっ)する者』『――を討つ者』。これの三つめは、一部がよく聞きとれなかった。

『頂(いただき)に立つ者』『あまねく統べる者』『挑み、超克する者』。

魔物に好意的、あるいは人間に敵意を持ったティル＝ナ＝ファが、おそらくいる。

魔物たちの目的は、その女神を地上に降臨させることではないか。

『正しい方が望むように』とは、魔物が正しい場合も想定してのもの言いなのではないか。ドミニクがいままでそこに思い至らなかったのは、魔物の存在を信じていなかったからだろう。

そうだとすれば、ガヌロンがこの弓を捨てさせたのも理解できる。あまりに危険な力だ。シャルルたちがコシチェイとやらいう魔物と戦ったのも、弓が関わっているのではないか。

——だが、いまさら放り捨てることはできない。

それに、不明なこともある。なぜ、黒弓は戦姫の持つ竜具(ヴィラルト)と共鳴するのか。以前、ティグルはミラにジスタートの建国神話を教えてもらったことがあるが、そこにはティル＝ナ＝ファの存在など影も形もなかった。

もう一歩、前へ踏みださなければならない。ティグルは拳を握りしめた。

ガヌロンの手記の写しについて話しあったあと、ティグルはドミニクに尋ねた。

「ティル＝ナ＝ファについて、他に話はありませんか？」

「積極的ね」と、ドミニクはくすりと笑った。

「いっそ信徒になってみる？　やり方はうろ覚えだけど……」

ティグルは慌てた。え、だの、いや、だのとしどろもどろになって言葉をさがす。その反応にドミニクは肩を震わせた。からかっていただけらしい。

「本気で誘うつもりはないから安心なさい。ただ、こうやって気兼ねなくティル＝ナ＝ファの話をするのが懐かしくなったのよ」

そうか。ティグルは納得する。ドミニクがそういう話をできたのは、バルザック家で両親と暮らしていた十歳のときまでだったのだ。

「私が覚えている話は、他に二つぐらいね。ひとつは、アーケンと死者の世界を取りあう話。アーケンについては簡単に話したでしょう。どうして取りあうのかは忘れたけど、相手があまりに強くて、ティル＝ナ＝ファも本気を出してやっと退けたといわれているわ」

再びその名が出てきて、ティグルの顔を緊張が彩った。

──忙しさにかまけて、あの怪物のことをしっかり考えていなかったが。

魔物かと問うたら、セルケトは否定した。アーケンという神が、何らかの理由で地上に下僕(しもべ)を派遣したということなのだろうか。

「もうひとつの話について、聞かせてもらえませんか」

アーケンのことはひとまず横に置いて、ティグルは聞いた。

「もうひとつは竜の話ね。昔々、とても凶暴で強い竜がいたのですって。真っ黒で、首が三つもあって、武器もたくさん持っていた。その竜は神々を喰らおうとしたけど、ティル＝ナ＝ファに手懐けられてしまったそうなの」

ティグルは顔を強張らせる。思いだしたのは、竜の背に腰を下ろしていたティル＝ナ＝ファの像だ。首の数などは違うが、あの竜のことではないか。

「黒い竜ね……」

ティグルの隣で、ミラは不愉快そうに顔をしかめている。ジスタート人である彼女にとって黒い竜といえば、黒竜の化身を称していた建国王だ。軍旗にも黒竜が描かれている。

ティグルとミラの視線が、黒い弓とラヴィアスを往復する。

ドミニクの語った物語は、事実に非常に近いものかもしれない。

黒竜の化身が、女神に手懐けられたという黒竜ならば、黒い弓が竜具から力を引きだせることに説明がつく。

「どうしたんですか、ティグル?」

さきほどから黙って考えこんでいたせいだろう、心配そうな声をリュディにかけられる。

ティグルは首を左右に振って彼女に笑いかけたあと、自分の考えを皆に説明した。

反応はさまざまだった。ラフィナックは呆れたように肩をすくめ、ガルイーニンは黙然とうなずき、ドミニクは唖然とした。リュディはといえば素直に感心してみせた。

「なんだか不思議ですね」

「不思議って?」

「だって、三百年前にガヌロンが捨てた弓が、どんなふうに流れ着いたのかひとりの狩人のものになって、その狩人が初代ヴォルン伯爵となり、それから何代も経て、弓に興味を持った変わり者のブリューヌ人であるティグルの手に渡ったわけでしょう。不思議じゃないですか」

ミラがくすりと笑った。

「たしかに、不思議という言葉がいちばん適切ね。いくら家宝だからとはいえ、歴代のヴォルン伯爵の誰かが弓を捨てていたら、いまこんなふうにはなっていなかったでしょうし」

「そうだな」と、ティグルは苦笑まじりにそのことを認めた。

黒弓がなくても、自分は弓に興味を抱き、技量を鍛えて、それなりの弓使いになったかもしれない。だが、それでは魔物と戦えなかった。ルサルカとの戦いで、ミラとミリッツァは苦戦を強いられただろう。

「あの『正しい方が望むように』というドミニク殿の話が本当なら、女神を降臨させれば、魔物を一掃できるということでしょうか」

ガルイーニンが疑問を投げかける。ティグルは首を横に振った。

「可能性はあります。でも、同じだけの危険もあると、俺は思います」

それから、ティグルはドミニクに聞いた。

「ティル＝ナ＝ファの声を聞く方法を、あなたは何かご存じありませんか」

「声を聞く？」と、ドミニクは目を丸くする。

「女神の声を聞くなんて、信徒が試みるものよ。私にはできないけれど」

「たしかに俺は信徒ではなく、信徒になるつもりもありません。ですが、これがあります」

　ティグルは黒弓を持ちあげる。

「信徒であるあなたを前にして不敬なもの言いをするのは許してください。俺はティル＝ナ＝ファの力を借りたいんです。魔物たちと……ガヌロンと戦うために」

「明快ね」と、ドミニクは髪を揺らして笑った。

「でも、私に教えられることなんて……」

　そこまで言ってから、何かを思いだしたのか、彼女はティグルをじっと見つめた。

「瞑想の仕方なら教えられるけど、やってみる？」

「瞑想？」

「そう。父様と母様から、女神に魂を近づける方法だと、祈りの言葉よりも先に教わったわ。私がやっても、気を鎮めるとか、迷っているときに決意を固めるとか、そういうことにしか使えなかったけど……。あなたは違うかもしれない」

「危険はないんですか？」

　そう聞いたのはリュディだ。ドミニクは首を横に振る。

「不眠や断食といった行為を組みあわせでもしないかぎり、瞑想だけで倒れたなんて話は聞いたことがないわ。本当に女神に近づけるというなら、わからないけど」

「やってみます」

　ティグルは頭を下げた。ガヌロンたちとの戦いが迫っている。多少の危険を冒してでも、女神に近づきたい。

「そう難しいことじゃないわ。背筋を伸ばして、目を閉じて。呼吸も整えて。少しずつ力を抜いて。その弓は……本当にティル＝ナ＝ファに縁のあるものなら、持っていた方がいいわ」

言われた通り、ティグルは目を閉じる。目を閉じると、周囲の音やミラたちの息遣いがはっきり聞こえるようになった。土や草の匂い、薪の燃える匂いを嗅覚が伝えてくる。かすかな大気の流れを、肌が感じた。ドミニクの声が聞こえてくる。

「あなたは草原に座っている。真夜中の、月も星も出ていない暗闇の中。まわりには暗闇が果てしなく広がっているだけ。風はなく、草はそよがない。土の匂いも感じない……」

そう言われると、不思議と感覚が鈍ってきたような気がした。さきほどまでのように、匂いがわからない。音もよく聞こえない。だんだん、自分が地面に座っているのかどうかもわからなくなってきた。空中に浮いているような感覚を抱く。

「目の前に神殿がある。まわりは暗闇だけど、それがあることはわかる」

まぶたの裏にひとつの神殿が映った。石造りで、何の装飾もほどこされていないが、この中に女神がいる。それがティグルにはわかった。

神殿の奥から、二つの視線を感じる。そのうちのひとつは強い敵意を帯びていた。

落ち着いていた心が乱れ、息が苦しくなる。このままここにいては危険だと、頭の片隅で警鐘が打ち鳴らされる。しかし、ティグルはそこに留まった。

——女神よ。

呼びかけてから、何を問いかけようとしていたのか、思いだせないことに気がついた。

いや、と考え直す。問いかける前に、やるべきことがあるではないか。

「俺の名は、ティグルヴルムド＝ヴォルンだ」

次いで、いままで力を借りてきたことの礼を述べようと思ったが、それはできなかった。

「――ティグル！」

二つの叫び声と同時に、左右から肩を揺すられる。ティグルは目を開けた。

霞む視界に映ったのは、ゆらめく焚き火だ。ぼんやりしていると、左右から女性の顔が迫ってきた。視界が徐々にはっきりしてきて、ミラとリュディだとわかる。

「……え？」

戸惑(とまど)いを多分に含んだ声が、自分の口から漏れた。記憶が混乱している。いま、自分は神殿の前にいて、女神と相対していたはずではなかったか。

「ほら、飲んで」

ティグルの口元に、ミラが革袋を押しつけてくる。水が流れこんできて、おもわず咽せた。

だが、ようやく意識が鮮明になる。それから血の味を舌に感じた。

「ティグル、鼻血が……」

リュディが手に持った布でティグルの顔を拭う。布の一部が赤く染まっていた。

「ありがとう、二人とも……」

かすれた声でどうにか感謝の言葉を述べると、二人は安堵の息をついて離れる。見れば、ラフィナックとガルイーニンも深刻な表情をしていた。ドミニクにいたっては申し訳なさそうな顔で涙までにじませている。

「ごめんなさい。私が余計なことを教えたばかりに……」

「俺は、どうなっていたんだ？」

困惑まじりに聞くと、ミラが答えた。

「急に顔から血の気が引いたと思ったら、鼻から下が真っ赤になるほどの鼻血を流したのよ。それでも身じろぎすらしないんだから驚きを通り越して焦ったわ」

何度か瞬きしたあと、ようやく説明を呑みこんだティグルは苦笑を浮かべかける。だが、ミラとリュディに睨まれて、慌てて顔を引き締めた。おかしい気分ではあるのだが、皆を心配させてしまったのだから笑うわけにはいかない。

「その、あまり気にしないでください。こうやって帰ってこられたんですから」

ドミニクにそう言ってから、ティグルはあらためて自分が体験したことを説明する。

「二つの視線？　三つの視線じゃなくて？」

真っ先に疑問を投げかけたのはミラだ。神殿の中からティグルに視線を向けてきたのがティル＝ナ＝ファであれば、三位一体の女神なのだから、三つの視線でなければおかしい。

「片方の視線からいやな感じを受けたというのも気になりますね」

リュディが顔をしかめる。ティグルは自分の推測を述べた。

「ひとつは、いままで俺に力を貸してくれていた人のティル＝ナ＝ファだろう。もうひとつはたぶん、魔物寄りの……魔のティル＝ナ＝ファだ」

「残ったもうひとつはどうしたんです？　まさか寝てたわけじゃないでしょう」

ラフィナックの軽口に、ティグルは真面目な顔でうなずいた。

「案外ありえるかもしれない」

「ティグルヴルムド卿、さすがにそれは……」

ガルイーニンが渋面(じゅうめん)をつくる。ティグルは笑って小さく頭を下げた。

「正確には、俺に関心を持たなかったんじゃないかと思います。俺はティル＝ナ＝ファの信徒ではありませんから。沈黙の、というのはそういうことかもしれません」

「ひとに関心を持つ神もいれば、持たない神もいるということですか。神の考えを推し量ろうとするのは危険でしょうし、魔のティル＝ナ＝ファのように敵意を向けてこないだけありがたいと、そう思うべきなのでしょうな」

厳しい表情で唸(うな)るガルイーニンに、ティグルはうなずいた。

「ただ、こうして話してみると、不思議な体験です。俺はドミニク殿に教わった通りにして、ただ目を閉じていただけなのに、気がつかないうちに鼻血を流していたなんて……」

「いやね……」

ミラがティグルの手元にある黒弓を見て、ため息をこぼす。

「それを捨てさせたガヌロンの気持ちが、少しはわかっちゃうわ。自分の仕える王が、女神に触れようとして鼻血を流したら、危険視して捨てる気にもなるわよ」

「うちの家宝を捨てられたら困るな」

ティグルはわざとらしく肩をすくめてみせる。だが、誰も乗ってこなかった。ラフィナックさえもだ。気まずそうにくすんだ赤い髪をかきまわしたあと、ティグルは口を開く。

「だいじょうぶだ。俺は、こんなところで死なない」

「そう願いたいですな」と、ラフィナック。

空気がやわらいだところで、ドミニクが立ちあがった。

「もう一度、おじいちゃんのところへ行って、祈ってくるわ。本当に、おじいちゃんに会えなかったら、あの屋敷から逃げられなかったから……」

「私もいっしょに行きましょうか？」

リュディが腰を浮かせて申し出る。ボードワンの墓は、ここから三百アルシン（約三百メートル）ほど離れている。たいした距離ではないが、いまは夜だ。

「気持ちだけいただいておくわ」

火にくべていた太い枝を松明（たいまつ）代わりにして、ドミニクは暗がりに消えていった。

「ひとりになりたい気持ちはわからなくもないですな」

　ラフィナックがそう評する。ティグルはリュディに言った。

「明日になったら王都へ向かおう。俺たちが王都に近づくころには、ザイアン卿たちも来ているはずだ。推測が正しければ、敵も……」

「ええ」と、リュディはうなずいて、ティグルに微笑みかける。

「ありがとうございます、ティグル。正直な気持ちを言うと、焼き払われていたギュメーヌ村を見たとき、私はほとんど諦めていました。ボードワン様とドミニクさんに会うことができたのは、あなたのおかげです」

「貧乏性だからな。手ぶらで離れたくなかっただけだよ」

「若」と、ラフィナックが考えこむような顔で意見を述べた。

「ドミニクさんの疲労はそうとうなものだと思います。私の立場でこういうことを言いたくはないんですが、私とガルイーニン卿でドミニクさんを守り、若たちに先行してもらうのはどうでしょう。私たちの馬も使って」

「そんなことができるわけないだろう。この近くにルテティア兵がいるかもしれないんだぞ」

「ですが、ドミニク殿に気を遣えば、馬足を速めることはできません」

　ティグルは強く拒絶する。そこへ、ガルイーニンが冷静に言った。

「でも、ここは危険です。せめて、もっと安全なところに移って……」

ティグルがそう反論しかけたときだった。

「――ティグル」

ミラの冷静な呼びかけが、ティグルに意識を切り替えさせる。自分の手にある黒弓から、無言の警告とでもいうべきかすかな熱が伝わってくるのを感じとった。

見れば、ミラは暗がりへ鋭い視線を向けている。彼女の持つラヴィアスの穂先は白い光を帯びていた。この竜具もまた、使い手に注意を促している。

「ガヌロンの放った追っ手か」

「たぶんね。私だったらドミニク殿もボードワン殿も逃がさないわ」

ドミニクはガヌロンについて知りすぎている。ボードワンは王国の宰相だ。いずれもガヌロンにとって面倒な存在に違いない。ボードワンの死は、レギンたちを悲しませるだけでなく、今後のブリューヌの統治にも影響を与えるだろう。

ティグルはリュディたちを振り返る。いまのリュディを戦力としてあてにするのは酷だ。ここにいないドミニクも守らなければならない。

「ラフィナックとガルイーニン卿、リュディは、ドミニク殿を頼む。リュディは無理をするな。ボードワン殿の遺族に会わないといけないんだからな」

「わかっています。ティグルこそ、助けが必要ならすぐに呼んでくださいね」

色の異なる瞳に闘志を輝かせながら、リュディは答える。自分もともに戦うと言いださなかったのは、精神的な打撃を自覚しているのだろう。また、近づいてくる気配から、まともな相手ではないことも悟っているに違いない。

ティグルとミラはうなずきあい、焚き火から離れて暗がりに踏みこんだ。

夜の闇に包まれた草原を、ティグルとミラは見回す。たしかに気配は近づいてくるのに、それらしきものの姿は見当たらない。闇に溶けこんでいるのとも違う。

「ミラ、頼む」

ティグルは腰にさげた革袋から、二つの黒い鏃(やじり)を取りだした。魔弾の王に関係があると思われるもので、尋常ならざる破壊力を秘めている。

ミラが、ティグルの手にラヴィアスを近づけた。槍の穂先から白い冷気が放たれ、二つの黒い鏃に、それぞれ軸となる氷の矢幹(やがら)を取りつける。

ティグルは礼を言って、二本の矢を矢筒に入れた。まずはふつうの矢を黒弓につがえる。ミラもまた、槍をかまえて前に出た。

「――静かなる世界よ(アーイズビルク)」

竜具の先端から白い冷気が放射状に放たれ、瞬く間に草原を薄氷で覆っていく。

直後、氷を踏む複数の小さな音が、二人の耳に届いた。敵は二体いる。

ティグルのつがえた矢の先端が、白い光を帯びた。小さな足音と気配だけを頼りに、矢を射放つ。十数歩先の大気が不自然にゆらめいたかと思うと、金色の光が閃いた。矢は何かに弾かれたように地面に落ちる。

大気のゆらめきから、明確な敵意が風となって吹きつけてきた。敵が動きを速める。

「――氷華(リオヴエート)！」

槍の穂先から、ミラが吹雪を放った。猛々しい氷雪を、怪物たちは避けようともせず正面から受けとめる。それによって、彼らの輪郭が浮かびあがった。

体格は人間に近いが、頭部は狼のそれであり、指が三本しかない手からは短剣のような鋭く長い爪が伸びていた。その身体は暗闇から抜きだしたかのような漆黒だ。

ザクスタンで戦った人狼(ヴエアヴォルフ)を、ティグルは思いだした。だが、外見が似ているというだけで、伝わってくる威圧感はまるで比較にならない。

怪物が無言で地面を蹴った。猛獣を思わせる剽悍(ひようかん)さで、ミラとの距離を一気に詰める。ミラはわずかに眉を動かしたものの、驚きはしなかった。相手の突進に合わせて刺突を繰りだす。耳障りな金属音を響かせて、怪物がのけぞった。

「思ったより硬いわね」

竜具は、鋼鉄の刃を弾く竜の鱗さえも容易に斬り裂く鋭さを備えている。つまり、この怪物の皮膚は竜の鱗に優るのだ。行軍中に戦った骸骨や死体などと同列に考えるべきではない。

もう一体の怪物が仲間を飛び越えて、ミラの頭上から襲いかかる。ミラは槍を薙ぎ払って撃退しようとしたが、直前で考え直して後転する。そして、怪物が地面に着地する前に、ティグルが新たな矢を放った。ただの一撃ではない、ラヴィアスの力をまとった一矢だ。

回避しようもなく、怪物は顔面に矢をくらって吹き飛んだ。薄氷のかけらをまき散らしながら地面を転がる。だが、何ごともなかったかのように、すぐ立ちあがった。

「頑丈だな……」

「骸骨や動く死体と同じように、痛みを感じないみたいね。脚を狙いましょう」

ティグルのつぶやきに、ミラが言葉を返す。怪物たちは人間と同じく脚を使って駆け、跳んでいる。まずは動きを封じるべきだった。

ティグルは新たな矢をつがえる。敵を見据えて、あることに気がついた。地面に伸びている雑草のいくつかが、枯れたように変色している。さきほどまでは見なかった色だ。

――まさか。

怪物たちに視線を走らせる。彼らの周囲にも、変色した雑草が目についた。

怪物たちが左右にわかれ、弧を描くように走りだす。ミラを挟撃するつもりなのだ。

「ミラ！　やつらに触れるな！」

右にいる怪物へ牽制の矢を放ちながら、ティグルは叫んだ。次の瞬間、怪物たちがそれぞれ右手を振りあげ、前へ突きだす。その腕が、もとの倍以上に伸びた。

鋭い爪が、左右からミラへ迫る。だが、ミラはすでに新たな竜技を完成させていた。彼女の足元に冷気の白い結晶が描かれ、無数の氷の槍が地面から突きだす。

「――空さえ穿ち凍てつかせよ！」

人間ならば串刺しになっていただろう氷の槍の猛撃にも、怪物たちは耐える。しかし、その勢いには抗えず、上空にはねとばされた。

ティグルは黒い鏃の矢をつがえて、怪物の一方へ放つ。虚空を裂く一矢が、怪物の下半身を粉々に吹き飛ばした。

雷鳴にも似た音を響かせて、上半身だけになった怪物が地面に叩きつけられる。もう一体はミラに任せて、ティグルはその怪物にとどめをさすべく、新たな矢を用意した。

弓をかまえる。そこでティグルは目を瞠った。怪物が立ちあがったのだ。腰のあたりが黒い炎となって広がり、揺らめいて、そこから脚が再生していた。

怪物はティグルに狙いを変えて、飛びかかってくる。ティグルは地面を転がってその一撃を避けたが、怪物は空中で姿勢を変え、腕を伸ばし、鞭のような軌道で殴りつけてきた。

硬質の音が響く。ティグルは黒弓で、かろうじて怪物の爪を弾き返した。地面を薙ぎ払いながら、怪物の爪は元の長さに戻る。爪が触れた草花はたちどころに色を失い、崩れ去った。

――中途半端な攻撃では、すぐに治るというわけか。

一撃で確実に仕留めなければ、この怪物は何度でも立ち向かってくるだろう。そして、その爪には草花を枯れさせる毒のようなものが含まれている。

怪物の動きを警戒しつつ、すばやくミラの様子を確認する。ミラはラヴィアスを巧みに操って相手と距離をとり、防戦に徹していた。どう戦うか、彼女も考えあぐねているのだ。

──なんて厄介な相手だ。すぐ治る上に猛毒を持つ……。

内心でため息をつく。そのとき、ティグルの頭の中にある考えが浮かんだ。

──試してみる価値はある。

怪物が正面から突進してくる。ティグルは二つめの黒い鏃の矢を取りだし、つがえた。

「ミラ！　相手の腕を狙ってくれ！」

大声で叫ぶ。正面の怪物が腕を振りあげ、伸ばしてきた。ティグルは横へ跳躍しながら、怪物の肩を狙って矢を放つ。鉄塊が弾け飛ぶような音とともに、ちぎれ飛んだ怪物の右腕が宙を舞った。痛みではなく衝撃によって、怪物が姿勢を崩す。

「──静寂より来たれ氷の嵐（ヴァルミテルツァ）！」

ミラもまた竜技を放った。地面から鋭い先端を持つ氷の柱が飛びだして、怪物を襲う。怪物は見事な体術によって氷の柱をかわし、飛び越えてミラに襲いかかろうとした。

ミラが冷酷な笑みを浮かべる。同時に、氷の柱が粉々に砕け散った。無数の氷片が嵐となって吹き荒れ、怪物の右腕にまとわりつく。次の瞬間、怪物の右腕が根元から崩れ落ちた。

氷の柱と、それをもとに生まれる恐るべき氷片。それがこの竜技だった。

ティグルはミラのもとへ駆ける。二人が合流を果たしたときには、怪物たちはいずれも腕の再生を終えていた。左右からティグルたちを挟撃するようにして、腕を伸ばす。

「頼む！」

ティグルの叫びに応えて、ミラは地面に倒れこみながら竜技を放った。

長大な氷の槍が、彼女のそばの地面から斜めに伸びる。その氷の槍を踏み台にして、ティグルは空中に跳んだ。怪物たちの腕が、それぞれ何もない虚空を突き抜ける。

怪物の頭上を飛び越えたティグルは、逆さまの姿勢から黒弓をかまえた。黒い鏃の矢をつがえる。これは最初に放ったもので、ひとりでに手元に戻ってくる力が鏃に備わっていた。矢幹についても、ミラのラヴィアスの力ですでに取りつけられている。

一体の怪物の背中を狙って、ティグルは矢を放った。

轟音。衝撃に耐えきれず、怪物が前へ押しだされる。そして、怪物たちはおたがいの肩口を鋭い爪でえぐり抜く格好となった。

怪物たちが同時に動きを止める。その身体を覆っていた薄氷が音もなくこぼれ落ちた。彼らの身体が急速に崩れ去っていく。

「恐ろしい爪ね……」

ミラが戦慄（せんりつ）のつぶやきを漏らす。もしも自分たちが傷つけられていたら、それがたとえ肌をかすめただけの一撃でも、瞬く間に命を落としていただろう。

怪物たちにも、おたがいを攻撃しない知能はある。彼らの攻撃を避けるだけでは、同士討ちをさせるのは難しい。だからこそ、彼らの距離をぎりぎりまで縮めて、押しだしたのだ。

二人は視線をかわすと、ボードワンの墓がある方へ走りだした。そこにリュディたちもいるはずだ。十歩と行かないうちに、暗がりの奥から戦いの響きが聞こえてきて、目を瞠った。

「追っ手は、俺たちが倒したやつらだけじゃなかったのか」

リュディたちならば、怪物たちが相手でもそうそう後れはとらないだろう。だが、問題はドミニクだ。足を速めると、暗がりの中で剣を振るうリュディたちが見えた。彼女たちが戦っているのは骸骨や死体、黒い霧の怪物たちだ。

「みんな！」

怪物たちに矢を射かけながら、ティグルはリュディたちに走り寄る。リュディが叫んだ。

「ここは私が引き受けます！　ドミニクさんをさがしてください！」

ティグルは息を呑んだ。リュディたちはドミニクを発見できていないのだ。

——突然、怪物が現れたんだ。どこかへ逃げるに決まっている。

周囲を見回す。集落の方は静かだ。怪物たちの狙いは自分たちのようだから、あちらには向かっていないのかもしれない。だが、戦いが続けば騒ぎに気づく者も出るだろう。

「ボードワン殿の墓に行ってみよう」

ティグルとミラは再び駆けだす。すぐに墓の前に着いた。

二人はぎょっとして、墓を見下ろす。ボードワンを埋葬した場所に大きな穴が開いていた。まるで、死体が内側から地面を掘り崩して出てきたかのような。

ティグルは呼吸を整えながら視線を巡らせる。少し離れたところに、燃えている太い枝が落ちていた。ドミニクが持っていったものだ。火はだいぶ小さくなっていた。

「ティグル……」

ミラが呻き声を漏らす。彼女の視線の先を追って、ティグルは表情を歪めた。

人影がひとつ、立っている。こちらへゆっくりと近づいてくるそれは、埋葬したばかりのボードワンの死体だった。そして、ボードワンは何かを引きずっていた。ドミニクだ。

ドミニクの首はありえない方向に曲がり、その身体からは力が失われている。ティグルとミラは武器をかまえるのも忘れて、その場に立ちつくした。

だが、ティグルが茫然自失していたのは一呼吸分ほどの時間だった。やり場のない怒りにティグルは黒弓をかまえる。矢をつがえた。ミラのラヴィアスの穂先から白い冷気が流れでて、ティグルの矢にまとわりつく。

一瞬、ティグルの脳裏に、ボードワンのことを話す父とマスハスの姿が浮かんだ。

放たれた矢は、ボードワンの首から上を吹き飛ばす。ボードワンが倒れ、ドミニクの死体が投げだされた。

リュディたちが駆けてきたのは、そのときだ。

「私たちの方はかたづきました」

ティグルの隣に立ったリュディは、すぐに異変に気づいた。墓に開いている大きな穴と、ティグルたちが見つめている二つの死体に。

彼女はおよそのことを察すると、右手の剣を鞘に収めて、ティグルの背中に手を置いた。

「ありがとうございます……」

ミラが事務的な口調で、ガルイーニンに尋ねる。

「もう怪物たちはいないの？」

「はい。推測ですが、リュドミラ様たちが滅ぼしたものが怪物たちの指揮官とでもいうべきものであり、それがいなくなったことで出てこなくなったのではないかと」

「そうであってほしいわね」

ミラの言葉は、ドミニクの死体を見つめながらのものだ。ここで彼女の死体まで起きあがってきたら、今度は自分が仕留めるつもりだった。

ティグルは奥歯を噛みしめる。短い時間の中でさまざまな表情を見せ、多くのことを教えてくれたドミニクがこのような形で死んだということが、すぐには受けいれられなかった。

四半刻ほど様子を見て、二人の死体が動きだす気配はないとわかると、五人はあらためて二つの死体を埋葬する。ティル＝ナ＝ファの祈りの言葉を、ティグルは唱えた。

4　バヤール作戦

　その日の朝、ロランは朝食をとるよりも先に、レギンのいる執務室を訪ねて深刻な報告をすることになった。

「夜明けごろに敵軍が動きだしました」

　ロランが王都の北に敵軍の姿を認めたのは、二日前の昼ごろである。王都から十五ベルスタ（約十五キロメートル）ほど遠くにおり、数も少ないようなので、偵察隊を放つだけに留めておいた。ただ、念のために、レギンの許可を得て王都の城門をすべて閉じている。

　昨日は、敵は何の動きも見せなかった。だが、今日の夜明けごろ、彼らは幕営（ばくえい）を引き払い、王都に向かって前進をはじめたのだ。

　ちなみに、敵はファーロン軍、または国王軍と名のっているのだが、当然ながらレギンがそのような名称を認めるわけがなく、ロランたちは敵のことをルテティア軍と呼んでいた。これには、敵軍にいるファーロンは偽者だという主張も含まれている。

「王都を攻めてくる気配がありますか？」

　レギンに訊かれて、ロランは難しい顔になった。

「偵察隊の報告によれば、敵の数はおよそ二千ということです。攻めてくるとしても、正面からということはないでしょう。こちらの意表を突いてくるかと思われます」

「ランブイエのように、ですか」

レギンが悔しそうな顔をする。ティグルたちの放った伝令は、三日前にようやく王都にたどりついたのだが、ランブイエ城砦が焼かれたと聞いて、ロランもレギンも驚いたものだった。

「敵が王都を攻めてくるとしたら、どのような手を使ってくると思いますか」

レギンの問いかけに、ロランは思案する。

「考えられるのは、我々の知らない地下通路を敵が知っていて、使ってくることです。それならば少数でも王宮を攻めることができます」

実際、シャルルはその手で王宮への侵入を果たしている。ないとは言いきれない。

「他には？」

「内通者を王都に潜りこませて、内側から城門を開かせる手があります。本来は城門を制圧して多数の兵をなだれこませるものですが、王宮をおさえる自信があれば、少数でもできないことはありません。すぐに思いつくのはこれぐらいでしょうか」

「つまり、敵が少数で遠くにいるとしても、用心するべきだと。わかりました」

ひとつうなずくと、レギンはロランを見上げた。

「一刻後に軍議を開きます。王都にいる諸侯でおもだった者を会議室に集めなさい」

「承知しました」

一礼するロランに、少し考える様子を見せてからレギンが質問を投げかける。

「ロラン卿、こちらから打って出ることはできないのですか？　数だけでいえば、我が軍の方が多いのでしょう」

王女の積極性を意外に思いつつ、ロランは首を横に振った。

「危険です。まず、野戦での敵の強さがわかりませぬ。次に、三千の兵をすべて動かせば、このニースが空になります。かといって、同じ数ではいたずらに兵を消耗させるだけです。敵を勢いづかせるかもしれない行動は慎むべきです」

「では、あなたはどうすべきだと？」

憮然とするレギンに、ロランは謹厳な口調で答える。

「敵に大きな動きがなければ、ルテティアに向かった軍が戻ってくるのを待ちます」

「ルテティアの制圧が二日や三日で終わるとも思えません。いつ戻ってくるかわからない軍を待つより、王都にいる兵で何とかすべきではありませんか」

レギンの声が責めるような響きを帯びた。攻撃的な姿勢を見せる王女に驚きながらも、ロランは譲らなかった。

「いつかは必ず戻ってきます。それまでは、何とぞご自重ください」

「わかりました」

ロランが呆気にとられるほど、レギンはあっさりと承諾する。微笑を浮かべて続けた。

「このあとの軍議ですが、あなたに任せます。敵を軽んじる諸侯もいれば、過度に敵に怯える諸侯もいるでしょう。彼らをしっかり戒めて、王都を守ることを最優先に考えなさい。必要なときはもちろん私も口添えします」

　ロランは目を瞠る。さきほどまでのレギンの態度は、軍議における諸侯らの反応を想定したものだったのだ。そして、一切退かなくていいと、彼女は言ってくれたのである。

「殿下のお心遣いに感謝いたします。ところで、お願いしたいことが二つございます」

「聞きましょう」

　椅子に座り直して、レギンが促す。かすかな緊張を感じながら、ロランは言った。

「さきほど申しあげましたように、敵が王宮の構造について詳しいことはたしかです。できれば殿下には――」

「ロラン卿。私はこの王宮から逃げようとは思いません」

　こちらが言おうとしたことを予想して、レギンは先に自分の決意を述べる。碧い瞳には強い戦意と怒気が輝いていた。

「もう逃げるのはたくさんという思いもありますが……。私だけが身の安全をはかれば、民も兵も私を見捨てるでしょう。生きながらえても、未来は断たれるのです。陛下は、最後までこの王宮から動きませんでした。ファーロンの子として、私は陛下に倣います」

　レギンが戦う前から王都を脱出したことが知られれば、兵と民は動揺し、失望するだろう。

シャルルはそれを広めるだけで優位に立てる。シャルルとガヌロンは神出鬼没であり、彼らに隙を見せてはならなかった。

「お詫びいたします。余計なことを申しあげました。——もうひとつですが、いまからでも民兵を募りたいと考えています」

ロランは約三千の兵を、王宮と市街と城壁の守りに振りわけている。王宮に一千、市街に約五百、城壁に約一千五百という具合だ。上手く民兵が集まれば、市街を守らせている兵たちを城壁の守りにまわすことができる。

しかし、レギンは首を横に振って却下した。

「ロラン卿、シャルルがファーロン陛下の身体を乗っ取っていることは、あなたも知っているでしょう。そして、私よりも陛下の方が、民の信頼を得ています」

王子として育てられてきたレギンは、女性であることが知られぬよう、目立つ真似を避けて過ごしてきた。言ってしまえば、印象が薄いのだ。バシュラルとの戦いで強い存在感を示したものの、なぜ性別を偽ったのかという点については、いまだに不信感を抱かれている。

「シャルルがファーロン陛下として民兵に恭順を呼びかけ、もしも民兵が従ったら、私たちの立場は非常に苦しいものとなります。他の方法でお願いします」

ロランは内心で唸ったが、このように言われては反論も難しい。何より、あのシャルルならたしかにやりかねないという気がする。残念だが、この二つの案は諦めるしかなさそうだ。

一礼して退出しようとしたロランを、レギンが呼びとめる。

「お礼を言います、ロラン卿」

ロランは戸惑ったが、黙ってレギンの言葉の続きを待った。

「もしもあなたが攻勢に出ると言っていたら、私はおもいきって許可を出していました」

王女の声が、おさえきれない怒りに震えている。シャルルもガヌロンも、彼女にとっては父の仇なのだ。もしも立場が許せば、自ら戦場に立つに違いない。

——殿下、私も同じ気持ちです。

ロランにとっても、ファーロンは忠誠心と武勇のすべてを捧げられる王だった。また、ガヌロンに殺されたらしいベルジュラック公爵は、多くのことを教えてくれた先輩だった。

身体ごとレギンに向き直ると、ロランは覇気をみなぎらせながら深く頭を下げる。

「この命に代えても、必ずや勝利を殿下の手に」

「それはいけません」

思いもよらないレギンの言葉に、ロランはおもわず顔をあげた。王女は苦笑している。

「この前、あなたは私に未来を語ってみせたばかりではありませんか。自分の描いた未来を、自分でつかみとらなくてどうするのです」

「……おっしゃる通りです」

恐縮しながら、ロランは今度こそ執務室をあとにする。胸の奥を温かくしているのは、仕え甲斐のある主君に恵まれたことの喜びと、騎士としての使命感だ。

「殿下のためにも、もっと、ない知恵を絞らなければならんな。しかし、ティグルヴルムド卿とザイアンは卿は、いまごろどのあたりにいるのか……」

ロランは知らなかった。転進したブリューヌ軍が、ニースまで歩兵の足であと一日というところまで戻ってきたことを。

†

遠くに綿の塊のような雲を浮かべた蒼空の下、ザイアン＝テナルディエに率いられたブリューヌ軍約一万六千は、街道の近くにある丘の上に幕営を築いて休息をとっている。丘の上からだと、はるか遠くに置かれた石ころのような、王都の城壁をぼんやりと臨むことができた。

六日前にティグルたちが軍から離脱したあと、彼らはルテティアへ向かうと見せかけて反転し、ランブイエ城砦の近くで二手にわかれた。これは王都を発ったときと同じ理由で、行軍速度をなるべく落とさず、かつ人数分の水を確保して、動きやすくするためだ。

そして、ザイアンに率いられたテナルディエ隊と、オリビエに指揮されたヴォルン隊はそれぞれ南下し、今朝になってようやく合流を果たしたのである。

脱落者が出るのを承知の上で先を急ぎ、結果として四千近い数の兵を置いてきたのだが、それでも水の確保などが難しく、思ったより日数がかかってしまった。

「このあたりまで来ると、見覚えのある景色で落ち着くな」

幕営の端に立って、草原をまっすぐ貫く街道や、起伏のゆるやかな丘の連なりを見ながら、ザイアンはそんな感想を漏らした。

あと一日で王都にたどりつくと思うと、彼としては兵たちを急かしたいのだが、いざというときに使いものにならなくなると、デフロットに止められていた。

昼を過ぎたころ、放っていた偵察隊が帰還した。ザイアンは自分の幕舎の中で、偵察隊の隊長の報告を受ける。その場にはデフロットとオリビエも控えていた。

「我々の進む先に敵軍らしき一団の姿を発見しました」

「おう、そうか。引き返すべきという俺の判断は正しかったわけだな」
六、七日前の軍議のことなどすっかり忘れてザイアンはうなずき、先を促した。
国王軍は、ここから八ベルスタほど先に幕営を築いているという。数は二千前後ということだった。ザイアンは顔をしかめて問いただす。

「二千？　二万の間違いじゃないのか？」

隊長は「いいえ」と、首を横に振った。

「我々の見落としや、伏兵がどこかに潜んでいるという可能性はございます。ですが、この先の幕営にいる敵の数は、二千以上であっても三千を上回ることはございませぬ」

「わかった。数についてては約二千というところだろう。他に気づいたことはあるか？」

デフロットが威厳のある態度で口を挟む。隊長は会釈(えしゃく)して答えた。

「敵は、大量の藁(わら)を積みあげておりました。こう、小山ができるほどです」

この報告にはデフロットも当惑して、オリビエと顔を見合わせる。

「敵の中に、総指揮官……ファーロン陛下を名のっている不届き者の姿はあったか？」

ザイアンが訊いた。シャルルさえいなければ、飛竜(ヴィーフル)を駆って空から奇襲をかけてやろうと考えたのだ。シャルルがいる場合は恐ろしいので、むやみに近づくつもりはない。

隊長の返答は「わかりませぬ」だった。

「行って帰ってくるだけで十六ベルスタだ。わからないことがあっても仕方ない」

そう言ったのはオリビエだ。安堵(あんど)の息をつく隊長に、今度は彼が尋ねる。

「ところで、王都の様子は見えたか？」

隊長は首を横に振った。デフロットがねぎらいの言葉をかけて、彼を下がらせる。

オリビエが地図を広げ、三つの駒をその上に置いた。

「ニースの北に、敵軍がいる。さらにその北に、我々がいる。一応、ニースと我々とで敵軍を南北から挟んでいる形になるが」

「理屈としてはな。我々と敵軍の距離が八ベルスタ。だとすると、敵軍と王都の距離は五ベルスタというところだろう。とても挟撃しているとは言えんわ」

デフロットは肩を揺らして笑ったが、すぐに真面目くさった顔つきになる。

「ニースが無事なのは何よりだが、あまり安心はできん。敵は何を考えているのかわからんやつだが、こんなところまで軍を進めてきた以上、やはり王都を狙っているのだろうからな」

「とはいえ、たった二千の兵で王都を攻め落とせるとは思えぬ」

オリビエが首をひねる。

「一千や二千の兵ならともかく、数千を超える大軍を潜ませている可能性はない。兵の数が増えるほど行軍の跡は残る。複数の部隊に分散させても、隠しきることはできぬ」

「寡兵で陥とすとなれば、隠し通路をさがしだすか、内通者を潜入させて内側から門を開かせるかというところだが、いまの王都には黒騎士と三千の兵がいる。ジスタートの戦姫たちも。簡単にはいかぬだろう。どんな手を打ってくるつもりやら」

地図を見つめて考えを巡らせている二人の騎士に、ザイアンが聞いた。

「やはり、休息を切りあげて、少しでも敵との距離を縮めることはできないか」

ザイアンとしては、ようやく敵軍を捕捉できたのだ。自分の指揮によって押し潰し、武勲をものにしたかった。もたもたしていたら敵が逃げるかもしれないし、王都を守る兵たちが打って出る可能性もある。目の前で手柄を奪われてはたまったものではない。

「この状況で軍を進めれば、疲労困憊（ひろうこんぱい）の兵を敵の前に立たせることになりかねん」

オリビエに鋭い視線を向けられてザイアンはひるんだが、必死に反論する。

「だが、敵はたった二千だろう。こちらは一万六千だ。戦いになったとしても……」

「数を過信して焦れば、格好の餌食だ。ザイアン卿は敵に名を成さしめたいか」

ザイアンはかっとなった。だが、彼が怒鳴るより先にデフロットが発言する。

「オリビエ卿よ、ティグルヴルムド卿がいないいま、現在の総指揮官はザイアン卿だ」

年長者のデフロットに諭されて、オリビエはザイアンに無言で頭を下げた。それを確認してから、デフロットはザイアンを見る。

「オリビエ卿の言うことはもっともだが、たとえ少数であれ、王都の近くに敵がいるのは気に入らぬ。体力があり、多少の無茶をやってもすぐに戦えるような者を二千から三千ぐらい選んで突撃部隊として編制するのはどうかな」

「いいな、それは。よし、任せる」

ザイアンは二つ返事で承認した。それからオリビエに尋ねる。

「そういえば、オリビエ卿。ヴォルンから何か連絡はないのか」

オリビエは「残念ながら」と、首を横に振った。

ザイアンは口元に浮かんだ笑みを必死に押し隠す。ティグルはいない。リュディもいない。

——ようやく、この俺が武勲をたてる好機が巡ってきた……！

ティグルにも言ったように、ザイアンは戦果を手にするためにこの戦に参加したのだ。

だというのに、王都を発ってからの自分の行動を振り返れば、一万の兵を率いてランブイエ城砦へ行き、戦いともいえない戦いを行い、城砦を焼かれて引き返してきただけだ。

だが、眼前に訪れたこの状況はどうだろうか。一万六千の兵に、たった二千で対抗できるはずもない。ザイアンは前進し、蹂躙せよと兵に命じるだけでいいのだ。それだけで、王都を守り、敵を殲滅した勇将の名誉を独占できるのである。

敵に攻撃を仕掛けるときは、飛竜を駆って空から襲いかかってもいい。シャルルにだけは会いたくないが、それ以外の敵将なら自分と飛竜で蹴散らす自信がある。

「提案がある」

ザイアンはひとつ咳をして、再び二人の騎士を見た。

「俺が飛竜で先に王都へ戻るのはどうだ？　王女殿下に現状を詳しくご報告できるし、王都にいるロラン卿と連携もとりやすくなる」

ついでに、ニースを狙うという敵の考えを見抜き、急ぎ軍を返してきたのだと、自分の存在をレギンに売りこむぐらいはやってもいいだろう。そうザイアンは考えている。敵の動き次第では、王都が戦場になるのかもしれないのだから、やはり自分は王都にいるべきだ。

しかし、オリビエの反応は冷たかった。

「ティグルヴルムド卿とリュディエーヌ殿が軍を離れるとき、ご自分が何と言ったのか、もうお忘れになったか。ここにいる一万六千の兵の指揮官は、あなただ。たしかに王都に我々の存在を伝えるのは大事だが、指揮官が場を離れることの不利益の方が大きいと考える」

デフロットはというと、もう少し諭すような言い方で止めてきた。

「ザイアン卿、空を飛ぶ飛竜は目立つ。まして、ここから王都へ飛ぶなら一直線だ。間違いなく敵軍に見られる。ザイアン卿がどこにいるのかを知られてしまうのは、ありがたくない」

「俺の存在を見せつけることで、敵兵をひるませることも期待できると思うが」

「それはあるかもしれん。だが、人間もやられっぱなしではない。オージュールで苦労なさったことは、まだ覚えておいでだろう」

その言葉に、ザイアンは小さく呻いた。オージュールの戦いで、飛竜の急降下による攻撃を行っていたザイアンは、敵兵から奇妙なものを投げつけられたのだ。それが飛竜の鼻面に当たった途端、飛竜は酔っ払ったようになり、制御がきかなくなった。

「明日、いや、今日ですら何が起こるかわからぬのが戦というものだ。むろん、状況次第では飛竜に乗って王都へ行くようお願いするだろうが、いまはここにいていただきたい」

デフロットの声は力強く、説得力があった。

「――わかった」

もったいぶるように、ゆっくりとザイアンはうなずく。

「たしかに、何が起きても対応できるようにするのは大事だ。俺がヴォルンやベルジュラックの分まで、指揮官としての務めをまっとうしよう」

三人は地図を囲んで話しあいを続け、負傷者をここに置いていくことも決める。

そうして二人の騎士が去ると、疲労を感じたザイアンは絨毯の上に寝転がった。ぼんやりしていると、侍女のアルエットが声もかけずに入ってくる。

「何かご用があるか聞いてこいと、デフロット様から言われたのですが」

反射的に、「出ていけ」と言いそうになったが、ザイアンはすんでのところで言葉を呑みこんだ。彼女に言っておくことがある。

「今夜のうちに負傷者たちを軍から切り離す。おまえはそちらに加われ」

「戦ですか」

「そうだ。腹立たしいことばかりの十数日だったが……」

そこまで言って、ザイアンはアルエットを見つめる。感心した顔で言った。

「おまえ、よく今日までついてきたな」

「やることはとくに変わりませんので」

にこりともせずに答えるアルエットを見て、ザイアンは笑った。アニエスのような不毛の地でも音をあげなかったのだから耐えられるだろうとは思っていたが、たいしたものだ。

「前に、ネメタクムに戻ったら褒美をやると言ったことを覚えてるか？」

ふと思いだして、尋ねる。父に命じられてアニエスの地にいたときのことだ。

「申し訳ありません」

アルエットは首を横に振る。それから、いつもの調子で言った。

「ご用がなければ、失礼します。飛竜の身体を洗うので」

その言葉を聞いて、ザイアンは身体を起こす。

「俺も行く。俺の飛竜だからな」

ザイアンが幕舎を出ると、アルエットはそれが当然であるかのように黙って従った。

†

敵軍の動きについて、ロランのもとに新たな知らせがもたらされたのは翌朝だった。

夜明けが近いころに北からやってきた行商人たちが、城門を守る兵士たちに告げたという。北の方に巨人の影を見たと。彼らは門を開けて中に入れてほしいと泣いて頼み、実に半刻近くも粘ったのだが、兵士たちが気を変えないと悟ると、城壁に沿って南へ去っていった。

そのころ、ロランは眠っていたのだが、すぐに飛び起きて報告を受け、偵察隊を派遣した。まだ空が暗いこともあって時間がかかり、東の空が白みはじめるころに偵察隊は帰還した。

彼らの報告を、ロランは王都を囲む城壁の北側で受けた。

「いったい何だ、あれは」

偵察隊を促しながら、ロランの目は北の方へ向けられている。

王都からだいたい二ベルスタ先に、およそ百チェート（十メートル）はある巨人が三体、立っている。目にした者は、その不気味さと巨大さに恐怖を覚えずにはいられないだろう。

城壁上の守りについている兵たちは、誰もが巨人から目を離せずにいる。一晩のうちにあのようなものが出現したということにも驚いたが、何を目的としたものかわからないのが、とにかく不安をかきたてた。

三体の巨人のそばには、約二千の国王軍が展開している。紅馬旗(バヤール)と、一角獣(リコルヌ)を描いたガヌロン家の旗が風に揺れていた。

空が明るくなってきたころ、レギンが護衛のジャンヌをともなって、城壁上に現れた。敬礼をしてくる兵たちに手を振って応えながら、レギンも驚愕に彩(いろど)られた顔で、三体の巨人を見つめる。ロランが歩いていくと、ようやく彼女は気を取り直した。

「あの巨人は、何なのでしょうか……」

「私にもわかりませぬ。偵察隊の報告だと、藁でできているようですが」

「藁……？」

レギンの顔いっぱいに困惑が広がる。ロランも同じ思いだった。

「藁を束ねただけの巨人なら、たしかに一晩で用意できるでしょう。ですが、シャルルとガヌロンがただの藁人形を押したててくるとは思えませぬ」

「ええ。あれを放っておくことはできません。ここからはっきり見える以上、民たちの間でもすぐ噂になるでしょう。彼らを不安にさせてしまいます」

「ただちに対処いたします」

頭を下げながら、ロランは不甲斐なさに打ちのめされていた。レギンのために知恵を絞らなければと誓った翌日に、このありさまだ。

レギンは城壁を一周してから王宮に戻るという。兵たちの不安をやわらげるためだろう。自分もできるかぎり早く、巨人に対して手を打たなければならない。

「だが、兵は動かせぬ」

巨人たちの足下に、約二千の敵兵がいるのが厄介だ。五百や一千の兵を向かわせても撃退されるだけだろう。また、あの中にシャルルやガヌロンがいたら、同数でも足りない。

「やむを得ぬか……」

ロランは巨人にばかり目を向けるなと兵たちに告げて、城壁から離れた。リュベロン山を登って、足早に王宮へ向かう。

てきとうな侍女に声をかけて、あることを頼みこむ。そのあと、王都の守備隊長としていくつかの指示を出してから、応接室に足を向けた。

「朝から多忙なようだな、黒騎士殿」

そう言ってロランを出迎えたのは、葡萄の色と白を組みあわせた軍衣をまとい、腰に長剣を帯びた、白銀の髪の娘だった。ライトメリッツの戦姫エレオノーラ＝ヴィルターリアだ。

彼女の後ろにはオルガ＝タムと、エリザヴェータ＝フォミナもいる。二人とも、エレンと同様に着替えをすませていた。

「朝早くに申し訳ない、戦姫の方々。どうしても頼みたいことがある」

一礼してロランがそう言うと、エレンは紅玉の瞳を輝かせて、楽しそうに笑った。

「北に現れた三体の巨人の件か？」

「もうご覧になったか」と、素直にロランは驚いた。

「まさしく、その話だ。騎兵を一千ばかり用意するので、あの気味悪い巨人の正体を突き止めていただきたい。無茶な注文なのはわかっているゆえ、断ってくれてもかまわぬ」

「一千か。ずいぶん奮発したものだな」

エレンはといえば、むしろその数字に驚いたようだった。

「いま、王都には三千の兵しかいないと聞いているが、どこから割いた？」

「城壁と市街からだ。かなり手薄になるが、この際、やむを得ぬ」

王宮を守る兵は割けない。巨人が何なのかはわからないが、国王軍は仕掛けてきた。もう戦ははじまっているのだ。

「それに、あなたがたの技量は信頼している。二百や三百の兵を率いてもらって敵の様子を見るより、用意できるだけ用意して、好きに動いてもらった方がいい」

「さすが黒騎士殿だな。いいだろう、引き受けた」

あっさりと、エレンは承諾する。これにはロランの方が驚いた。

「ありがたいが、かまわぬのか」

「私たちなら、敵の半分の兵力でもどうにかすると思って頼みに来たのだろう？　一応、私は王命によってここにいるのでな。格好がつくていどには仕事をしなければならん」

そう答えると、エレンはオルガとリーザを振り返る。

「おまえたちはどうする？　面倒なら寝ていてもいいが」

「断る気なら着替えてないわ」

リーザが腕組みをしてそう言い、オルガも当然のような態度で応じる。

「わたしは斧姫（タポレーサ）だから」

それは、彼女がこのブリューヌで戦っている間に考えた、己の異名だった。

「感謝する。だが、決して無理をしないでいただきたい」

三人の戦姫に、ロランは深々と頭を下げた。

それから半刻後、北の城門のひとつが開かれる。

一千の騎兵の先頭に立って、エレンとリーザ、オルガは王都の外へ馬を進ませた。


青というより水色をした空の下、三人の戦姫に率いられた一千の騎兵は、整然と隊列を組んで草原を進む。草原にたたずむ三体の巨人に向かって。

「黒竜旗と、我がライトメリッツの軍旗を持ってくればよかったな」

風にひるがえる紅馬旗を見上げて、エレンは口元に微笑をにじませた。倍の数の敵に向かっていくというのに、彼女の顔には恐怖の色が微塵もない。それはリーザとオルガも同様だ。

「そういえば聞いたことなかったけれど、どうして斧姫なんて異名を考えたの？」

リーザがまとっているのは濃淡を基調として、胸の部分に白を用い、随所に薄紫や金色をちりばめたドレスだ。そのような服装でありながら、彼女は危なげなく馬を操っている。

「戦場の勇者の証として」

厚地の服の上に、羊毛をふんだんに使った外套という姿のオルガが、この三人の中ではもっとも戦場に適した服装かもしれなかった。暑そうに見えて、風通しはいいらしい。

これから戦うというのにまったく緊張や不安を感じさせない戦姫たちを見て、ブリューヌ騎兵たちも自身を鼓舞する。戦姫の勇名はもちろん知っているし、この中にはその戦いぶりを目の当たりにした者もいるが、他国人の客将に頼ってばかりでは戦士の名折れだった。

やがて、二ベルスタ足らずの短い前進を終え、エレンたちは敵軍と対峙した。

彼我の距離は五百アルシン以下。藁の巨人たちの足下に展開している国王軍約二千が、ブリューヌ軍を迎え撃つ態勢をとっている。彼らは甲冑に身を固め、槍と盾を持ち、腰には小剣か手斧をさげている。投石紐を腕に巻いている者もいた。

「弓を蔑むこの国で、よくまあティグルのようなやつが生まれ育ったものだ」

口の中でつぶやくと、エレンは戦士としての表情で国王軍を睨みつける。叫んだ。

「悪党のガヌロンと騙りの王に従うろくでなしども！　これが最初で最後の機会だ。武器を捨てて投降しろ！」

戦場によく通る声だった。いくばくかの間を置いて、国王軍の騎士が大声で返す。

「王女を名のる偽者に従う愚か者たちよ！　いまならまだ間に合うぞ、ファーロン王に膝をついて許しを乞い、正義の軍に加われ！」

「信じてもいない正義など口にするな！　要領が悪くて手柄を立て損ねた連中が、新しく出てきた賭けに乗ったというだけの話だろう！　その賭けには破滅しか待ってないぞ！」

調子に乗ってますます声が大きくなるエレンの後ろで、オルガは感心した顔をしており、リーザは呆れ返っている。これでは降伏勧告ではなく、ただの挑発だ。

だが、エレンはただ敵軍を挑発しているわけではない。じっと巨人を観察していた。

——ここから見ても、ただのでかい玩具にしか見えんな……。

木材か何かを芯として藁を束ねて巻きつけ、その上から縄で縛ってつくった巨大な藁人形としか、エレンには思えない。

「シャルルとやらは、ひとりで城砦を陥としたり、その城砦を燃やしたりと、とにかく奇抜なことをやる男という話だが、この巨人にも何か仕掛けがあるのか？」

しかし、巨人について考えている余裕はなさそうだった。激昂した国王軍の兵たちが、槍先をそろえて前進してくる。エレンの後ろに控える兵たちもまた、槍をかまえた。

　エレンが白銀の長剣を掲げる。彼女の竜具（ヴィラルト）アリファールだ。オルガは両刃の斧であるムマの柄を伸ばして肩に担ぎ、リーザは黒い鞭ヴァリツァイフを握りしめる。

「突撃！」

　エレンが叫び、ブリューヌ兵たちが鬨の声をあげた。国王軍の兵も怒号を響かせる。

　激突の前の、投石の応酬は省かれた。草花を踏み潰し、地面を蹴って、両軍は正面からぶつかりあう。槍が交差し、甲冑同士が擦（こす）れあい、血飛沫（ちしぶき）が舞った。

　ブリューヌ軍の先頭に立ったエレンは、正面に立ちはだかる敵兵を一撃で斬り伏せた。すばやく手首を返して左にいる敵兵の首をはね、剣勢を利用し、身体をひねりながら三人目を打ち倒す。彼女が剣を振るうたびに風が踊り、大気が悲鳴をあげた。

　オルガは長柄にした斧を右に左に振りまわして、当たるを幸い片端から敵兵を打ち砕く。エレンの斬撃のように鮮やかではないが、ムマの一撃はかすめただけでも甲冑ごと肉と骨を吹き飛ばす力強さを備えている。オルガ自身も冷静に、そして的確に竜具を振るった。

　リーザの黒鞭は不規則な軌道を描いて、国王軍の兵たちを片端から吹き飛ばした。国王軍の兵たちは兜や甲冑ごと薙ぎ払われ、血煙の中に倒れる。槍や盾で防ごうにも、彼女の鞭は死角から襲いかかってくる。リーザの前に立ちふさがることのできた者はひとりもいなかった。

　彼女たちの勇戦に、ブリューヌ兵たちは戦意を高め、国王軍の兵はひるんだ。

戦姫たちの周囲では、兵士同士のぶつかりあいが繰り広げられている。

怒声の浴びせあいに、槍と盾の激突が続く。槍が折れ、盾が割れ、血溜まりがいくつも生まれた。肩を貫かれた兵が地面に転がり、落馬した騎士が敵に踏みつぶされる。そこかしこで悲鳴があがり、大気に吸いこまれていく。

数の差を考えれば、国王軍こそが優勢に戦いを進められるはずだったが、彼らの方が押されている。その状況をつくりだしたのは、間違いなく戦姫たちだった。

エレンたちは決して無謀な攻撃は仕掛けず、前進と後退を巧みに繰り返して国王軍の先頭集団を誘いだし、次々に葬り去った。戦姫たちが竜具を振るうつど、死体が積みあがり、破壊された甲冑が転がる。凄惨(せいさん)な光景のただ中にいながら、彼女たちは毅然として美しかった。

「そろそろ後退するぞ」

周囲にいる兵たちに、エレンが告げる。敵兵を打ち倒しても、巨人には何の変化もない。はったりだと判断して、ほどほどのところで引きあげた方がよさそうだった。

そのとき、何人かが驚きの声をあげる。

見れば、三体の巨人にいくつもの火がついていた。藁に油でも染みこませてあったのか、火は恐ろしい速さで広がっていき、あっという間に巨人を包みこんだ。これにはエレンたちも驚いて、動きを止める。両軍が戦っているところへ黒煙が忍びよりはじめた。

エレンは舌打ちをして、アリファールを振るう。突風が起こって黒煙を吹き散らした。しかし、黒煙はすぐにまた広がってくる。

「いったい誰が火を放った？」

ともかく、こうなっては戦いどころではない。ブリューヌ軍は慌てて後退する。

風が吹いて、炎の塊となった巨人がよろめいた。大きく傾き、ブリューヌ軍に向かって倒れこんでくる。悲鳴をかき消し、土塊の嵐を巻き起こして、轟音が響きわたった。火の粉が飛散して草原を朱色のまだら模様で彩る。その上を黒煙が這うように覆っていった。

「散開しろ！　煙に包まれたらまっすぐ走れ！」

自身を風で守りながら、エレンが叫ぶ。少しでも風の守りを解けば、瞬く間に目と鼻を煙でやられそうだった。

他の二体の巨人も、風を受けて左右に揺れている。ブリューヌ軍は炎と煙から逃れようと、ばらばらになって馬を走らせた。煙に巻かれたり、衝撃に吹き飛ばされたりした味方を助ける余裕などない。オルガやリーザもそのような余裕はなかった。

どうにか炎と煙から逃れたところへ、投石の雨が降り注ぐ。国王軍の一部隊が炎と煙を迂回して、ブリューヌ軍の側面へ回りこんでいたのだ。

「事前に知っていたのか？　いや、全体の動きはそうではない」

はじめからブリューヌ軍を炎と煙で攻めたてるなら、もっと巨人たちに近づけさせ、逃げられないようにするはずだ。だが、敵はそのようには動かなかった。

——こちらを罠にかけるために、味方の一部……いや、かなり多くを犠牲にしたのか。

エレンは舌打ちをする。忌々しいが、してやられたことを認めないわけにはいかない。

「反撃はしなくていい！　仲間と支えあって後退しろ！」

ブリューヌ兵たちを振り返って、エレンが懸命に叫ぶ。リーザと、オルガもだ。いまは敵から距離をとることが先決だった。

炎と煙と投石によってブリューヌ騎兵たちは混乱と狼狽（ろうばい）のただ中にあったが、戦姫たちの言葉を聞いた者たちは冷静さを取り戻す。投石を盾で防ぎ、弱り切っておびえる馬を叱咤して、巨人たちから離れた。

それから間もなく、二体の巨人は相次いで地面に倒れた。大地が激しく揺れ、濛々たる煙が地上を覆う。まき散らされた火が草花をむさぼって、草原を朱色に染めていった。

†

王都ニースの市街は、重く緊迫した空気に包まれている。

一千の騎兵が北の門から出撃したとき、戦がはじまったことを民たちは悟った。レギンとガヌロンがついに激突したのだ。多くの者は家に帰るか神殿に向かい、神々に祈った。

ガヌロンの名は、王都の民にとって恐怖の対象となっている。バシュラルによって阻止されたとはいえ、一度は虐殺が行われるところだったのだ。

多くの民が家に閉じこもったとはいえ、通りから人影が絶えたわけではない。騎士や兵士は忙しく駆けまわっているし、どうしても外せない用事のある者や、ガヌロンも戦も恐れていないと蛮勇を誇示したがる者は、通りを歩いている。ただ、いつもの活気はやはり失われた。

そのような中で、西の城門へ向かっている集団がある。数は十人で、全員がいかにも行商人らしい格好をしており、後ろにいる三人は大きな木の箱を運んでいた。

もしも戦いに慣れた者が見れば、彼らの多くが鍛え抜かれた身体の持ち主であることと、隙のない動きをすることに気づいただろう。

「俺の考えた通りになっただろう。連中の目は藁人形に釘付けだ」

先頭を歩きながら、得意げに仲間に話す男は、シャルルだった。シャルルが話しかけた相手はガヌロンである。

「まさか、あれが本当にただの藁人形だとは誰も思っておらぬだろうな」

ランブイエから王都へ来るまでの間に、寄り道をしてまでシャルルが調達したのは大量の藁と縄、巨人の芯となる木材だった。シャルルはそれをばらばらのまま運ばせ、王都に充分近づいたところで、一晩で三体の巨人をつくらせたのだ。

夜明け前に、北の城門に駆けこんで巨人の存在を教えた行商人たちは、シャルルの部下だ。

彼らが城壁を守る兵たちの注意を引いている間に、シャルルは暗がりにまぎれて城壁をよじ登り、縄を垂らして王都に入りこむ部下たちを引きあげた。

暗がりの中で城壁をすばやくよじ登るのは、並大抵の人間にできることではない。だが、シャルルは、王都を囲む城壁の登りやすいところを知っていた。

以前、ナヴェルに説明したように、シャルルはすでに、相手に警戒心を抱かせることに成功している。加えて、ガヌロンの悪名もある。あとは、せいぜい突飛なことをやって、「もしかしたら」と相手に思わせればよかった。

「連中、巨人を警戒して兵まで出してくれたからな。これでさらにやりやすくなった。ランブイエを攻めた大軍も急いで引き返してきているようだが、ぎりぎりで間に合わんだろう」

シャルルの部下が運んでいる箱には、デュランダルをはじめとする武器が入っている。これから、彼らは約二千の別働隊と合流する予定だった。そして、王宮を襲うのだ。

「待たせたな、皆」

シャルルが自信たっぷりに告げる。

「さあ、『バヤール作戦』の本番だ。王宮をいただくぞ」

部下たちは昂揚感(こうようかん)に満ちた顔でうなずいた。

王宮にいるロランのもとに、敵軍侵入の報告がもたらされたのは、大気が熱を帯び、昼が近づきつつあるころだった。

「市街に侵入されました！」

懸命に走ってきたその騎士は、肩で大きく息をしながら絶望的な顔で報告する。ロランは愕然(がくぜん)としたが、その感情を顔に出す前に短く問いかけた。

「場所はどこだ？　敵の数は？」

「西の城門です。数は不明ですが、百や二百ではないだろうと……」

眉をひそめる。百以上の人間が城門の近くに集まっていれば、見張りの兵たちが気づかないはずがない。さらに問いただす。

「城門の外の地面に突然穴が空いて、そこから敵兵が蟻のように……」

ロランの脳裏に閃くものがあった。思いだしたのは、レギンの命令によってふさいだ、王都の外と王宮を結ぶ隠し通路だ。

――殿下がふさぐように指示を出されたのは、シャルルが知っているだろう古いものばかり。シャルルは地下通路のひとつを選び、その途中から脇道をつくったのではないか。こちらが隠し通路の両端しかふさがないだろうと見越した上で。

ロランは己の部屋を出た。急ぎ足でレギンの執務室に向かう。王女のもとにも同様の報告は届いているだろうが、すぐに対策を立てなければならない。呼吸を整えながらついてきた騎士に頼んだ。

「ギネヴィア殿下に、王女殿下の執務室へ来ていただくよう伝えてくれ」

騎士は返事もせずに走りだす。ロランは全力で駆けだしたくなる衝動に耐えた。

レギンの執務室を訪ねると、ちょうどひとりの騎士が慌ただしく出ていった。許可を得てロランが中に入ると、レギンは緊張に強張った顔で椅子に座っていた。傍らには護衛のジャンヌが控えている。

「西の城門に敵が現れました」

礼儀を無視して、ロランは報告した。ジャンヌが冷静な口調で尋ねる。

「城門を破って突入してきたということですか?」

「内通者を王都に入れていた可能性はありますが、それだけではありません」

敵が隠し通路を使ったのだという推測を、ロランは述べた。

うかつだったと歯噛みする。出入り口さえ潰せばひとまず安全だと、ロランも考えていたのだから。だが、後悔するのは後回しだ。いまはやるべきことをやらなければならない。

「申し訳ございません、殿下。非常に厳しい戦いになります」

王宮を守っている兵の数は、約一千。敵の数はそれ以上である可能性が高い。

――時間を稼げば、城壁や市街にいる兵たちが駆けつけてくる。

もっとも、敵もそのことは考えているはずで、彼らの注意を引くための囮などを用意している可能性はある。すぐに救援が来ると考えるべきではない。

深く頭を下げるロランに、レギンは毅然とした表情で答えた。

「もとより、楽な戦いができるとは考えておりません。顔をあげなさい、ロラン卿」

レギンの声音は、静かながら折れない強さを感じさせる。

「この状況でどのように戦うのか、考えを聞かせなさい。私の身の安全は気にせずともかまいません。勝つためにはどうすればよいのか、それを説明なさい」

見事な決断力であり、覚悟だった。感銘に身を震わせながら、ロランは口を開く。

「この状況で我々が勝つ方法は三つございます。ひとつめは、敵の総指揮官を討ちとること。二つめは、敵兵をひとりたりとも寄せつけずに王宮を守り抜くこと。三つめは、王宮を捨てて殿下を安全な場所に逃がすことです」

敵軍についての情報が少なすぎるため、どれも非常に困難だ。

まず、敵の総指揮官が誰で、どこにいるのかがわかっていない。二つめに関しては、敵が装備を整えた大軍であったら、押しこまれる可能性が大きい。三つめに至っては、隠し通路を塞いでしまったために、リュベロン山を駆けおりる以外に方法がない。

「たとえ一時的にでも王都を渡してしまったら、私の負けです」

レギンは首を横に振って、三つめの方法を捨て去る。ロランが反論しようとしたとき、扉が外から叩かれた。入ってきたのはギネヴィアだ。彼女は宝剣カリバーンを腰に吊していた。

「王都の中に入られたようね」

確認するように問いかけるギネヴィアの顔には、覇気がみなぎっている。

「北に現れた巨人たちは、こちらの注意を引きつけるための小細工だったようだ」

「レギン殿下はどうするつもり？」

ギネヴィアが問いかける。レギンがかすかに頬を紅潮させたのは、彼女の戦意を感じとったからだろうか。

「戦います」

ギネヴィアの視線を受けとめて、はっきりとレギンは答える。

「敵の将を討つか、あるいは敵軍から王宮を守り抜くか。私たちが勝つにはこのどちらかしかありません。そのために力を尽くしたいと思います」

シャルルとガヌロンの恐ろしさを、レギンは間近に見て知っている。それを思えば、鮮やかな決意だった。

「もっとも、私自身は剣を使えないので、皆の邪魔にならぬよう謁見の間に向かいます。賓客であるあなたにも、私といっしょに避難していただきたいのですが」

「それも悪くはないけど、私はあなたにさらなる貸しをつくる方を選ぶわ」

ギネヴィアは艶やかに笑った。その言葉の意味を悟って、ロランはやや呆れた顔になる。

「殿下にはいま一度、ご自分の立場を自覚なさっていただきたいものだ」

「わかっているからこそ。それに、人手はひとりでも必要でしょう？」

胸を張って、堂々とギネヴィアはロランを見上げる。ロランはため息をついた。

「何を言っても聞きいれてはくださらぬのでしょうな……。仕方ない、ただし私の目の届くところにいるのが条件です」

「それでけっこう。がんばってついていらっしゃいな、黒騎士殿」

この状況で、ロランを容赦なく振りまわすつもりらしい。これにはレギンも呆れた。

「アスヴァールは頼もしい隣国になりそうですね……」

四人は執務室を出た。ロランはレギンを振り返る。

「それでは、殿下。なるべく早く勝利をつかんでまいります」

一礼してロランとギネヴィアは駆けだす。

謁見の間を目指して、レギンも足早に歩きだした。ジャンヌが隣に並ぶ。

「殿下、戦うことをお選びなさったのですから、私を盾にすることもためらうことのないようお願いいたします」

「遠慮なく盾にできるぐらい強くなってくれたら考えますよ」

鋭い言葉をあたたかな声音でかわして、主従は謁見の間に向かって歩いていった。

†

国王軍の動きは迅速で、苛烈だった。

西の城門をおさえたあと、彼らはまっすぐリュベロン山を目指し、山道に踏みこんだ。リュベロン山の入り口に立っていた見張りの兵たちは、敵襲を叫んだところで斬り伏せられた。

王都に侵入を果たした国王軍の数は、約二千。先頭の部隊がリュベロン山に踏みこむまでの間に、後続の部隊は用意していた柵を次々に打ち立て、近くの宿に繋がれていた荷車を奪っては通りをふさぐように並べて、ブリューヌ兵たちの動きを阻んだ。

そうして国王軍は王宮に踏みこんだのだ。

「王女を名のる者を捕らえよ！　他の者は誰であろうと無視してかまわぬ！　捕らえれば褒美は思いのままだぞ！」

デュランダルを掲げて、シャルルは配下の騎士と兵たちを煽りたてる。レギンと同様に、彼も自分たちがどうすれば勝てるのか、正確に把握していた。敵の騎士を斬り、官僚や侍女たちを襲い、宝物庫を荒らしても、それらは勝利に結びつかない。

レギンを捕らえるか、その首級をあげる以外に、自分たちの勝利はなかった。

「遠い孫に逃げられてしまったら、この王宮と、王都をおさえても長続きしないからな。そうなったら、いっそ王都を放り捨てて仕切り直した方がいい」

シャルルはそのように考えている。レギンが思うほどには、彼は自分を過大評価していなかったし、敵手である彼女を過小評価もしていなかった。

王宮の入り口が見えてきたところで、ロランは状況がかなり深刻なものになっていることを悟った。前方から、敵兵の一団が駆けてくるのだ。入り口はすでに敵におさえられてしまったようだった。

いま、ロランが持っているのはただの大剣だ。優れた鍛冶師であるデジレが鍛えてくれたもので、並の大剣よりも鋭く、頑丈ではあるが、当然ながらデュランダルには遠く及ばない。

しかし、だからといってロランがひるむことはなかった。

走る速度をまったく落とさずに、大剣を振るう。槍をかまえてロランに突きかかってきた国王軍の兵が二人、甲冑ごと身体を斬り裂かれて吹き飛んだ。壁を流血で染めて、床に転がる。

ロランの豪勇を目の当たりにして、敵兵たちが驚愕と戦慄（せんりつ）の叫びをあげた。むろん、その隙を見逃す黒騎士ではない。敢然と踏みこんで、さらに大剣を振るう。

一撃ごとに雷鳴のような音が轟き、血まみれの肉塊が床に叩きつけられる。剣や盾で受けとめようとしても、ロランの斬撃はそれごと相手を斬り捨てるのだ。黒騎士がなぜそう呼ばれるのかを、国王軍の兵たちはあらためて思い知らされた。

ギネヴィアは、カリバーンを右手に下げた格好で、ロランの勇戦ぶりを眺めている。ひとつには、ロランの武器が大剣であるため、うかつに並んで戦おうものなら、彼の動きを鈍らせかねないのだ。何より、自分が助けに入らなければならない状況ではなかった。

そのとき、廊下の向こうから大柄な影が走ってくるのが見えた。ギネヴィアの護衛を務めるハミッシュである。王女を執務室へ送りだした直後に敵襲の知らせを受けた彼は、長弓と小剣を携えて部屋を飛びだし、ギネヴィアをさがしていたのだった。

「ギネヴィア殿下、よくぞご無事で」

「ロラン卿が守ってくださったの。ハミッシュ、あなたも無事でよかったわ」

ハミッシュはギネヴィアの言葉を素直に受けとって、ロランに会釈する。ロランは訂正しようと思って、やめた。そのような場合ではない。

ロランは駆けつけた騎士たちから状況を聞いて、眉をひそめた。かなり敵に入りこまれている。押し返すには小細工が必要だろう。

「洗い場に何人か向かわせろ。他の廊下を守っている者たちにもそう伝えるんだ。大きな桶に水をたっぷり張り、石鹸をよく溶かせと」

その命令に騎士たちは当惑したようだったが、ロランが重ねて命じると、急いで駆けていった。ギネヴィアが不思議そうな顔で尋ねる。

「ロラン卿、この状況で洗い場に行ってどうするのですか？」

「なに、すぐにわかります」

ほどなく、洗い場に行った騎士たちが、三つの桶を抱えて戻ってきた。

そのとき、ロランは先頭に立って敵兵と激突し、その猛勇によって相手に後退を強いていたのだが、騎士たちが到着したと聞いて、後ろへ下がった。

「後退して、敵を誘いだせ。それから床に水をぶちまけろ」

ロランの指揮に従って、ブリューヌ兵たちが後退する。それを見て、国王軍の兵たちが猛然と前へ躍り出た。彼らとしても、前へ進み、王女を捕らえるか、討ちとるかしなければならない。尻込みしている余裕はなかった。

そこへ、ブリューヌ騎士たちは石鹸を溶かした水をまいた。国王軍の兵たちは次々に足を滑らせ、折り重なって転倒する。そこへ、ロランは無慈悲に槍を投擲させた。

大気を裂いて、投じられた無数の槍が国王軍の兵たちに突き刺さる。国王軍の兵たちはたまらず後退したが、床が滑るせいで上手くいかない。這って逃げようとするところへ新たに槍が投げこまれ、国王軍は混乱に陥った。

後方で待機していた国王軍の兵たちも、手をこまねいている。うかつに前へ出ようものなら床の上でのたうちまわっている味方と同じ運命をたどるからだ。

「水をまくだけで、こんなに上手くいくものですか」

ギネヴィアが感心した顔でつぶやく。ロランは「戦場によります」と、答えた。

「王宮の床は平らで、侍女たちが毎日のように磨いております。そういう場だからこそ、石鹸を溶かした水も効果がある。汚れのひどい城砦の通路などでは難しいでしょう」

「そうですか。それにしても、私はてっきり、ロラン卿の子供時代の記憶から考えたのかと思いましたわ。山頂の神殿で聞かせてもらった昔話に、似たようなことがあったでしょう?」

ギネヴィアがいたずらっぽく笑いかける。ロランは言葉を返さなかった。

ここで、ハミッシュが長弓に矢をつがえた。この状況で前進をためらう敵など、彼にしてみれば格好の的である。アスヴァールの武勇を示す好機であり、ギネヴィアの部下として義務を果たす必要もあった。

強靭な腕で引き絞られた弓弦から放たれた矢は、ほとんどまっすぐ飛んで、国王軍の兵の顔に突き刺さる。即死だった。ブリューヌ兵が歓声をあげた。

「お見事だ、ハミッシュ卿」

ロランの賞賛(しょうさん)に、ハミッシュは第二矢をつがえながら応じる。

「私の武勲は、ギネヴィア殿下と、私が手柄をたてやすい場をつくってくださったロラン卿のものです。それに、ティグルヴルムド卿ならもっと活躍しているでしょう」

そうしてハミッシュが国王軍の兵をたじろがせていると、他の廊下を守っている騎士たちからも報告が届いた。ロランの考える「小細工」のおかげでどうにか敵の前進を阻んだという。

「よし、そのまま隊列を整えて、持ち場を死守せよ。敵に前進を許すな。そうすれば、我々の勝利だ」

敵の兵力は、多くてもこちらの倍というところだろうと、ロランは考えている。そして、こちらには頼もしい味方が幾人もいる。時間の経過は、こちらにとって有利に働くはずだった。

一方、国王軍の総指揮を務めるシャルルは、床に水をまかれて前進できずにいるという報告を受けて半ば感心し、半ば呆れた顔になった。

「何だ、三百年後の騎士たちにも茶目っ気のあるやつがいるじゃないか」

シャルルは笑ったが、面白がってばかりもいられない。彼は総指揮官であり、味方を有利な状況に導く義務がある。傍らに控えていたガヌロンが言った。

「使い捨ての兵を進ませて床を埋める手があるが」

この場合の使い捨ての兵とは、怪物たちのことだ。シャルルは首を横に振った。

「三百年前から言ってるだろう、おまえはもっと楽することを考えろ。小細工には小細工で応じてやりゃいいんだよ。兵の一部を客室に向かわせろ」

「何をさせる気だ？　客室周辺にはもう誰もおらぬぞ」

首をかしげるガヌロンに、シャルルは意地の悪い笑みを浮かべた。

「カーテンでも絨毯でもありったけ持ってこさせろ。しょせんは水だ。煙が充満するから火は使えないが、それなら埋めちまえばいいのさ」

国王軍の兵たちは命令に従ってカーテンや絨毯を投げこみ、床を覆って前進を再開した。

敵兵の行動に、ロランは苦笑を浮かべた。小細工と認識しているので、それほど敗北感はない。時間を稼いだことに満足するべきだろう。

ロランは兵たちを率いて敵陣に斬りこみ、またも後退を強いた。

廊下の奥から怒声が響いて、敵の新手が現れた。ロランは大剣をかまえ直したが、敵兵の中から前に進みでてきた男を見て、目を瞠る。シャルルだった。

「おや、誰かと思えば『騎士の中の騎士』か」

シャルルもロランに気づき、デュランダルを肩に担いで笑った。

「レギン王女……を名のる娘はどこにいる？　教えれば、おぬしの命は助けよう」

「豚の餌にも劣る貴様の慈悲などいらぬ」

ロランの全身から怒気と戦意が噴きあがる。だが、その両眼は冷静にシャルルの動きを観察していた。シャルル自身の技量も尋常なものではないが、彼の手にはデュランダルがある。これまで宝剣を振るってきたロランだからこそ、その恐ろしさはよくわかっている。感情にまかせて斬りかかっていい相手ではない。

二人は前に出る。無造作な足取りに見えて、相手との距離を正確にはかっていた。

にわかに、シャルルが大きく踏みだす。大気が悲鳴をあげた。

巨岩が砕けるかのような轟音だった。頭上に落ちかかってきたシャルルの斬撃を、ロランは横殴りの一撃で弾き返す。勢いに圧されて、ロランは後退した。

「いいものだな」と、シャルルが笑う。

「並の剣なら叩き折っていたぞ」

ロランは答えない。額には汗がにじみ、大剣を持つ手は軽い痺れを訴えている。

シャルルの言葉を否定することはできなかった。鍛冶師デジレの鍛えたものだから、どうにか受けられたのだ。それでも、このまま戦い続けたら長くはもたないだろう。

「それで、どうだ。おぬしらの主の居場所を言う気になったか？」

「もう王宮にはおらぬ」

平然と、ロランは嘘を答える。だが、それに対するシャルルの言葉は黒騎士を驚愕させた。

「当ててみせようか。謁見の間だろう」

ロランはどうにか動揺を心の奥底に押しこめ、眉をひそめてみせる。この男は何を言っているのだというふうに。だが、シャルルには通じなかった。

「誰がこの王宮をつくらせたと思ってる？　この前、挨拶に来たときに、大きく変わってないことは確認した。正面から攻めこまれた場合にどう動くかは、だいたい予想できる。もちろん謁見の間への行き方も、すぐに何通りか思い浮かぶ」

ロランの動揺を見逃すまいとしてか、シャルルが力強く踏みこむ。床を蹴り、上段からの一撃を叩きこんできた。ロランはかろうじて危険きわまる斬撃を受け流す。まともに受けたら、大剣ごと身体を両断されていただろう。

シャルルはデュランダルを己の手足のように使い、あらゆる角度からロランを攻めたてる。

ロランは防戦一方に追いこまれた。それでも、ただ大剣で受けるのではなく、甲冑で受け流したり、かわしたりして、大剣への負担を減らしている。シャルルの意図が、ロランの大剣を叩き折ることだと見抜いたからだ。

下からすくいあげ、間を置かずに上から振りおろされる重い斬撃を、こちらの刀身を重ねることで滑らせる。距離をとり、呼吸を整える。ロランは相手を睨み、シャルルは笑った。

「この間、取っ組み合いをしたときにも思ったが、力だけでなく技術もある。俺が知っている方のロランが見たら、おまえと競いたがるだろうな」

言いながら、シャルルは後ろに下がる。挑発されていることをロランは悟ったが、ここで距離を詰めなければ、シャルルは自分を引き離して謁見の間へ向かうかもしれない。奥歯を強く噛(か)みしめて、前に出た。シャルルがさらに後退する。こちらも前進する。

そこで、シャルルが不意に前へ踏みこんだ。デュランダルの刃がロランに迫る。己の大剣で受けることはできるが、そうしたら大剣の刀身ごと首をとばされるだろう。

金属的な響きが廊下に木霊する。ギネヴィアがカリバーンを振りかざして割りこんだのだ。

宝剣同士の激突は金色の閃光をまき散らす。シャルルとギネヴィアはおたがいに後退した。

「勇敢な娘だ。気に入ったぞ。名を聞こう」

シャルルは屈託のない笑みを浮かべる。ギネヴィアは鼻を鳴らして突き放した。

「気に入った者にしか教えないことにしているの」

「酒でも飲みながら語りあえば、すぐに気に入ってくれるさ。戦姫には見えぬ。だが、このデュランダルを受けた。アスヴァールの王女だろう？　ガヌロンから聞いている」

ギネヴィアに笑いかけながら、シャルルは悠然と後退していく。配下の兵たちに叫んだ。

「謁見の間だ、謁見の間に急げ！　早い者勝ちだぞ！」

兵士たちが昂揚感と欲望に満ちた叫び声をあげる。ロランとギネヴィアはそれぞれ剣を手に突進したが、シャルルに阻まれた。刃鳴りとともに三つの剣閃が煌めいて、二人は後退を強いられる。不敵に笑うシャルルの背後で、国王軍の兵たちが廊下を駆けていった。

「さて、俺もやつらに負けぬよう謁見の間に向かおうと思うんだが、どこから行けばいいと思う？　あいつらは廊下を走っていったが、中庭を突っ切っていく手もあるからな」

シャルルの視線が、中庭に通じている廊下へと向けられる。

――おさえきれないかもしれん。

王宮の構造に関する知識で、圧倒的に負けている。

ロランの顔を、焦燥の汗が幾筋も流れ落ちた。

5　死闘

　燃えあがる藁の巨人たちからようやく距離をとった戦姫たちとブリューヌ軍は、後退しながら隊列を整える。すでに数十人の死者が出ていた。

「はじめから派手に燃やすつもりだったとは思わなかった。油断した」

　エレンは怒りに拳を震わせる。その怒りの大半は、自分自身に向けられたものだった。

　国王軍も炎と煙から離れて、こちらと同じく隊列を整えている。混乱の中でこちらの優勢が覆ったからか、まだ戦うつもりのようだ。

「そう簡単に帰らせてはくれないようね」

　リーザが不愉快そうに黒鞭の先端で地面を叩く。その隣で、オルガが斧を握り直した。

「それならもうひと暴れするまで」

　エレンはブリューヌ兵たちを振り返る。どの顔も煤と血と汗で汚れていたが、戦意は失われていなかった。怒りを抱いているのは彼らも同じなのだ。

――頼もしくてけっこうだが、できれば早めに戻りたいのだがな。

　ここからではわからないものの、おそらく王宮も襲われているのではないかと、エレンは考えている。藁の巨人たちが、本当にただの藁人形だったとすれば、その目的はこちらの注意を引きつけることにあるとしか考えられないからだ。

いかにして王宮を手薄にして攻めやすくするかというシャルルの考えに、自分たちはまんまと引っかかったことになる。

——先頭にいる兵たちを叩いて、相手の動きが鈍ったところで後退するか。

そう考えたとき、国王軍の先頭にいる兵たちが左右にわかれる。道を開けるように。

そして、そこからひとりの男が進みでてきた。年齢は四十代半ば。灰色の髪の上に小さな帽子を載せ、悪相で、紫色の絹服の上に同じ色の豪奢なローブをまとっている。そして、男の全身からは息が詰まりそうなほどの異様な圧迫感が放たれていた。

エレンはこの男を見るのははじめてだったが、男がまとう肌が粟立つような雰囲気には覚えがある。魔物に特有のものだ。長剣をかまえ直して男を睨みつけた。

「おまえがガヌロンか」

「たしかに私はガヌロン家の当主だが、貴様は何者だ？　戦姫というのは代替わりが激しいからいちいち覚えるのが面倒でな」

「覚える気がないというのはありがたいな。教えずにすむ」

エレンの周囲を風が取り巻く。長剣を振りあげて、彼女は果敢に馬を走らせた。あっという間にガヌロンに接近し、馬上から鋭く斬りつける。

木剣を岩に叩きつけたかのような音が響く。驚くべき光景が出現していた。

甲冑ごと肉体を斬り裂くエレンの斬撃が、ガヌロンのてのひらに受けとめられている。エレンの瞳に驚愕と焦りが浮かんだ。彼女は懸命に長剣を押しこむが、びくともしない。

ガヌロンが、アリファールの刀身をつかもうとする。一瞬早く、エレンは剣を引いた。一気に馬を走らせて、ガヌロンから離れる。戦慄の汗が、彼女の額から頬にかけて流れ落ちた。

「戦姫たちよ」

両手を広げて、ガヌロンがエレンたちに笑いかける。

「貴様らには選ぶ自由がある。ここで死ぬか、己の国へ逃げ帰るか……」

そこまで言ってから、あることを思いついてガヌロンは笑った。

「仕えている王を捨てて、偉大なる王の下で戦うことを誓うか。竜具に選ばれたのだから、それなりの力量はあろう。あの男はこれから忙しくなるのでな。駒として役立ててやる」

ガヌロンの言葉を半ばから聞き流して、リーザとオルガが馬を走らせる。先に肉迫したオルガが、長柄の斧をガヌロンの頭部に叩きつけた。だが、厚刃の斧はガヌロンの頭に一筋の傷すらつけられずに止まる。しかも、ガヌロンにはすばやく帽子を取り去る余裕があった。

リーザが鐙を外し、跳躍してガヌロンに襲いかかった。竜具を自身の手に巻きつけ、稲妻をまとわせて殴りつける。轟音とともに、ガヌロンの身体が宙を舞った。だが、リーザは愕然とする。手応えがまったくなかったのだ。

ガヌロンは空中で姿勢を変えると、急降下してリーザを蹴りとばした。さらに、その反動を利用してオルガに飛びかかる。オルガは反射的に斧をかざして身を守った。

　オルガは吹き飛んで、地面に叩きつけられる。まともにくらっていたら、骨を砕かれていたに違いなかった。

「言っておくが、私は貴様らを評価している。レーシーやバーバ＝ヤガーを、よく滅ぼしてくれた。だからこそ選ばせてやると言ったのだが」

「押し売りが偉そうな態度をとるんじゃない」

　馬から下りてオルガを助け起こしながら、エレンがガヌロンを睨みつける。怒りを帯びた眼光を受け流して、ガヌロンは冷笑した。

「あくまで死を選ぶか。だが、ただ殺すのもつまらぬ。貴様ら、ティグルヴルムド＝ヴォルンとどのぐらい親しい？　あの若僧が貴様たちの生首を見たら、どのぐらい怒り狂う？」

「ティグルを怒らせたいのなら、私たちの手で、貴様が生首になるのが一番だ。あいつは、自分の手でおまえを仕留めたがっていたからな……」

　エレンの顔には獰猛（どうもう）な笑みが浮かんでいる。圧倒的な力量の差を突きつけられても、彼女の戦意はいささかも揺らがなかった。

「私は、魔物との取り引きは二度としない」

　リーザも身体を起こし、手に巻きつけていた黒鞭を解（ほど）く。オルガも懸命に言葉を紡いだ。

「わたしに想像もできないぐらい、ティグルは怒る。そういうひとだから」

呼吸を整えて、彼女はムマを握りしめる。

「だから、何があろうと、おまえにだけは絶対に殺されてやらない」

ガヌロンはわざとらしく目を細めた。眠くなる話を聞かされたとでもいうように。

「よくわかった。貴様たちの使い道は、あとで考えるとしよう」

言い終えるが早いか、ガヌロンの身体から黒い瘴気があふれた。

瘴気は禍々しい黒煙となって地面を這い、大気中に広がっていく。エレンたちがとっさに動けずにいる間に、暗黒の瘴気は三人の戦姫を包みこんだ。

ガヌロンの姿がかき消える。そして、瘴気の中から何かが現れた。

エレンたちは目を瞠る。それらは死体だった。

武装した骸骨もいれば、腐肉をこびりつかせ、ぼろきれをまとった死体もいる。また、天井近くにはひとの形をした黒い霧のようなものがいくつも漂っていた。

異常な状況に、数多の戦場をくぐり抜けてきた戦姫たちが呆然と立ちつくす。だが、それもほとんど一瞬のことで、彼女たちはすぐに冷静さを取り戻した。

「リュドミラが言っていた。動く死体や骸骨と遭遇したことがあると」

斧の竜具をかまえて、オルガが前に進みでる。

「わたしもある。竜の死骸の群れだったけど」

「そういえば、レーシーのやつが似たようなことをしていたな」

長剣を肩に担いで、エレンがつぶやいた。

レーシーは、エレンがティグルと協力して滅ぼした魔物だ。ライトメリッツ公国とオルミュッツ公国、王家の直轄地の間に広がる森に棲み、多くの人間を殺害した。

「ことがかたづくまで、私たちには怪物たちと戯(たわむ)れていろというわけか」

エレンの声がかすかな焦りを帯びる。一千足らずのブリューヌ騎兵たちは、自分たち抜きで国王軍の相手をしなければならない。過酷なものとなるだろう。ひとりでも多く生き延びるよう戦神トリグラフに祈るしかない。

「力を温存しながら、突破口をさがせばいいのね」

エレンの表情を見て、リーザが言った。異彩虹瞳(ラズィーリス)には強烈な意志の輝きがある。

骨を鳴らし、腐肉を歪(ゆが)ませて、怪物たちが襲いかかってくる。

戦姫たちは敢然と迎え撃った。

†

朝、ザイアン＝テナルディエはオリビエに叩き起こされて目を覚ました。

不機嫌になったザイアンだが、「巨人が出現した」という知らせに顔をしかめ、次いで幕営(ばくえい)から遠くにそびえる巨人たちを見て、一気に眠気が吹き飛んだ。

「国王軍が用意したものだろう。何に使うのかはまるでわからぬが」

オリビエが吐き捨てる。ザイアンにも想像がつかない。ただ、あのような不気味なものが王都の近くにあるとなれば、不安にならないはずがなかった。

幕舎に戻ると、デフロットが姿を見せた。パンとスープと干し肉だけの味気ない食事を三人ですばやくすませ、幕舎の中で話しあう。

「俺は飛竜に乗ってニースへ向かう。おまえたちは兵を率いて急いで来い」

開口一番、ザイアンは言った。昨日までとは事態が変わったのだ。オリビエとデフロットは顔を見合わせ、うなずきあう。次に、デフロットが発言した。

「昨日言っていた、体力のある突撃部隊を先行させよう。四千ていどまでそろえることができたからな。オリビエ卿、頼む。私はそれ以外の連中を連れて、あとから追いつく」

「承知した」

オリビエは簡潔に応じた。

ところが軍議が終わった直後、状況に変化が起きた。この幕営からだとわかりにくいが、どうも巨人が燃えたようなのである。

巨人のそばまで行くのにもそれなりの時間がかかるオリビエは、兵たちを率いてさっさと発ったが、ザイアンは迷った。四半刻だけ出発を遅らせる。

これでよかったのか悩んでいる間に四半刻が過ぎて、ザイアンもようやく覚悟を決めた。

　幕舎を出て、大股で足早に飛竜のもとへ向かう。いつもならアルエットが飛竜の前にいるのだが、今朝はいない。昨夜のうちに、負傷者たちとともに軍から離れたからだ。

　ふんと鼻を鳴らして、ザイアンはさっそうと飛竜に騎乗する。いくつもあるベルトで身体を固定していると、デフロットが歩いてきた。

「さすがに慣れているだけあって、早いな」

「おい」と、ベルトを見つめながら、ザイアンはデフロットに聞いた。

「おまえも武勲をたてたかったんじゃないのか」

　突撃部隊の指揮を、どうしてオリビエに任せたのか、ザイアンにはわからなかった。この状況では、先行する者こそが武勲に近いはずだ。ザイアンにもそうした計算はある。

「私はラニオンの団長で、オリビエ卿はナヴァールの副団長だろう」

　当然のように、デフロットは答える。ザイアンは舌打ちをした。

　ベルトでの固定作業を終えたころ、不意に飛竜が首をもたげて、誰かをさがすように左右を見回す。アルエットをさがしているのだと、ザイアンはすぐに察した。

「貴様の主人はあいつじゃなくてこの俺だ。餌もすべて俺が用意してやってるんだぞ」

　手綱を操ると、飛竜は不満そうに唸(うな)ったものの、力強く羽ばたく。

　そのとき、ザイアンは一瞬だけデフロットを見て、叫んだ。

「おまえの手柄は俺が覚えておいてやる！」

その声がデフロットに聞こえたかどうかはわからない。ただ、デフロットは驚いたような顔をしたあとで笑った。ザイアンはそれ以上、口を開かなかった。この状態で口を開けると砂埃が猛烈に入ってくるためだ。

飛竜が地面を蹴って飛翔する。この瞬間の浮遊感には、最近ようやく慣れた。上空まで飛びあがると、飛竜は姿勢を安定させるために何度か旋回する。身体の揺れが小さくなるのを待って、ザイアンは飛竜を王都に向かわせた。

飛竜は風を切り、驚くべき速さで空を進む。

ほどなく、ザイアンは巨人たちが倒れているあたりの上空にたどりついた。

「こいつはずいぶん派手だな……」

巨人たちが倒れたあたりは、幾筋も立ちのぼる煙によって黒灰色の柱がそびえているため、大きく迂回する。地上を見下ろせば、多数の兵士が争ったり、逃げたりしていた。

「やはり王都から撃退のための兵が出ていたか。しかし、どちらも多くなさそうだな」

王宮を目指しながら、ザイアンは顔をしかめる。思えば、ランブイエ城砦を守っていた敵の数も少なかった。国王軍は常に兵が不足しているのではないか。

「敵より多くの兵をそろえるのは戦の基本だろうに……」

おもわず、そうつぶやいてから、ザイアンは忌々しげに顔をしかめた。

アスヴァールの内乱において、勝者となったギネヴィア軍は、敵であるジャーメイン軍よりも少数だった。バシュラル軍と戦ったレギン軍もそうだった。

意識の片隅にまとわりつくいやな予感を振り払って、ザイアンは飛竜を急がせる。

小さな玩具のようだった王宮が、はっきりと見えてきた。城壁にいる兵士たちが慌てふためいて駆けまわっている。王宮に何かがあったのだ。

さらに王宮に接近して、ザイアンは息を呑んだ。長大な廊下や庭園で、激しい戦闘が繰り広げられていた。

「敵に侵入されたのか？　王宮を守る兵たちは何をやっていた！」

叫んでから、ある光景が飛びこんできて、ザイアンは目を大きく見開いた。

骸骨らしきものや、死体らしきものが、騎士や兵士たちに襲いかかっているのだ。

「何だ、あれは……？」

目を凝らしてみるが、あきらかに生きた人間ではない。

ふと、ティグルの率いるヴォルン隊が、ランブイエ城砦に着く前に怪物の群れと遭遇したという話を、ザイアンは思いだした。

あのときは笑いとばそうとして笑えず、不愉快な気分になったものだが、こうして目の当たりにすると、ここではないどこかへ放りだされたような、ひどく不安な気分になる。

飛竜が低く鳴いた。それによって我に返ると、ひとの形をした黒い霧のようなものが空中にいくつも浮かび、自分たちに向かってくるのが見えた。

あまりに突然のことで、身体がすくんで動かない。悲鳴さえ出ない。怪物が迫ってくる。

そのとき、飛竜が威嚇するように吼えた。黒い霧の怪物たちは逃げていく。たっぷり三つ数えるほどの時間が過ぎて、助かったことを確認できてから、ザイアンはため息をついた。

「何がどうなってるんだ……」

呻きつつ、ザイアンはどうすべきか迷った。たとえ怪物がいようと、ここまできて逃げるわけにはいかないのだが、いままで、王都の中にさえ飛竜を入れたことはないのだ。ましてや王宮に飛びこませていいものか。

リュベロン山は、始祖シャルルが神々の遣わした精霊からデュランダルを授かったと伝えられる、神聖不可侵の場所だ。信仰心のないザイアンでも正直、ためらわれる。

では、リュベロン山のふもとに飛竜を下ろし、山道を駆けのぼって王宮に入るのか。

「あとのことなど知るか！　非常事態だ、非常事態！」

飛竜を急進させ、城壁を越えて王宮に迫る。そこで、ザイアンは声をあげそうになった。

──どうすればいいんだ。

王宮の中に飛びこむのは、無理だ。飛竜が大きすぎて、入れそうな出入り口がない。となれば、中庭あたりをさがして着地させるしかないのだが、いまのザイアンは剣を吊していない。飛竜に乗っている間は剣を振るうことなどなく、余計な荷物にしかならないので、外していたのだ。短剣は腰に差しているが、これだけで戦うのは無謀きわまる。

そのとき、視界の端で何かが動いた。見ると、庭園に二つの人影が立っている。ロランとギネヴィアだった。知っている顔を見つけたという安堵感と、詳しい話を聞きたいという気持ちから、ザイアンは飛竜をそこへ向かわせる。

ロランたちが後ろに下がるのを待って飛竜を着地させ、ザイアンは地面に降りたった。間近で見ると、ロランの持つ大剣と、まとっている甲冑は血まみれだった。ギネヴィアの持つ宝剣もやはり血に濡れている。激戦をくぐり抜けてきたことがうかがえた。

「ロラン卿、これはいったいどういうことだ」

その問いかけにロランが答えるよりも早く、ギネヴィアが進みでる。

「ザイアン卿、この飛竜に私を乗せてくださいな」

ザイアンは当惑し、ギネヴィアの表情から本気で言っているらしいことを悟り、ロランに非難の目を向けた。ロランは黙って首を縦に振った。聞いてやってほしいという意味だ。

——何だってどいつもこいつも気軽に乗りたがるんだ！

喉元までこみあげた怒声を、ザイアンはどうにか呑みこんだ。

「申し訳ありませんが、できませせぬ。殿下に何かあったら……」

そこまでしかザイアンは言えなかった。ギネヴィアがくるりとドレスの裾をひるがえして、飛竜に飛び乗ったからだ。ザイアンはロランを怒鳴りつけた。

「何をやってるんだ！」

八つ当たりではあったが、不当な非難とも言いきれない。ロランの立場を考えれば、彼はギネヴィアの軽率な行動を止めるべきだからだ。だが、黒騎士は真剣な表情で言った。

「ザイアン卿、殿下を頼む」

「ふ、ふざけるなよ……」

怒りと緊張と恐怖のために、ザイアンの声は震えた。

「何かあったら俺の首だけではすまんだろうが」

どのような釈明をしようと、テナルディエ家が責任を負うことになるのは間違いない。

だが、ロランも引き下がらなかった。

「シャルルが王宮にいる。見ていないが、おそらくガヌロンもどこかにいるはずだ。レギン殿下の御身が危ない。謁見の間の近くまで、ギネヴィア殿下を運んでほしい」

ザイアンは目を瞠る。必死の表情で、ロランは続けた。

「本来なら、俺を乗せてくれと頼むところだ。だが、俺の剣ではデュランダルに対抗できぬ。ギネヴィア殿下のお力を借りるしかない」

ザイアンは怒鳴ろうとするのを懸命にこらえた顔で、ロランを睨みつける。

「……何が起きているのか話せ。頭が破裂しそうだ」

急を要する事態であるとわかってはいたが、ザイアンは説明を求めずにはいられなかった。

こちらはついさきほどまで王都から十ベルスタ以上も離れたところにいたのだ。燃えていた巨人のこともわからない。そこへきて、ロランとギネヴィアのこの態度である。相手がこの二人でなければ殴りかかっていたに違いなかった。

「これは失礼した」

ロランは率直に謝り、簡潔に説明する。

早朝、王都の北に巨人たちが発見され、エレンたちに一千の騎兵を任せて送りだしたこと、その巨人たちが突然燃えだし、それに呼応するかのように敵兵が王都の中に現れたこと、レギンを謁見の間に避難させたが、シャルルにそれを見抜かれたこと。

「シャルルは俺よりはるかに王宮の構造に詳しくてな、翻弄(ほんろう)された上に逃げられた」

ロランたちは急いで謁見の間へ向かおうとしたのだが、国王軍の兵たちに阻(はば)まれ、どうにかこの前庭まで駆けてきたのである。そこで上空のザイアンを見つけたのは、彼らにとって幸運以外の何ものでもなかった。

「むろん、俺もすぐに謁見の間へ向かう。だが、そうとうな数の敵が入りこんでいる。それから、信じられないかもしれぬが、怪物たちも現れた」

「怪物というのは、骸骨や死体のことか？」

確認するように尋ねると、ロランはうなずいた。

「俺の感覚では、兵の数においてもルテティア軍の方が多いように思えるのだが、だめ押しのつもりなのかもしれん」

ようやく状況を理解すると、ザイアンは拳を握りしめて葛藤をねじ伏せた。ことは一刻を争うのだ。腹をくくって、ロランを睨みつける。これだけは言っておかねばならない。

「万が一のことがあったら、おまえも責任をとれ」

ひとりで背負うには、アスヴァールの王女の身命は重すぎる。ロランは迷わずうなずいた。

「謁見の間はどのあたりにある？」

ザイアンが聞いた。テナルディエ家の嫡男として王宮に来たことは何度もあるが、常に誰かに案内されていたので、どの部屋や広間がどこにあるかなど、ほとんど知らない。

「南だ。市街を一望できるバルコニーをさがせ」

わかりやすい目印だ。ザイアンは歩きだそうとして、あるものに気づいた。

巨躯を縮めるようにして、物陰からこちらの様子をうかがっている者がいる。敵ではなさそうだが、不気味だった。ロランを一瞥すると、当然というべきか、彼も気づいているようだ。

「あいつは何だ」

「ハミッシュ卿だ。殿下の護衛を務めている」

「どうして隠れている」

「立場上、殿下の無謀な行動を見てしまったら、その場で止めなければならぬからだ」

止めさせろとザイアンは大声で叫びたくなったが、可能ならそうしているのだろう。「やつにも責任を負わせろ」と言うのが、精一杯だった。

ザイアンは再び騎乗する。ギネヴィアが後ろからしがみついて身体を密着させてきたが、喜びも昂揚感もない。あるのは臓腑が軋むほどの重圧と、悲壮感だけだ。

いいか、落ちるなよ、絶対に。頼むぞ。声には出せないので、心の中でつぶやく。

飛竜が羽ばたいて地面を蹴った。ザイアンとギネヴィアは空のひととなる。

ふと、北へと視線を向ける。ブリューヌ軍と国王軍が戦っているのが見えた。

——持ちこたえろ。もうすぐオリビエ卿の部隊が着くはずだ。もうすぐ……。

なぜか、激励の言葉が胸の奥からひとりでに湧きあがった。

手綱を握りしめる。飛竜が風に乗った。

†

ブリューヌ兵たちの抵抗を退けながら悠然と王宮を進んだシャルルとガヌロンは、ついに謁見の間にたどりついた。

シャルルの顔にはさすがに汗がにじみ、紫の上着と黒いズボンには返り血が付着している。デュランダルの刃には傷がついていないが、刀身は血まみれだった。一方、ガヌロンは涼しげな顔をしており、彼の顔にも服にも一滴の血の跡もない。

「まもなく終わるな」と、ガヌロン。

「どうだろうな。手こずるかもしれん」

シャルルは楽しげに笑う。謁見の間から感じる気配の数はかなり多い。

二人が謁見の間に足を踏みいれると、そこには数十人の男女がいた。レギンとジャンヌ、そして逃げてきた官僚や侍女たちだ。彼女たちを守るように、武装した騎士が十人いる。

「ひさしぶり……というほどではないな。元気そうで何よりだ、遠い孫よ」

好意的な笑みを浮かべて、シャルルはレギンに笑いかける。レギンとジャンヌは鋭い視線を返したが、一部の官僚や侍女は戸惑(とまど)いを禁じ得なかった。服装や態度こそ違うものの、敵将の顔がファーロン王に瓜二(うりふた)つだからだ。

「私をどうするつもりですか？」

気丈にも前に進みでて、レギンは問いかける。シャルルは肩をすくめた。

「俺はおまえを偽者扱いしているのでな。首をはねてさらす以外の道がないんだが……」

シャルルは隣に立つガヌロンに視線を向ける。

「おまえには使い道があるらしい。黙っていっしょに来てくれれば、おまえの後ろにいる連中は残らず助けよう。俺の新たな臣下として」

それから、シャルルは天井から吊されているシャンデリアを見上げた。

「前にも言ったが、あれは俺たちのお気に入りでな。大事にしていたことへの褒美だ」

「世迷(よま)い言(ごと)を」

十人の騎士が甲冑を鳴らして前進する。ジャンヌもまた、レギンを守るように彼女の前に立った。シャルルの両眼が戦意の光を放つ。

「十対一なら俺に勝てると思っているのか」

五人の騎士が床を蹴った。シャルルはその場から動かず、デュランダルを水平にかまえる。

背筋が凍るような轟音が響きわたった。甲冑と肉体がまとめて引きちぎられる音がいくつも重なりあったものだ。五つの上半身が鮮血と臓腑をまき散らしながら床に転がる。シャルルは間合いをはかり、宝剣を右から左に薙ぎ払って、騎士たちをまとめて葬り去ったのだ。

シャルルは動きを止めない。後方に控えて、第二撃を浴びせかけるつもりだった残り五人の騎士たちに対しても、宝剣を叩きつける。反応することすら相手に許さなかった。

デュランダルが五つの閃光を疾走らせると、騎士たちは頭を割られ、肩を砕かれて、次々に血溜まりの中に倒れる。二度と起きあがってこなかった。

レギンも、ジャンヌも、官僚や侍女たちも、一言も発することができなかった。彼らを守るはずだった者たちが、かくももろく薙ぎ倒されたのだ。

「もう少し強い者がいるかと思ったんだが……いや、ひとり残っているか」

シャルルの視線が、床に転がる十の死体からジャンヌへと移る。滑るように前進して、彼女に斬りかかった。

ジャンヌの反応は一瞬、遅れたが、とった行動はおそらく最適のものだった。彼女は手にしていた剣を放りだして後ろへ跳躍し、レギンの肩を抱いて横へ転がったのだ。

シャルルが宝剣を振りおろす。斬撃はジャンヌの剣を粉々に吹き飛ばし、絨毯（じゅうたん）を裂いて床を打ち砕いた。破砕音とともに細かな石片が飛散して、官僚たちが悲鳴をあげる。侍女たちの多くが気を失って床に倒れた。

「いい判断だった」

シャルルが短く賞賛（しょうさん）した。床に転がったジャンヌは、身体を起こして呻く。右肩から背中にかけて服が切り裂かれ、赤く染まっている。デュランダルの切っ先がかすめていたのだ。もしも剣で受けようとしていたら、ジャンヌは真っ二つにされていたに違いなかった。

官僚と侍女たちは声も出ないといった様子で、少しでも逃れようと後退する。シャルルは彼らを一瞥すらせず、床に倒れているレギンとジャンヌを見下ろした。

「どうかな。おとなしく降伏してその身を差しだすと言えば、その娘は――」

「いけません、殿下……！」

シャルルの言葉を遮（さえぎ）って、ジャンヌが叫ぶ。傷が痛むのだろう、顔から幾筋もの汗を流してはいるが、その両眼からは戦意が失われていない。レギンは懸命に身体を起こした。

「頭を下げて慈悲を乞うような真似（まね）はしません。この身を差しだすのもお断りします」

レギンは腰の後ろへ手を伸ばし、短剣を抜き放った。切っ先を己の喉にあてる。そのとき、それまで黙っていたガヌロンが口を開いた。

「子は親に似るものだな。ファーロンも同じことをやった」

ファーロンの名に、レギンが一瞬、動きを止める。その隙を、シャルルは見逃さなかった。すばやく踏みこんで、デュランダルを横に薙ぐ。レギンの手から短剣が折れ飛んだ。小さく悲鳴をあげてよろめいた彼女に、シャルルは間髪を容れず、肩から体当たりを仕掛ける。まともにくらって、レギンは床に倒れた。

レギンに駆け寄ろうとしたジャンヌを、シャルルが宝剣で阻む。その間に、ガヌロンがレギンに歩み寄り、右手をかざした。

「私を……どうするつもりですか」

レギンは身体を固くしつつ、それでも恐怖をねじ伏せてガヌロンを睨みつける。

「この王宮に呼びよせた死体や、骸骨や、黒い霧のような怪物にでもしようというのですか」

「何だと」

微量の怒りを含んだその声を発したのは、シャルルだった。

「おまえ、やったのか」

責めるようなその言葉は、ガヌロンに向けられたものだった。ガヌロンは右手を握りしめてシャルルに向き直る。シャルルはかすかな哀れみを含んだ言葉を、親友に投げかけた。

「どうして怪物たちを使った？」

ガヌロンが気まずそうな顔をしたのは一瞬で、彼はすぐに真剣な表情をつくった。

「決まっているだろう。勝つためだ」

「俺の力を試したいと言ったはずだぞ」

　シャルルは謁見の間をぐるりと見回す。

「戦姫のようなおかしな連中は、魔物たちと同じ扱いでもいいだろう。だが、こいつらはふつうの人間だ。怪物たちに頼らなかったら、俺たちはここにたどりつけなかったのか」

「そんなことはない」と、ガヌロンは首を横に振った。

「だが、言っただろう。このブリューヌを奪うのは、新たなはじまりでしかないのだ。近隣の王国だけでも、ジスタート、アスヴァール、ザクスタン、ムオジネルがある。確実に、確実に勝たねばならぬ」

　親友であり、主でもある男に訴えかけるガヌロンに、シャルルも言い返す。

「負けるときは負ける。失敗するときは失敗する。それはもう仕方ねえ。だが、そうなったらすぐに次の手を打つ。俺たちはずっとそうやってきただろうが」

「たった一房の葡萄を盗むのでさえ、おもわぬ事態が起きるのだぞ。いったい、この力を使うことの何が気に入らんのだ……」

　その言葉は、ガヌロンが思っていた以上の衝撃をシャルルに与えたようだった。シャルルはわずかに目を見開き、それから感情の波が引くように、さきほどまでの表情に戻る。

「忘れちまったのか……。無理もないか。そうなってからの方が長いんだからな」

その言葉の意味を、ガヌロンが聞こうとしたときだった。

活力に満ちた足音がどこからか近づいてくる。シャルルはガヌロンとの会話を中断し、宝剣を肩に担いで周囲に視線を走らせた。

自分たちが歩いてきた廊下からではなく、この謁見の間の奥から聞こえてくる。奥には、バルコニーに出る通路が延びているはずだ。バルコニーは、地上からよじ登ることも、上の階から降りたつことも困難だ。だからこそ、シャルルはそちらを気に留めなかった。

——戦姫か？　だが、戦姫たちはガヌロンが魔物の力を使っておさえているはずだ……。

足音の正体は、すぐにわかった。官僚たちを押しのけて、ひとりの娘が飛びだす。アスヴァールの王女ギネヴィアだった。

床に倒れているレギンと血まみれのジャンヌ、そしてシャルルとガヌロンの姿を見て、ギネヴィアはすぐに状況を把握した。カリバーンを握りしめてシャルルに斬りかかる。シャルルの両眼に戦意が戻り、口元に不敵な笑みが浮かんだ。

宝剣と宝剣の激突は、黄金の火花を飛散させた。刃鳴りは、水晶を打ち鳴らしたかのようだった。シャルルとギネヴィアはおたがいに剣をかまえて、相手と距離をとる。

「驚いたぞ、アスヴァールの王女よ。どうやって来た？」

心から楽しそうな笑みをにじませて、シャルルはギネヴィアに聞いた。

「空を飛んで」と、ギネヴィアは得意そうに笑ってみせる。でたらめではない。

「なるほど。三百年前も、あの地にはおかしな連中がごろごろいたそうだが、その遠い孫ともなれば空ぐらい飛べるか」

「ええ。一杯の紅茶を飲むよりも簡単なことよ」

ここにザイアン＝テナルディエがいれば恨めしげな目を向けたかもしれないが、彼は飛竜から降りるわけにもいかず、王宮のまわりを旋回している。

ギネヴィアは呼吸を整え、間合いをはかってシャルルとの距離を詰めた。一方、シャルルは無造作な足取りで、気を失っているレギンの前に立つ。ギネヴィアを見据えた。

「さあ来い。悪い竜を倒さなければ、お姫さまを救いだすことはかなわぬぞ」

「あなたは竜ではなくて、真っ赤なお馬さんでしょう」

軽口の叩きあいに、斬撃の応酬が続く。二本の宝剣は虚空に金色の軌跡を描き、衝突するたびに閃光をまき散らした。ギネヴィアの剣はシャルルに届かず、シャルルの剣はギネヴィアに受けられ、弾かれる。だが、余裕の表情を保っているのはシャルルだった。

「おまえ、剣を握ってから一年たつかどうかってところだろう？」

ギネヴィアの顔色が変わる。事実だった。昨年の内乱の中でカリバーンを手にするまで、ギネヴィアは剣を握ろうと思ったことなどない。

「俺はこれでも五十年は剣を振るってきた。負ける前に退いたらどうだ」

「五十年がどうだというの！」

ギネヴィアが踏みこんだ。鋭い斬撃は、しかしシャルルにかわされる。

だが、彼女の攻撃はそこで終わらなかった。ギネヴィアが手首を返すと、カリバーンから伸びている金色の鎖が、弧を描いてシャルルの腕に絡みつく。ギネヴィアに鎖を引っ張られて、シャルルは床に引きずり倒された。

ギネヴィアが気合いの叫びをあげて、シャルルを振りまわす。片腕を封じられたシャルルは空中に投げだされ、床に叩きつけられた。ギネヴィアはもう一度、シャルルを振りまわす。

ところが、再び空中に投げだされたところで、それを待っていたかのようにシャルルは体勢を変えた。デュランダルを床に突きたてて着地する。ギネヴィアが愕然とした顔になった。デュランダルの切っ先は、カリバーンの鎖を形成している無数の環のひとつを貫いている。

「こいつが五十年の成果だ」

宝剣を握る手に、シャルルが力をこめる。硬い音が響いて、鎖の環が割れた。反射的にギネヴィアは鎖を引っ張ったが、半ばまでしかその手には戻ってこない。

そして、そのときにはシャルルは低い姿勢から駆けだしていた。ギネヴィアはとっさにカリバーンを振るったが、吹き飛ばされて床に倒れる。

「なかなかだった。ブリューヌをおさえたら、次はアスヴァールを狙うか。統治者たる王女が死ねば、それなりに混乱するだろう」

腕に絡みついた鎖を放り捨て、乱れた髪を乱暴に整えながら、シャルルは笑う。ガヌロンは満足感と安堵感の入りまじった笑みを浮かべていた。

「まったく、焦ったぞ。手を貸すべきかどうか迷った」

「まだまだ若い者には負けんさ。俺の妻には及ばないが、この美しさはもったいない……」

そこまで言って、シャルルが何かに気づいたように廊下を見る。

「誰かが来るな。——ガヌロン、おまえはそっちを見ろ」

シャルルに言われるよりも先に、ガヌロンは玉座に視線を向けていた。

直後、廊下から黒い影が飛びこんでくる。ロランだ。

シャルルが無言で駆け、ロランに斬りつける。ロランは床に転がって恐るべき斬撃をかわしながら、倒れていたギネヴィアを片腕で抱いて床を蹴り、距離をとった。

シャルルは容赦なくロランに追いすがる。閃光が炸裂した。ギネヴィアを背中に守って、ロランは宝剣の一撃を弾き返す。二人の戦いは、だが、そこで止まった。

轟音とともに玉座が吹き飛んで、床に転がる。

玉座があったところには穴が開いており、そこから鋭い先端を持つ氷の柱が飛びだして、天井近くまでそびえ立った。この氷の柱が、下から玉座を突きあげたのだ。

そして、穴から飛びだした三人の男女が、床に降りたつ。ジャンヌとともに床に座りこんでいたレギンが、喜びの声をあげた。

「ティグルヴルムド卿！」

玉座の下から現れたのは、ティグルとミラ、リュディだった。

†

ボードワンに続いてドミニクを失ったあと、ティグルたちは馬を走らせて王都を目指した。

初日こそ五人で行動していたが、翌日、ラフィナックとガルイーニンが、やはり先に行ってほしいと申しでた。

「このあたりならルテティア兵も現れないでしょう。私たちの馬を替え馬として使えば、さらに王都までの距離を縮められます。いらない荷物も私たちが引き受けますよ」

「むろん、我々もどこかで馬を調達して、すぐに後を追います。本来、側近としてこのような行動をとるべきではないのですが」

二人の従者はそれぞれそう言って、ティグルたちを急がせた。

「わかった。二人の厚意を受けとる」

ティグルがそう言ったのは、ザイアンとの勝負を思いだしたというのもある。いまは先を急ぐべきであり、同じ失敗を犯してはならなかった。

「ただし、むこうみずなことをして大怪我をするのだけは避けてくださいよ」

「リュドミラ様もです。戦場へ行く以上、危険に身をさらすなとは申しあげません。ですが、くれぐれも御身を大切に」

「ありがとう、ガルイーニン」

　そうしてティグルたちは馬を休ませながら草原を駆け、ニースに帰還したのである。実に半刻と少し前のことであり、王都の外では戦いがはじまっていた。

　この状況では、事情を話して城門を開けてもらうだけでも時間がかかるだろう。間に合わないかもしれない。ティグルとミラは焦った。そして、リュディが言った。

「隠し通路を使って、一気に謁見の間に行きましょう」

　それは、かつてシャルルが宝剣を盗んで逃げていったときの通路だという。リュディはレギンから、その通路について聞いていたのだ。「どうせ埋めるのだから」と。

「埋めるといっても、ひとまずは両端に石を積みあげて固めるだけだと殿下はおっしゃっていました。時間がないからと。ティグルとミラの力なら、たぶん吹き飛ばせます」

　賭けではあった。シャルルたちがまたその通路を使っていたら、逃げるしかない。戦いにも間に合わない。だが、そうでなかったら、誰にも邪魔されず、一気に謁見の間まで行ける。

　そして、ティグルたちは賭けに勝ったのだった。

「ほう」と、ティグルたちを見て、シャルルが口の両端をつりあげる。

「そこの隠し通路から現れたというのに、おまえたち三人だけで後続がいる気配はない。さては軍から離れて別行動をとっていたな？　軍は、まだ王都にもついていないだろう」

「どうかしらね。そこのバルコニーに行って、外の様子をたしかめてみたら？」

ミラが肩をすくめて挑発した。シャルルは視線を転じて、ロランの様子をうかがう。

ロランはレギンとギネヴィアを守るように、大剣をかまえて立っていた。尋常ならざる気迫から、一撃で倒すのは難しいように思える。だが、その場から動くことはないだろう。

シャルルはティグルたちに視線を戻す。

「風景を愛でるのは酒を用意してからだな。間に合ったのだから、相手をしてやろう」

「あいにくだが、おまえは後回しだ」

ティグルは首を横に振って、ガヌロンを睨みつけた。

「ガヌロン、おまえはここで倒す」

「ふうん？」

ガヌロンが嗜虐的な笑みを浮かべる。

「貴様が大言壮語を吐く人間だったとは知らなんだ。以前、どこぞの森の中でやりあったときは、ろくに私を傷つけることもできなかったではないか」

冷笑に取りあわず、ティグルはガヌロンを見据えた。腰に下げた矢筒には、充分な量の矢がある。その中の一本は、黒い鏃（やじり）を持つものだった。

「本気らしいな。どこで勝算を得たのかは知らぬが」

ガヌロンの顔から笑みが消える。ミラとリュディを観察しながら、シャルルが尋ねた。

「やるのか？」

「ああ。この若僧は私に任せてくれ」

ガヌロンの身体から黒い瘴気があふれだす。挑戦を受けてたったのは、ティグルとシャルルを戦わせるべきではないと判断したからだ。シャルルが負けるとは思わないが、黒弓を持つティグルは魔弾の王になり得る存在だ。接触させるのは危険だった。

「ブリューヌの平和のために、私を何としてでも倒すというところか？」

ティグルの真意をさぐるように、ガヌロンが挑発まじりの言葉を投げかけてくる。ティグルは瞳に静かな怒りを湛えながら、答えた。

「俺は、ブリューヌに背を向けてきた人間だ。いまさらブリューヌの平和のためになんて、おこがましいことを言うつもりはない」

右手を強く握りしめて、ティグルは淡々と言葉を続ける。指の隙間から血が流れ落ちた。

「おまえはベルジュラック公の命を奪い、ファーロン王の身体を奪った」

リュディとレギンの悲しみは、どれほどのものだったか。ティグルにとっても、ベルジュラック公は父の恩人であり、ファーロンは尊敬すべき王だった。

「アルサスを襲った。他にも、どれだけのひとがおまえによって命を落としたか……」

ボードワンとドミニクも、ガヌロンによって殺されたようなものだ。

「俺は、おまえを討つ」

「よかろう。相手をしてやる」

言い終わらないうちに、ガヌロンの姿が消える。次の瞬間、彼はティグルの頭上にいた。竜の頭部をたやすく砕く拳を振りあげて、振りおろす。

鈍い音が響いた。吹き飛んだのは、ガヌロンの方だ。ティグルがとっさに右手で殴りつけたのだ。不意を打たれたガヌロンは、体勢を崩して頭から床に落ちた。

「貴様……」

両眼から白い光を放って、ガヌロンはティグルを睨みつける。

素手で竜具の一撃を受けとめることのできるガヌロンにとって、生身の人間の拳など、そよ風ほどにも感じないはずだった。だが、いまの彼は痺れにも似たかすかな痛みを感じている。

ティグルは緊張に強張(こわば)った笑みを浮かべて、右手を開く。そこには黒い鏃があった。矢筒に差している鏃とは別のものだ。

「やはり、それか。以前に戦ったときより強い。ティル＝ナ＝ファに会ったな……？」

「魔弾の王について、ずいぶん詳しいみたいだな」

血に濡れた鏃を腰に下げた革袋の中にしまって、ティグルは矢筒から、黒い鏃をはめた矢を抜いた。いまの自分が持てる最大の一撃を叩きつける。様子見などはしない。

――夜と闇と死の女神ティル＝ナ＝ファよ。魔物を滅ぼすために、力を貸してくれ。

黒弓につがえて、放つ。先端に黒い光をまとってまっすぐ飛んでいった矢を、しかしガヌロ

ンは素手で受けとめた。

「成長は認めよう。だが、これで私を倒すつもりなら思いあがりもはなはだしい」

矢が床に落ちて、鏃以外の部分が粉々になる。ガヌロンの身体からあふれる黒い瘴気がすさまじい量と濃度になり、ティグルは、背筋を冷たい汗が流れるのを感じた。いままで戦ってきた魔物とよく似た、しかしそれらを上回る重圧がのしかかってくる。

床に転がる騎士たちの死体がつくった大きな血溜まりが、不意に蠢（うごめ）いた。風もないのにゆらめき、内側から突きあげられるように持ちあがる。それは、ひとつの形をとりはじめた。額から長い角を生やした馬だ。

レギンが息を呑み、何人かが悲鳴をあげる。この世の光景とは思われなかった。

「……一角獣（リコルヌ）？」

ティグルはおもわずつぶやく。思い浮かんだのはガヌロン家の旗だ。内心を読みとったかのように、ガヌロンが酷薄な笑みを浮かべた。

「私の最初の、ひとならざる友だった。ガヌロン家の一角獣はこの友からとったのだ」

一角獣が跳躍した。同時に、ガヌロンが床を蹴る。低い位置からティグルに襲いかかった。ティグルはガヌロンの攻撃を避けて、床に転がる。そこへ一角獣が突撃してきた。黒弓を握りしめて耐えようとしたが、はねとばされる。

呻き声が漏れた。一角獣の脚が触れた箇所が痺れて、黒い痣ができている。

だが、それを気にしている暇などなかった。ガヌロンが空中に飛びあがって、急降下してくる。貫手でティグルを貫くつもりのようだった。

眼前に迫るガヌロンを、ティグルは黒弓でおもいきり殴りつける。その反動で再び床を転がり、相手から逃れた。しかし、そこへまたしても一角獣が飛びかかってくる。蹄で勢いよく背中を踏みつけられ、一瞬、息が止まった。床を転がって逃れ、立ちあがったものの、足にも腕にも力が入らない。わずかな攻防で、ティグルは満身創痍だった。

「なぜ、弓の力をさらに引きださぬ？」

悠然と、ガヌロンが問いかける。

「せっかく一角獣を出してやったのに、いまのままで私を倒そうなどという甘い考えがまだ捨てられぬのか？　どうしてそこに踏みとどまっている」

衝撃に、ティグルは奥歯を噛みしめた。図星を突かれたのだ。

──女神に願えば、ガヌロンが言うように、黒弓からさらなる力を引きだせるだろう。

だが、そうすればどうなるのか、想像がつかない。瞑想しただけで気を失いかけたのだ。自分が何か恐ろしいものになるのではないかという予感がある。

──いや、なるだろうな……。

そうでなければ、ガヌロンがこのように挑発してくるはずがない。

だが、ここで自分が倒されたら、どうなるか。ミラも、リュディも、ロランやギネヴィア、レギンも、ガヌロンとシャルルに殺されてしまうのではないか。ここにいないエレンたちも。

そんなことをさせてはならない。

「やってみるがいい。そのためなら私は待ってやる」

「……いいだろう」

迷っている暇はない。ティグルは覚悟を決めた。

アルサスを襲うと聞いたときの怒りを、胸のうちでよみがえらせる。あのとき、どのような手を使ってでもガヌロンを打ち倒すと決意した。絶対に許してはおかないと。

ただし、ガヌロンの思い通りにだけはならない。

——やつの思惑を越えなければ、倒すことはできない。

ひとつ、活路がある。いままでに自分が知り得たティル＝ナ＝ファについての知識。それからガヌロンという男の正体。彼が歩んできた道。成し遂げてきたこと。

もしも自分の考えが正しければ、魔弾の王はガヌロンにとって天敵となるはずだ。

——夜は昼と分かちがたく、闇は光と分かちがたく、死は生と分かちがたく……。

祈りの言葉を唱え、ドミニクに教わった瞑想を行いながら、心の中で女神に呼びかける。

目の前の男を、己の手で倒したい。そのための力がほしい。

身体が重くなる。目に見えない何かがまとわりつき、のしかかってくる。視界が暗くなり、感覚が失われていき、自分の息遣いさえわからなくなる。世界から、切り離されていく。

「魔を滅ぼせ」と、耳元でささやく声がある。うなずいてしまいそうな、甘美で心地よい声。すべてをゆだね、何も疑問を抱かずに従ってしまいたくなる声。

うなずきそうになるが、ティグルは寸前で踏みとどまる。違うと答える。

「ひとを滅ぼせ」と、耳元でささやく声がある。はじめて聞くような、いままでに何度か聞いたことのあるような、不思議な声だ。こちらは冷厳で、鋭く、力強さがあった。

――自分は人間だと、おまえは言ったな。

魔物であること。人間であること。

ガヌロンはその二つを兼ね備えている。

――俺がガヌロンを許せないのは、魔物だからじゃない。

アルサスを襲ったから。多くのひとを死なせたから。誰かの大切な人間を奪ったから。

ティグルを取り巻く力の流れが、二つにわかれた。それはぶつかりあい、せめぎあい、奪いあいながら体内に入りこんでくる。肉に絡みつき、血の流れに溶けこみ、骨を貫き、臓腑を侵食し、新たな感覚を与えながら、隅々まで行き渡らせていく。

ひとであってひとでないものにするために。

「ガヌロン……」

黒弓からあふれる黒い霧のような『力』の奔流をまとって、ティグルは告げた。

「魔物としてのおまえも、人間としてのおまえも、俺がここで討つ」

「馬鹿な……」

ガヌロンが、目にわずかな動揺をにじませる。自分の望んでいたものと違うものを、彼は目の当たりにしていた。

「貴様、二つのティル＝ナ＝ファから力を引きずりだしたのか？　シャルルにさえ……」

それ以上、ガヌロンの言葉は続かなかった。ティグルが咆哮とともに床を蹴り、ガヌロンに襲いかかったからだ。

獰猛な狼を思わせる跳躍と、突撃だった。ガヌロンが吹き飛んで、壁に叩きつけられる。無数の大鎚を打ちこまれたかのごとく、壁が砕けた。

「おお……」

瓦礫を払って立ちあがったガヌロンが、ぐらりと身体をよろめかせる。ずれかけた帽子をおさえる彼の顔からは、さきほどまでの余裕が失われていた。


ティグルがガヌロンに苦戦していたとき、ミラとリュディは二人がかりでシャルルに挑んでいる。だが、二人もまた予想以上の苦戦を強いられていた。

数合、打ちあってわかったが、シャルルにはバシュラルほどの膂力はない。デュランダルを振るうとはいえ、ミラとリュディが力を合わせればおさえこめるはずだった。まして、いまのリュディは「誓約の剣（セルマーヴェ）」と長剣を同時に操っているのだ。

ところが、シャルルは二人を相手に悠然と立ちまわっている。追い詰められることはなく、むしろ的確な反撃を行って二人をたじろがせていた。

ミラとリュディは呼吸を整えるべく距離をとる。ミラがリュディに小声で話しかけた。

「リュディ、わかった？」

「ええ。恐ろしいほど……」

最初のうちこそ、ミラとリュディは連携をとって攻めかかっている。だが、十合も斬り結んだときには、どちらかだけがシャルルと戦ってしまっているのだ。

シャルルはミラとリュディの攻撃をしのぎながら、巧みに位置を変えて、二人が縦に並ぶように仕向けたり、間合いをずらしたりして同時に攻撃できないようにしていた。そして、一対一となったら、シャルルはミラにもリュディにも優（まさ）るのである。

「わかったみたいだな？」

シャルルが意地の悪い笑みを浮かべている。

「おまえたちは強い。だが、経験については俺の方が上だ。二人がかりでもな。あまりぐずぐずしていると、いい一撃をもらっちまうかもしれんぞ」

ミラは悔しさに唇を噛む。まさに恐れているのはそこだ。シャルルは自分たちの戦い方を読みながら、その隙をうかがっている。

やむを得ない。ミラは決断すると、ラヴィアスの穂先をシャルルに向けた。

「──氷華（リオウエート）！」

穂先から白い冷気が放射状に放たれて、シャルルを襲う。生身の人間に竜技を使うのは信条に反するが、この男は規格外だ。何より、早くティグルに加勢するためにも、シャルルを倒さなければならない。

ところが、白い冷気はシャルルに触れる寸前で音もなく消滅してしまった。おもわぬ事態に呆然とするミラへ、シャルルがデュランダルを見せつける。

「知らなかったのか？　この宝剣には、そういう妙なものを打ち消す力がある」

ミラは目を瞠った。以前、ティグルから聞いた話を思いだす。デュランダルに備わっている不思議な力とは、このようなものだったのか。

精神的な打撃がわずかながら隙をつくる。シャルルが踏みこんだ。

リュディが介入できないよう、半歩ごとに位置を変えながら、シャルルは宝剣をミラに叩きつける。ミラは防戦一方になった。ラヴィアスでなければ、デュランダルの剣勢に耐えきれず折れ砕けていただろう。それでも一撃ごとに、ミラの体力は削られていく。

「──ミラ！」

背後にいるリュディが叫んだ。彼女の意図を察して、ミラはシャルルに槍を突きこむ。その瞬間、穂先から冷気が放たれ、音もなく弾けた。無数の氷の粒が白い霧となって、二人の視界を遮断する。一瞬の半分ほど、シャルルの動きが鈍った。

その短すぎる時間を利用して、ミラは横に跳び、リュディが敢然と前に出る。

「なるほど。俺を狙うわけでもない手品には、デュランダルの力もそうそう働かんか」

シャルルが笑う。デュランダルの力を一度見ただけで、竜技の使い方をそれに合わせてきたことに、素直に感心していた。

リュディが右手に剣を、左手に誓約の剣を握りしめて、斬りかかる。シャルルはデュランダルで迎え撃った。刃鳴りが連鎖し、火花が乱れ舞う。どちらも手を休めず、足を止めない。少しでも動きを鈍らせれば、その瞬間に刃が顔か首に届くと悟っているからだ。

――強い。

リュディは感嘆せざるを得ない。こちらの二つの斬撃を、シャルルはデュランダルで受け、あるいはかわし、そして斬撃をねじこんで、こちらの体勢を崩してくる。

――私はロラン卿にかなわない。お父様にも。バシュラルにも、ついに勝てなかった。

シャルルの強さはどれほどだろうか。自分では届かないだろうか。

――でも、私だって……！

シャルルが半歩下がり、それにつられてリュディが踏みだす。わずかに動きが乱れた。そこを狙って、シャルルはすかさず大剣で斬りつける。リュディもまた誓約の剣を振るった。

自分が二本の剣を振るうようになったのは、バシュラルとの戦いのあとだ。まだ未熟ではあるだろう。だが、それまでの自分と違うこともたしかだ。

シャルルの大剣に、誓約の剣を重ねる。絡ませるように、ひねった。かつて、父から教わったものだ。膂力がなくとも、技量で可能なものだからと。

シャルルの手からデュランダルが離れる。甲高い音が響きわたった。

リュディの誓約の剣もまた床に落ちたが、彼女は右手の剣を両手で握りしめて、裂帛の気合いとともにシャルルに突きかかる。シャルルの視線はデュランダルに向けられており、避ける余裕はないかと思われた。

だが、リュディの長剣の切っ先は、シャルルに届かなかった。シャルルはとっさに両手で刀身を挟みこみ、激烈な刺突を止めたのだ。さらに、シャルルは剣先をずらすことで、リュディの体勢を崩した。だが、リュディの口元には笑みが浮かんでいる。

横合いから、ミラがシャルルに突きかかった。シャルルはリュディの剣から手を離したが、もはやかわせる間合いではなく、宝剣を拾いあげる余裕もない。

左胸を狙って、ミラは容赦なくラヴィアスを繰りだした。シャルルは左手で槍を受けとめようとしたが、てのひらごと貫く自信が、ミラにはあった。

だが、ミラの手に伝わってきたのは硬質の衝撃だった。

「間一髪だったな」

額に汗をにじませて、シャルルが不敵な笑みを浮かべる。その左手には、独特の形状をした白い鏃が握られていた。それが、ラヴィアスの一撃を受けとめたのだ。

ミラは愕然として、言葉を失った。鉄の甲冑はもちろん、竜の鱗さえたやすく貫く竜具の刺突を、ただの鏃で受けとめられるはずがない。

脳裏をよぎったのは、ティグルの持つ二つの黒い鏃だ。シャルルが弓の使い手でもあったことや、黒弓のかつての持ち主だったことも、いまは知っている。

「魔弾の、王……？」

ミラが動きを止めたその一瞬を、シャルルは見逃さなかった。槍をかわしてミラとの間合いを詰める。彼女の軍衣の胸元をつかむや、振りまわすように身体を大きくひねった。自分の後ろにいたリュディへ、ミラを投げつける。二人はぶつかりあって尻餅をついた。

「いやあ、危ないところだった」

悠々とデュランダルを拾いあげ、白い鏃を腰の革袋にしまいながら、シャルルは笑った。

「さて、次はどうする？」

ミラは立ちあがると、顔を紅潮させて正面からシャルルに突きかかった。感情任せにしか見えない雑な攻撃を、シャルルはデュランダルで弾き返す。体勢を崩してミラが転倒した。

とどめを刺すべくシャルルが踏みこむ。その動きに、ミラが冷酷な笑みを浮かべた。

ミラの後ろにいたリュディが、ミラの肩を踏んで跳躍し、空中からシャルルに斬りかかる。

ミラの転倒は——その前の攻撃も含めて、演技だった。シャルルは乗せられたのだ。

気合いの叫びとともに剣が振るわれ、シャルルはとっさに後ろへ飛び退く。しかし、完全にかわすことはできず、刃が肩を浅く斬り裂いた。

ミラが立ちあがる。リュディも誓約の剣を拾いあげた。

「惜しかったですね」

シャルルはといえば、傷を負った自分の肩を見つめていた。傷口からは血が流れ、服を赤く染めている。傷の具合を確認しているようでもあり、考えごとをしているようでもあった。

だが、彼はほどなく顔をあげる。ミラたちを見て笑った。

「いい攻めだった。驚かされたぞ」

賞賛の言葉とうらはらに、シャルルの全身から覇気が立ちのぼる。

「手を抜いていたつもりはないが、もう少し必死になってみるか」

次の瞬間、シャルルは前に飛びだしてリュディに肉迫した。デュランダルを振りあげるのではなく、正面から押しこむ。リュディはとっさに二本の剣を交差させてデュランダルを受けとめようとしたが、あっさり押し負けて、突き飛ばされた。

追撃に移ろうとしたシャルルへ、ミラが横から突きかかる。だが、シャルルは左手でラヴィアスの柄をつかむと、その手を滑らせて間合いを詰めた。ミラの攻撃を封じつつ、デュランダルを突きこもうとする。

ミラはかろうじて槍を手放し、床を転がって避けた。わずかでも行動が遅れていれば、喉を貫かれていただろう。それほどに速く、鋭い攻撃だった。

シャルルはラヴィアスを放り捨てたが、ミラへのさらなる追撃は仕掛けなかった。ロランの後ろで戦いを見守っていたギネヴィアが、カリバーンを手に向かってきたからだ。

「おっと、遊んでいたら三対一か」

そのころ、ティグルとガヌロンの戦いは新たな展開を迎えていた。

身体が熱い。体内の何もかもが焼き尽くされるのではないかと思うほどに。

だが、不思議と汗は出てこない。口からは、熱を帯びた黒い息が漏れる。

頭痛がする。二つの声が、おたがいの声をかき消すように争いながら、自分にささやきかけてくる。目を開けているのがつらいほどの痛みが、頭の中で駆け巡っている。

渇きも感じる。手足も痺れている。自分の身体が自分のものではないかのようだ。

それでいて、黒弓と、矢筒の中の矢の感触だけはたしかだ。ティグルは矢を一本、引き抜いてつがえた。右のてのひらから黒い霧があふれ、矢幹(やがら)にまとわりついて鏃を黒く染める。

この矢なら通じる。確実に、滅ぼせる。

ガヌロンは笑みを消して、ティグルを静かに観察している。

「私の想像を超えるとは……。見事と言ってやろう。だが、ひとの身にはつらかろうな」

ティグルに言葉を返す余裕はない。もっとも、仮に余裕があったとしても、ガヌロンと問答をする気はなかった。両足を踏みしめ、弓弦を引き絞って矢を放つ。

ガヌロンのそばにたたずんでいた一角獣が、床を蹴った。

閃光とともに、金属を削るような衝突音が謁見の間を震わせる。ティグルの矢を、一角獣が角の先端で受けとめたのだ。だが、矢は勢いを緩めずに角とせめぎあう。

一角獣の身体から黒い瘴気が噴きあがって、荒々しく踊った。矢を引き裂く。

だが、ティグルはすでに、新たな矢を黒弓につがえていた。その鏃にも同じように黒い霧が絡みついている。

矢を放つ。一角獣は猛り狂って突撃したが、二本目の矢を粉砕することはできなかった。ティグルの矢は角を砕き、一角獣の巨躯を貫いて霧散させ、ガヌロンへと迫る。ガヌロンは素手で矢を受けとめ、握り潰した。だが、手を開いてみれば、てのひらに裂傷が刻まれている。

ティグルは猛然と駆けだした。足を緩めることなく、矢を三本引き抜き、まとめて黒弓につがえる。本来、弓を使うなら少しでも相手と距離をとるべきだが、瞬時に接近してくるガヌロンのような男が相手では、離れてもあまり意味がない。

ようやくガヌロンを傷つけられるようになったとはいえ、まともにくらってくれる相手ではない。決定的な一撃を叩きこむには、何とかして隙をつくらねばならない。

――ただ、この状態はあまりもたない。

長時間の戦闘に耐えられないと、わかる。少しでも早く終わらせる必要がある。

床を蹴り、さらに壁を蹴って跳躍し、空中から三本の矢を放つ。ガヌロンは横へ跳んでそれらをかわした。だが、矢は床に当たってはねかえり、ガヌロンへと飛ぶ。

ガヌロンはとっさに矢を払いのけたが、矢の一本が腕をかすめた。傷口から黒い瘴気が飛び散る。ティグルは着地するまでに三本の矢を新たにつがえ、ガヌロンの足を狙って一本だけを放った。そうしてガヌロンに後退を強制し、残り二本を、時間差をつくって射放つ。

「嬉しそうだな、小僧」

ガヌロンは一本目の矢をつかんで止めると、それを使って二本目の矢を受けとめた。二本の矢は黒い衝撃波をまき散らして粉々に砕け散る。

「だが、哀れだ。絶大な力を手に入れながら、活かしきれておらぬ。いまの貴様なら、自らの血を絞りだして十本や二十本の矢をつくり、一度に放つこともできるはずだ。神をその身に降ろすというのは、ひとを超越するというのは、そういうことだぞ」

ガヌロンの姿がかき消える。同時に、ティグルは背後に強烈な殺意を感じた。身体をひねって振り返りながら、殺意の在りかに向かって殴りつける。

「二度はくらわぬよ」

目の前に、ガヌロンの姿があった。身体をそらしてティグルの拳をかわしながら、右腕を振りあげる。瘴気がまとわりついたその腕は、大剣を思わせる長さと太さを有していた。

「これはお返しだ」

殴りつけられて、ティグルは背中から床に叩きつけられる。視界は揺れていたが、身体は無意識のうちに動いて、横へ転がった。ガヌロンの第二撃が床を撃ち、鼓膜を痛めつけるような破砕音とともに、床に大穴を穿つ。石片がまき散らされ、白煙がたちのぼる。

ガヌロンから距離をとり、立ちあがって、ティグルは自身を鼓舞する。顔や腕から、赤黒い粉のようなものが舞い落ちた。流れでた血が瞬時に乾いているのだ。

――あとどれぐらいもってくれる……。

腰に下げた革袋に触れる。鏃の感触は二つあった。もともと入れていたものに加えて、ガヌロンに放って通じなかった矢の鏃が、戻ってきたのだ。

――いまの俺なら、自力で矢幹をつくることができるんじゃないか。

おそらく可能だろう。鏃に、ひとりでに戻ってくる力があることに説明がつく。鏃だけが伝えられてきたことにも。

だが、ガヌロンもそのていどのことは予想し、警戒しているはずだ。確実に命中させられる算段がつくまではつくれない。加えて、その一撃で仕留められると思えるまでは。

　ガヌロンが突進してくる。その顔が一瞬で巨大化した。大きく口を開けてかじりつこうとしてきたのを、黒弓を持った手で殴りつける。

ガヌロンの下顎が吹き飛んで瘴気が飛散した。だが、その瘴気が瞬く間に顎を再生させる。

炎のような瘴気を、ガヌロンが吐きだした。身体を焼くような激痛がティグルを襲う。

ティグルは歯を食いしばって痛みに耐えながら、矢を一本抜きだした。前に出て、黒弓を握る左手と、矢をつかむ右手を、巨大化しているガヌロンの口の中に押しこむ。

ガヌロンの歯が、腕に食いこむ。矢をつがえ、弓弦を引き絞って、手放した。

轟音と衝撃。ガヌロンの首から上が弾けとぶ。そして、首の切断面から、骨だけの細長い腕が現れた。その腕はティグルの首をつかんで持ちあげたかと思うと、軽々と投げ飛ばす。ティグルは壁に叩きつけられ、ずるずると床に座りこんだ。

呼吸を整えられず、視界も定まらない。視界の端に、ミラたちの戦いが映った。

「よそ見とは余裕があるではないか」

声が上から降ってきた。ティグルは反射的に矢をつがえて真上へ放つ。

だが、それは囮だった。足下に瘴気が忍びよっていることに、一呼吸分遅れて気づく。

鞭のように、瘴気がティグルの両足に絡みついた。骨を砕かんばかりに締めつけられて、呻き声が漏れる。ティグルは持ちあげられ、逆さ吊りにされた。とっさに、矢筒の中の矢をまとめてつかむ。

ガヌロンがティグルの目の前に姿を現した。瘴気は、彼の脚から伸びている。

「貴様は、希望なのだろうな。あの戦姫やベルジュラック家の小娘、王女にとって」

ティグルを見上げるガヌロンの顔に、残酷な笑みが浮かんだ。

「貴様が絶望する姿と、他の者たちが絶望する姿、どちらが見応えあるかな」

ティグルの身体が振りまわされ、床に叩きつけられる。ティグルは受け身をとらなかった。黒弓も、矢も、手放すことはできない。

「どうした。貴様の故郷を襲った私を許せないのではなかったか？」

間髪を容れず、今度は壁に叩きつけられる。二度、三度と。目を開けるのも呼吸をするのも難しい。遠くなりそうな意識を、歯を食いしばってつなぎとめる。

「並の人間であれば粉々になっているものだが、まだ骨すら砕けぬか。壊し甲斐がある」

ティグルは懸命に手を動かして、矢を黒弓につがえた。ガヌロンの瘴気が左腕と右腕にも伸びてきて、絡みつく。

「いい加減、出し惜しみはやめろ。魔弾の王の鏃をさっさと使え」

「恐れて……いるのか？」

かすれてはいたが、声が出た。笑うように口を歪めて、ティグルは挑発する。

「力を、活かしきれていないと、言ったな。だから、いまのうちに使わせたいのか……」

ガヌロンの拳が顔に叩きこまれた。意識が消えかけるが、どうにか持ちこたえる。

──隙をつくらないと。用心しているこいつに射放っても無駄だ。

狩りと同じだ。警戒している獣が相手では、近くから狙っても仕留められない。

一瞬、いや、半瞬より短くてもいい。この男が無防備になる瞬間を、突く。

――何をすれば、ガヌロンに隙ができる？

そのとき、あるものがティグルの視界に映った。あれで、隙をつくれるだろうか。

「今度は何を見ている？　戦姫か？　それともベルジュラックか？」

ティグルは反射的に矢をつがえて、正面のガヌロンに放った。ガヌロンは受けとめるのではなく、てのひらで受け流して矢の軌道をずらす。矢は壁に命中した。

轟音とともに、夏の半ば過ぎの風が吹きこんでくる。巨大な穴が壁に空いていた。

「さすがに威力が落ちてきたな。まもなく限界か」

わざとらしくてのひらを見つめて、ガヌロンが嘲弄する。そして、シャルルたちの戦いに視線を移した。ミラとリュディにギネヴィアが加わっても、シャルルは互角に斬り結んでいる。

一撃ごとに相手を変えて、踊るように三人の戦士を退けていた。

「見よ、あれが真の王だ」と、誇らしげな表情と声音で、ガヌロンは続ける。

「戦士としての技量だけではない。剣と馬さえあればどこまでも遠くへ駆けていく覇気と、多くの者が忠誠を誓う背中を持った男、私が心から仕える唯一の男だ。よみがえったばかりだからか、妙なこだわりを持っているが……。――いずれ、わかってくれる」

噛みしめるようにつぶやくと、ガヌロンはティグルを見上げた。

「シャルルの御世に、魔弾の王は不要だ。貴様を跡形もなく吹き飛ばし、その忌々しい弓も、再び谷底に捨ててくれる」

そのとき、大気が揺れた。レギンを守って動かなかったロランが、動いたのだ。大剣を肩に担いでシャルルに挑みかかりながら、ミラたちに叫ぶ。

「私が時間を稼ぐ。ティグルヴルムド卿を助けろ！」

叫び終えないうちに、シャルルが宝剣の刃を閃かせた。ロランの大剣の切っ先が折れ飛ぶ。

シャルルは一気にロランとの間合いを詰めて、鋭く斬りつけた。

だが、ロランは巧みに大剣を滑らせて、デュランダルを受け流す。

「本来なら……」と、感情をねじふせた静かな声音で、ロランがシャルルを睨みつける。

「最初から、俺がこうして貴様の前に立つべきだった。俺の剣が貴様に通じないとしても、王女殿下をお守りする役目を戦姫殿たちに任せてな」

「女たちに戦いを任せるのが恥ずかしくなって出てきた、というわけではなさそうだな」

首を狙ったシャルルの一撃を、ロランは紙一重でかわす。続いて繰りだされた斬撃も、甲冑の表面をかすめるていどに留めた。

シャルルが目を瞠る。廊下で戦ったときよりもロランの動きは速い。速すぎる。

「おまえ、まさか俺の剣を覚えたのか？」

自分が剣を振るう前にロランが動いていることに、シャルルは気づいた。

「戦姫殿たちを戦わせるという恥に耐えたのは、このためだ」

シャルルの両眼が危険な光を放つ。戦士としての自尊心を刺激されたのだ。

　デュランダルが暴風のごとき唸り声をあげた。目で追っていては手遅れになる速度で、ありとあらゆる角度からロランを襲う。上から来たかと思えば下から迫り、右から来ると見せかけて正面から切っ先を突きこまれる。

　ロランは懸命に受け流し、あるいは避けたが、たちまちのうちに身体中に傷を負った。甲冑にも無数の亀裂が刻まれる。だが、深傷（ふかで）となるようなものはひとつもなかった。

「陛下の肉体を借りたと、言ったな」

　刃の嵐をかいくぐりながら、顔を染める血を意に介さず、ロランが声を絞りだす。

「貴様は肉体において、ふつうの人間というわけだ。もっとも、陛下にそのような動きはできなかったから、何らかの手はほどこしたのだろうが」

「アスヴァールの王女に言ったが、五十年の経験がある」

　シャルルはこの状況を楽しんでいた。いまのところ一度も反撃してこないが、ロランからは自分を倒そうとするたしかな意志を感じる。

「年月だけでいえば、俺はその半分にも及ばぬ。だが、俺が学んだ剣技は、先人の積み重ねの上にある。五十年以上の」

　宝剣と大剣が激突し、両者は同時に後退した。ロランの剣の刀身は半ばから折れ、残っている部分にも亀裂が走っていた。これではデュランダルの猛攻をしのげないだろう。

「よくもったが、これまでだな」

シャルルが踏みこみ、上段から宝剣を振りおろす。ロランは避けようとせず、迫るデュランダルの鍔を狙って大剣を叩きつけ、恐るべき斬撃をしのいだ。

「肉体に刻みこまれた癖は、魂が変わっても消えぬものだな」

眉をひそめるシャルルに、ロランは続ける。

「上段から剣を振りおろすとき、右腕がわずかに持ちあがる。俺は陛下が剣を学ばれるところを見ていたことがあるが、その癖だけは直らなかった。直らずともよいと思っていた。陛下に剣など持たせることなくお守りするのが、俺の望みだったからだ」

「意外にお喋りだな。しかも案外、口が上手い」

シャルルは笑いとばしてみせた。だが、ロランは傲然と言葉を返す。

「わかったから、鍔を撃つことができた」

両者の間に短い沈黙が横たわる。ロランがそれを破った。

「俺では貴様にかなわぬ。だが、ただでやられはせぬ」

シャルルが踏みこむ。ロランは折れた大剣で迎え撃った。一合、二合と剣をまじえる。

不意に、シャルルの剣がそれまでとは違う軌道を描く。ロランは受け流そうとして、失敗した。デュランダルが大剣に絡みつき、それぞれの剣が使い手から離れて床に落ちる。

ロランは驚愕した。いま、シャルルが用いたのはリュディがさきほど見せたものだ。それを見事に模倣してみせたのである。それも、折れた大剣に対して。

「殴りあいでの俺の動きは、知らんだろう？」

シャルルが肉迫し、ロランは顔を殴られてよろめいた。もう一撃を叩きこまれ、後退する。とどめの一撃をシャルルが振るおうとしたときだった。

それまでとは異なる風が、謁見の間に吹きこんできた。

ザイアン＝テナルディエが飛竜を駆って、さきほどティグルが開けた穴から突撃してきたのだ。これには誰もが驚いた。ロランとシャルルだけでなく、ミラたちもだ。ロランはその場に伏せ、さすがのシャルルもとっさに大きく飛び退った。

シャルルがすかさず拾いあげて振るった宝剣を、間一髪でザイアンの飛竜は避けた。だが、謁見の間は飛竜には狭すぎた。慌ただしく羽ばたき、天井や壁を蹴って暴れまわる。ザイアンはといえば、飛竜の首筋にしがみつくばかりだ。

飛竜は、天井に逆さまにしがみついて、どうにか姿勢を安定させる。このわずかな行動が、ロランを救った。

そのとき、ティグルたちとガヌロンの戦いも、終わりに向かっていた。

ミラとリュディ、ギネヴィアが向かってきたとき、ガヌロンは当然のようにティグルを盾にした。余裕がないからではなく、逆だった。彼女たちがためらう姿を見たかったのだ。

だが、ひるんだ者はひとりもいなかった。

「――空さえ穿ち凍てつかせよ（シェロ・ザム・カファ）！」

ティグルを巻きこむことを承知で、ミラが必殺の竜技を解き放つ。床に生まれた長大な氷の槍がガヌロンとティグルを襲った。ガヌロンにはさしたる痛打（つうだ）とならなかったが、氷の槍は瘴気を引き裂き、吹き散らす。ティグルも弾きとばされて、床に落下した。

そこへリュディとギネヴィアが左右から斬りつける。誓約の剣と長剣、カリバーンを、ガヌロンは脚から伸ばした瘴気によって受けとめた。

「届かぬぞ。使い手に恵まれぬとは、哀れな刃よな」

リュディとギネヴィアを吹き飛ばし、息を切らせながら突きかかってきたミラを迎え撃つ。槍をかいくぐって肉迫し、蹴りとばした。

「他愛（たあい）もない」

床に降りたつ。そのとき、ガヌロンはティグルが黒弓に矢をつがえていることに気づいた。往生際の悪さと、戦姫たちが稼いだ貴重な時間を無駄にしたことに苦笑を漏らす。

「よかろう。射放つがよい」

ティグルが弓弦を引き絞った。そして、矢を放つ直前に身体をひねる。

矢は、天井に向けて放たれた。

一瞬、ガヌロンはその行動の意味がわからなかった。ティグルは外したのではない。たしかな意図を持って、矢を放ったのだ。ガヌロンは天井を見上げた。目を見開く。

そこにはシャンデリアがあった。

約三百年前、シャルルがひとりの職人を見出して作らせたものだ。

彼が王になって間もないころのことで、最初、シャルルは乗り気ではなかった。

「天井なんて誰も見やしねえだろう」

そう渋る彼を、「そういうところに気を遣え」と説得したのは、他ならぬ自分だった。

シャンデリアが完成して天井から吊されたとき、自分とシャルルとその職人は、感慨深げに見上げたものだった。ようやく自分たちの国ができた、この謁見の間が完成したと、心から思えた。この三百年間、シャンデリアを見上げるたびに、ガヌロンは郷愁に浸ることができた。

感情が昂ぶりすぎたからか、叫び声が出なかった。

矢が、シャンデリアを吊している鎖を打ち砕く。

シャンデリアが落下した。強烈な破砕音を響かせて砕け散る。へし折れた台座が跳ね、転がって壁に叩きつけられた。

ガヌロンは残骸となったシャンデリアを見つめて、その場に立ちつくす。

彼は我を忘れた。目も、意識も、残骸だけに向けられた。

ティグルが一本の矢を黒弓につがえる。

鏃は黒い。矢幹も、矢羽も黒い。闇を溶かしこんでつくったかのように。

自力でつくりあげた矢だった。それを、『力』をありったけ注ぎこんで、放つ。

自分に迫る矢にやっと気づいたガヌロンは、手を突きだしてその矢を受けとめようとした。

だが、矢は漆黒の閃光を放って、ガヌロンの手を粉砕する。眉間(みけん)に突き刺さった。

そのときになって、ガヌロンは気づいた。

鏃は、ひとつではない。もうひとつの黒い鏃が『力』によって重ねられている。

「お、おお……」

ガヌロンが呻いた。眉間に刺さった矢を引き抜こうと、左手でつかむ。しかし、左手も、矢をつかんだ瞬間に崩れ去った。次いで、首から上が砂でできていたかのように弾ける。首から下も色を失い、白くなっていった。

だが、そこでガヌロンの身体が動きを止める。上半身が色を取り戻し、首が再生した。

「これからなのだ……」と、ガヌロンは喘いだ。身体中から瘴気を立ちのぼらせながら。

「私たちの夢を、不壊(ふえ)のものとする。これから……」

ティグルが、手元に戻ってきた黒い鏃を握りしめる。だが、力を使い果たしたからか、新たな矢幹をつくりだすことはできないようだった。ガヌロンは彼に手を突きだす。

そのとき、ガヌロンに歩み寄った者がいる。シャルルだった。

「引きあげるぞ」

ガヌロンは驚きに目を見開いてシャルルを見つめる。

「なぜだ。私たちは勝って……」

「負けだ。これ以上やると、おまえの最後のひとかけらが消える」

シャルルの声は穏やかで、優しげですらあった。

ガヌロンは声にならない悲鳴をあげて天井を仰ぎ、それからすさまじい形相でティグルを睨みつける。ティグルは動けないようだったが、落ち着いてガヌロンの視線を受けとめた。

次の瞬間、ガヌロンとシャルルの姿がかき消える。気配もなくなった。

すぐには気を抜けず、ミラたちは武器をかまえて周囲に油断なく視線を走らせる。

百を数えるほどの時間が過ぎたあと、リュディが疲れきったようにその場に座りこんだ。次いでギネヴィアがよろめき、ロランに支えられる。

ティグルもまた、床に倒れた。ミラが槍で身体を支えながら、歩いてくるのが見える。

彼女が無事であることを喜びながら、気を失った。

廊下から歓声が聞こえてきた。ブリューヌ兵たちを襲っていた怪物の群れが次々と消滅したのだ。それは、ティグルたちの勝利を告げるものだった。

†

王都の外でも、戦いが終わりつつあった。

エレンたちがガヌロンによって瘴気の回廊に閉じこめられたあと、九百足らずとなったブリュースヌ騎兵は、一千八百以上の国王軍に対して守りに徹した戦いを続けていたのだが、そこへオリビエの指揮する四千の突撃部隊が到着したのである。

どちらもブリューヌ兵であり、紅馬旗(バヤール)を掲げているところまでは共通していたが、国王軍とブリューヌ軍の唯一の違いを、オリビエは見逃さなかった。

「一角獣を描いた旗はガヌロン家のものだ！　やつらを叩く！」

突撃部隊の兵たちは休息もなしに急ぎ足で進み続け、そうとうに疲労していたが、気合いの叫びをあげて果敢な攻勢に出た。隊列は乱れ、本来の実力の半分も出せなかったが、それでもおもわぬ敵の出現は国王軍を驚かせ、たじろがせた。

助けが来て息を吹き返したブリューヌ軍騎兵も反撃に転じ、国王軍は徐々に追い詰められていった。そうして陣容が崩れはじめたころ、姿を消していた三人の戦姫が、再び戦場に姿を現したのである。

国王軍は四分五裂して潰走(かいそう)し、降伏した。兵たちを指揮していたのはルテティアの騎士でナヴェルという男だったが、彼はわずかな手勢を率いて突撃部隊に攻撃し、オリビエと一騎打ちになった末に討ちとられた。死に際の言葉は、「陛下……」であったという。

†

シャルルとガヌロンは、王宮から逃げても、王都から去ったわけではなかった。光の射さない洞窟の中に、二人はいる。ここはかつて、二人がコシチェイを倒してデュランダルを手に入れた場所だ。ここに隠れようと提案したのは、シャルルだった。

「あと一歩だったではないか」

ガヌロンは恨めしげな目をシャルルに向ける。

「たしかに私は深傷を負った。だが、耐え抜くことができた。ティグルヴルムド＝ヴォルンは力尽きていたし、戦姫や王女たちも同様だった。黒騎士だって、おまえが倒せたはずだ」

「──ガヌロン」

シャルルは哀れむような声で、親友の名を呼んだ。その響きに、ガヌロンは口をつぐむ。

「昔、この場所でかわした約束を覚えてるか？」

ガヌロンは首をひねった。

「私がおまえとかわした約束など、ひとつだけだろう。おまえのために力を尽くすと」

シャルルは首を横に振った。小さくため息をつく。

「おまえはこう言ったんだ」

もしも、私の懸念した通りになったら……おまえの手で滅ぼしてくれ。

「それは……」

ガヌロンは何度か瞬きをした。言われてみると、はっきりと思いだせた。なぜ、いままで忘れ去っていたのか不思議に思えるほどに。

ガヌロンが魔物を喰らったときに、シャルルとかわした約束だった。そのときは、どのような影響が自分の身に起きるかわからなかった。最悪の可能性としてガヌロンが考えたのは、自分が魔物同然の存在になり果ててしまうことだった。

もしもそうなったら、シャルルの手で滅ぼしてほしい。ガヌロンはそう頼み、シャルルはいつになく真面目な顔で承知した。

——シャルルが生きていた間は、平気だったのだ……。

だから、おたがいにその約束を気にしなくなった。シャルルは安心して逝った。

壮麗な葬儀が終わると、ガヌロンは王都を去り、己の領地であるルテティアに向かった。王位を継いだシャルルの息子にも、新たな王の周囲にいる者たちにも関心は持てなかった。

しばらくは平穏だった。立場上、たまに王都へ出向かなければならないときがあったが、そのときを除けばガヌロンは己の領地で静かに過ごしていた。

三十年を過ぎたころ、王都へ足を運んだガヌロンは、年老いた第二代国王に会った。

「そなたは何のために生きている」

何気ない口調で、問いを投げかけられた。それは、友と呼べる者を年月の経過によってことごとく失ったガヌロンが、折に触れて考えていたことでもあった。

　シャルルを失い、シャルルについて語りあう者も失い、永劫の空虚をひとりで埋めていかなければならない。何のために生きればよいのか。

　いつごろだったか。シャルルをよみがえらせようという結論にたどりついたのは。力を求めるあまり、自分が喰らった魔物の力をさらに引きだそうと考えたのは。

　目の前にいるシャルルの言葉が、なぜだか遠くから聞こえる。

「ひとを超えた力をひとに振るうのは、魔物と変わらない。俺たちの仲間を、あいつを殺したあの魔物と。そう言ったのはおまえだっただろう」

　仕方がなかった。心の奥底でガヌロンは叫んだ。尋常な手段で、死者をよみがえらせることなどできるはずがない。尋常な手段で、魔物たちを牽制できるはずもない。尋常な手段で、永遠の孤独に耐えられようはずがない。尋常な手段で……。尋常な手段で……。

　シャルルをよみがえらせたかった。

　彼が最後につぶやいた「剣と馬」という夢、最後に見せた衰えぬ覇気。その夢をかなえさせるために、どのようなことでもやろうと思えた。

　呆然と立ちつくしていると、シャルルが動いた。

　その手に握られていたデュランダルが、正面からガヌロンの腹部を貫く。

「くたばるとき、無用の約束になってよかったと思った。本当に、安心したんだぞ……」

「シャルル……」

ガヌロンが呻いた。かすかな光を湛えたその目には、無数の感情が渦を巻いている。

「よみがえったことは……」

「感謝してるさ。何より、おまえのことをまるで考えていなかったと、思い知らされた。何百年もひとりで生き続けることを想像しなかった。すまなかった。そして――」

ありがとう。友よ。

ガヌロンの顔に微笑が浮かぶ。その身体から、あらゆる力が抜ける。今度こそ、彼の身体は色を失い、再生せずに土塊となって崩れていく。一切の未練と執着が消え去ったかのように。跡形もなくなるまで、十を数えるほどの時間もかからなかっただろう。

ガヌロンだったものを、シャルルは悲しげな目で見下ろしていた。

エピローグ

シャルルとガヌロンが逃走してほどなく、王宮と王都を襲っていた怪物の群れは、雪が溶けるように次々と自壊していき、消滅した。ブリューヌ兵たちは快哉を叫び、総指揮官を失って追い詰められた国王軍の兵たちは次々に降伏した。

ティグルとミラ、リュディ、ギネヴィア、レギン、ジャンヌは破壊や略奪の痕跡が比較的少ない部屋に運ばれて、手当てを受けた。

その間、王都の内外の状況を把握し、兵たちの手当てや降伏した敵兵らへの対応などを進めたのは、ロランだった。自分の手当ては後回しにして、折れた大剣を肩に担ぎながら王宮を歩きまわって指示を出し続ける彼に、尊敬と畏怖の念を抱かない者はいなかった。

国王軍の兵たちは王都の外の一角に集められ、ザイアン＝テナルディエと、王都に到着したデフロットの率いるブリューヌ軍に監視されることとなった。

レギンの勝利を知らされた王都の民は歓声をあげ、通りに飛びだして歌ったり、踊ったりする者まで出る始末だった。レギンの指示で、王宮から葡萄酒が振る舞われると、レギンを讃える彼らの声はいっそう大きくなり、王都を包みこんだ。

日が暮れても人々は松明を灯し、あらゆることを祝い続けた。

シャルルとの戦いから六日が過ぎた朝、王宮の謁見の間には多くのひとが集まっていた。

天井を飾っていたシャンデリアはもはやなく、壁に空いた穴も最低限の補修がどうにかすんだばかりだったが、流血はすべて消し去り、絨毯も一新して、どうにか体裁を整えている。ティグルたちに吹き飛ばされた玉座がほとんど無傷だったのは幸運といっていい。

玉座にはドレスをまとい、額冠をつけたレギンが座っている。左右には、ロランやベルジュラック公爵夫人グラシアをはじめとする騎士や諸侯、ミラたち戦姫、そして王国の重臣たちが厳粛な面持ちで並んでいた。リュディはジャンヌとともにレギンの護衛を務めている。

これから行われるのは論功行賞だ。一兵士に至るまで誰もが奮戦した。だからこそ今日をこのような形で迎えられる。その奮戦に対して正しく報いることこそが王の務めであると、レギンはわかっていた。

また、これには自分が勝利したことを広く知らしめ、いまだ敵対したり、中立の態度をとったりしている諸侯へ恭順を促す意図もある。

シャルルとガヌロンは、いまだに見つかっていない。彼らはルテティアへ逃げ戻ったという噂もあれば、王都の近くに潜んでいるという噂もあり、すでに死んだという噂まであった。ただ、生きていたら何らかの声をあげるはずだと、多くの者は思っていた。

「──勝利者たちの栄誉を讃える前に、死者たちの話をさせていただきます」

レギンはそう発言し、今度の戦で命を落とした者たちを悼んだ。このとき、彼女はピエール＝ボードワンと、ドミニクの名も挙げた。

「彼は陛下の御為に、単身でルテティアに乗りこんだのです。私は統治者として、彼の勇敢さと忠誠心を讃えます。ですが、同時に彼の無謀さを叱り、責めます。長年にわたって陛下の治世を支え、王国のために力を尽くし続けたことへの感謝も、彼はさせてくれなかった」

それから、レギンは功績のある者をひとりひとり呼んで、その武勲を讃える。ロランを、ザイアンを、この場にいないテナルディエ公を讃えたあと、アスヴァールの王女であるギネヴィアと、ジスタートの戦姫たちに感謝の言葉を述べた。

このとき、ロランがアスヴァールに一年間、客将として滞在することが二人の口から発表された。ロランは両国の友好の証という扱いになり、歓声と拍手に包まれる。内心の複雑さを押し隠して、黒騎士は無言の会釈をした。

「私としては、いささか不満の残る戦だったな」

あとになって、エレンはそう言った。オージュールの戦いではアーケンの使徒たるウヴァートの相手を強いられ、今度の戦では戦場に出てほどなく、ガヌロンのつくりだした奇妙な空間に閉じこめられたのだ。賞賛されても忸怩たるものがあった。

「他国の戦よ。武勲をたてすぎれば恨まれる。ちょうどよかったと思いなさいな。それに、私たちはヌーヴィルの町でルテティア兵を撃退したでしょう。バーバ＝ヤガーも」

リーザがそう言ってなだめて、エレンは仕方なく納得することにしたのだった。

戦姫たちが下がったあと、レギンはティグルの名を呼んだ。

ティグルは王女から十歩ほど離れたところで膝をつき、彼女を見上げる。まだ身体中の傷が癒えておらず、服の隙間から包帯が覗いていた。額にも包帯を巻き、頬に布を当てている。

「ティグルヴルムド卿、よくやってくれました。あなたがガヌロンと一騎打ちを繰り広げ、あの男を退かせたこと、私をはじめ多くの者が見ています」

「もったいないお言葉です。私がガヌロンと戦い抜くことができたのは、多くの者の協力があってこそ。それに、討ちとることはかないませんでした」

「あなたでできなかったのなら、他の者でも同じでしょう。成し遂げたことを誇りなさい」

「ありがとうございます。殿下の寛大さに甘えて、ひとつお願いしたいことがあります」

声の調子を整えて、ティグルは続けた。

「この戦に参加したすべての騎士と兵に、お言葉をいただきたいのです。私の指揮下にあった騎士と兵の中には、この戦場に間に合わなかった者もいます。負傷して戦場から離れざるを得なかった者もいます。彼らにも、名誉は与えられてほしいと思います」

「わかりました。私の名において、約束しましょう」

レギンはティグルの前まで歩いていく。若者を立たせて、白銀に輝くてのひらほどの大きさの勲章を差しだした。

「輝星章（ラジオール）を授けます」

勲章を、王女が手（て）ずから渡すというのだ。ただ授与する以上の栄誉である。

勲章を受けとると、レギンはティグルの手を己の両手でそっと包みこんだ。ごく自然な動作であり、それを見て何かを感じとった者は、ごくわずかであった。

ロランが拍手し、他の者たちも次々に手を叩く。賞賛の声がティグルを包んだ。ティグルは精一杯の笑みを浮かべて、勲章を受けとる。

「さらなる忠誠と武勲を、殿下に」

再び、ティグルは王女に膝をつく。心の中で申し訳なく思いながら。

このとき、ティグルは数日中にニースを去る決意を固めていた。


論功行賞から二日さかのぼった日の夜。

ティグルとミラは、王宮の近くにある宿の一室に二人きりでいた。

戦いが終わってから二日間、ティグルは眠り続けた。誰かが食事を運んできても、大声で呼ばれても、身体をゆすられても一向に目を覚ます気配がなかったので、死んだという噂が流れかけ、多くの者が血相を変えてティグルの部屋に押し寄せたこともあったほどである。

混乱を鎮めたのは、戦いのあった日の夜に王都に到着し、その後、ずっとティグルのそばに付き添っていたラフィナックの言葉だった。

「疲れてるときの若は、三日間ぐらい眠ることがありますよ。どうしてもというなら、弓矢を持たせて近くの森か山に放りこめば、獲物の匂いを嗅ぎつけて起きると思いますが」

はたして、ティグルは無事に目覚めたので、この一件は笑い話ですんだのだったが、あとになってラフィナックはこう言ったものである。

「身体中傷らだけだし、死人みたいな顔をしていたので、気がついたら息が止まっているんじゃないかと、気が気じゃありませんでしたよ」

目を覚ましたあとも身体中に疲れが残っており、ティグルは一日を寝て過ごした。だが、今朝になると、まだ傷は残っているものの、問題なく身体を動かせるようになっていた。

日の出ている間は、訪問客への対応に追われた。ロランをはじめとする多くの戦友が、せめて挨拶だけでもと押しかけたのだ。日が暮れかけてきたところでラフィナックが強引に打ち切らなければ、夜になっても続いていただろう。

その後、リュディが訪問客から逃れるためにと言って、ある宿を紹介してくれた。ベルジュラック公爵家が懇意にしており、余計な情報を漏らすことは一切ないという。

「ミラといっしょに行ってください。少しずつ王宮も落ち着きを取り戻してきて、殿下も遠からず時間に余裕をつくるでしょう。——がんばってください」

彼女が何を言いたいのかはあきらかだった。

満面の笑みを浮かべるリュディに見送られながら、ティグルとミラは顔を真っ赤にして宿に向かったものである。

もっとも、宿には満足した。外観は目立つことを避けながらも手入れが行き届いており、内装についても落ち着きのあるもので統一され、気が休まるよう計算されていた。夕食も宿が用意しており、量こそ多くなかったが、いずれも上品な味つけだった。

そのあと、二人はベッドに並んで腰を下ろし、ミラの淹れた紅茶(チャイ)を飲んだ。

「身体はもうだいじょうぶ？」

「ああ、手当てはよかったし、充分休ませてもらったからな」

心配そうな顔で訊かれて、ティグルは笑顔で答える。ミラはもうひとつ訊いてきた。

「紅茶の味、わかった？」

「葡萄(ぶどう)のジャムだろう」

はじめてミラが紅茶を淹れてくれたときの、特別な味だ。ようやく安心できたのか、ミラは小さく息を吐く。ティグルに肩を寄せ、服の胸元をぎゅっとつかんだ。

「よかった……」とつぶやく声には、かすかな嗚咽(おえつ)が含まれている。

「二日間、あなたがまったく目を覚まさなかったとき、何度も泣きそうになったわ。神々にも数えきれないほど祈った。少しでもよくない想像が浮かぶと吐きそうになった。それなのに、あなたときたら、目を覚ましたと思ったらいつも通りなんだもの……」

ティグルはそっとミラの肩に触れて、彼女を抱き寄せた。

「心配かけてごめん」

ミラの髪に口づけをする。甘い匂いがティグルの鼻腔をくすぐった。彼女の長い髪を指で梳きながら、もう一方の手で背中を優しく撫でる。伝わってくるぬくもりに、生きている喜びを噛(か)みしめる。自分も、ミラも、無事に戦いを切り抜けたのだと、いまさらながらに思う。

ミラもまた、ティグルの胸元に顔を埋め、身体を密着させてきた。ティグルが彼女の腰を引き寄せると、身体をそらしてこちらを見上げる。小首をかしげて、目を閉じた。

可愛らしい唇に、自分の唇を重ねる。

ミラはティグルの首に腕を回し、ティグルは彼女の頭と背中に手を添える。どちらからともなく、相手の唇を貪りあう。吐息がまじわり、舌が接触して絡みあった。

身体が内側から熱くなってくる。相手のぬくもりを求める気持ちは強くなる一方で、唇と舌の動きが激しさを増す。

顔を離すと、ミラが瞳を潤ませ、頬を紅潮させながら笑いかけた。

「ついに矢が届いたわね」

蒼氷星に。

「ああ」としか、ティグルは返せない。感極(かんきわ)まって、他の言葉が出てこなかった。

懸命に何か言おうとしたが、ミラが軽い口づけで、ティグルの唇を一瞬ふさいだ。いたずらっぽい、それでいて妖艶さを感じさせる微笑を浮かべて、ミラはティグルを見つめる。言葉ではなく行動を、彼女は求めていた。

ティグルはミラの額や頬、鼻の頭や耳たぶに、口づけをしていく。自分の想いでミラの顔中を埋めつくすように。それから彼女の首筋に口づけをして、舌を這わせる。ミラの口からかすかな快楽の吐息が漏れた。舌の動きを休めずに、ティグルはそっと彼女の服を脱がしていく。

肌着だけになったミラをベッドに寝かせると、身体中を満たしていた情欲がさらに噴きあがった。夏の日にさらされ続けたにもかかわらず白い肌、やわらかな笑みを浮かべて自分を見守る顔、細い腕、しなやかな脚、豊かな曲線を描いて上下する双丘、細く艶めかしい腰。

手で触れたいという欲望と、このままいつまでも見ていたいという欲望がぶつかって、ティグルは興奮しながらも動けなかった。

ミラがそっと手を伸ばして、ティグルの服の裾をつまむ。その意図を察して、すばやく服を脱いだ。いつのまにか二人とも身体が汗ばんでいる。

ミラの肌着に触れる。肌着と、その下にあるやわらかな肉の感触とを楽しみながら、少しずつ手を滑らせて肌着を取り去る。露わになった乳房を、ミラは恥ずかしそうに手で隠した。

「緊張、してないか?」

ミラの脚に手をかけながら、ティグルが訊いた。

「……少しだけ」

彼女の身体を隠す最後の一枚に指をかける。ミラが身をよじった。恥ずかしがっているようにも、やりやすくしているようにも思えた。

布地の上から指でなぞりながら、ゆっくりと覆いかぶさる。もう一方の手をミラの手と重ねて、指を絡める。顔を近づけ、口づけをかわす。

ミラが何か言った。自分もそれに答えた。

ほどなく、荒い息遣いと嬌声（きょうせい）がベッドの上に響きわたった。

翌日、朝と呼ぶにはいささか遅いころに、ティグルは宿を出た。ミラとは別行動だ。

ティグルとしては当然、いっしょに王宮に戻るつもりだったのだが、「いっしょにいるところを見られたら、気取（けど）られるかもしれないわ」と、ミラが非常に慎重な姿勢を示したので、おとなしく従ったのである。

ひとりになってしばらく歩いてから、無意識のうちにミラの匂いやぬくもりを求めている自分に気がついて、たしかに彼女の言う通りだと思ったものだ。王宮にいる間は、ミラと顔を合わせないようにした方がいいかもしれない。

王宮に戻り、自分の部屋に入ると、ラフィナックが一通の手紙を差しだした。王宮で働いて

いる侍女が、渡してくれと頼まれたと言って、持ってきたのだそうだ。

「若は国を救った英雄ですからね。通りを歩けば、吟遊詩人（ミネストレーリ）のひとりか二人は若のことを詠ってますよ。悪逆非道なガヌロンを打ち倒した弓の勇者とね。知名度の差でロラン卿には負けてますが、弓使いの活躍が歌になるなんて、王都でははじめてのことだそうで」

　はしゃいでいるラフィナックに苦笑しながら、ティグルは手紙を開く。目を通しながら、なるべく何気ない口調で、十歳年長の側近に訊いた。

「この手紙を俺に渡してほしいといったのは、どんなひとだったか聞いているか？」

「十六歳ぐらいの、長い黒髪をした素朴な感じ女性だとか。何かよくないことでも書いてありましたか？」

「いや」と、ティグルは首を横に振る。

「兄を助けてくれてありがとうございます、だとさ。俺が指揮した兵の家族だろう。こういうのは大事にしたいな」

　手紙をたたんで、自分の荷袋にしまう。いま、ラフィナックに言ったことは嘘だ。

　手紙には見事な筆致で次のように書かれていた。

「魔弾の王より魔弾の王へ。月がもっとも高くなるころに、王都の南の外で待つ」

　シャルルだ。やはり、彼は生きていたのだ。

　夜遅く、ほとんどの者が寝静まったころ、ティグルはひとりで静かに王宮を抜けだした。

暗がりに包まれた王都の大通りを歩き、南の城門から外に出る。昼の間に、城門を守る兵には通してくれるよう頼んであった。忙しくて狩りができない代わりに、せめて夜の草原を歩きたいのだと言って。英雄の頼みとあって、兵たちは喜んで承諾した。

黒弓を背負い、腰に矢筒を下げて、銀色の月が輝く空を見上げながら歩く。王都を囲む城壁から一千歩ばかり歩みを進めたところで、足を止めた。このあたりでいいだろう。

風が吹いた。終わりにむかいつつある夏の夜風は、意外に冷たい。しかし、緊張がティグルに寒さを感じさせなかった。

――魔弾の王か。

ティル＝ナ＝ファを地上に降臨させ、よくも悪くも地上を変えてしまうもの。

魔弾の王であった間、シャルルは何を考えていたのだろうか。ガヌロンが黒弓を捨てたことでその役目から解き放たれたとき、どう思ったのだろうか。

そして、自分はこれからどうなるのか。

そんなふうに、とりとめもなく考えていると、足音が近づいてきた。いや、わざと草を蹴って足音をたてたのだ。振り返る。暗闇に慣れた目と、地上に降り注ぐ月と星々の光とで、相手の姿を捉えることができた。シャルルだ。

「おまえ、本当に来たのか」

シャルルは呆れたように笑った。彼の服装は、王宮を急襲したときと同じものだ。だが、血飛沫(ちしぶき)や汚れはきれいに消えている。右手にはありふれたつくりの弓を、左手には酒瓶を持ち、腰には矢筒を下げていた。

「しかも、ひとりで来いと言わなかったのにひとりで来たのか。大物だよ、おまえ」

あきらかに褒めていない口調である。だが、馬鹿にしているふうでもなかった。どう反応するべきか困ったが、ティグルは彼を見据えて言葉の刃で切りつける。

「俺たちは、親しく言葉をかわすような関係じゃないだろう」

「やる気があるなら応じてもいいが、殴りあいなら俺が……」

そこまで言ってから、シャルルは目を細めてティグルの顔をじっと観察した。

「あのときとは顔つきが違うな。戦いのあとで何かあったな?」

ティグルはおおいにうろたえた。今日一日、誰からも指摘されなかったのに、まさかこの男が気づきかけるとは思わなかったのだ。

「ガヌロンはどうした」

強引に話題を変える。もっとも、気になっていたことではあった。シャルルとガヌロンの強い結びつきを知ったいまでは、なおさらだ。

月明かりがシャルルの表情に陰影をつくった。その口元に微笑が浮かぶ。

「あいつは死んだ。ようやく」

その声は、それまでのものとは違って淡々としており、感情を読み取れなかった。だが、ティグルはシャルルの言葉を信じる気になった。一瞬だけ見えた彼の表情は、大切な者を失った人間に特有のものだったからだ。

「そうか……」

ティグルの口からは、それ以上の言葉が出てこない。あれほど憎悪し、滅ぼしてやりたいと思ったのだから、快哉の叫びをあげたくなっても不思議ではないのに。

「一口(ひとくち)だけ、つきあってくれないか」

左手の酒瓶を、シャルルが軽く持ちあげる。ティグルはうなずいた。

シャルルが酒瓶に口をつけて、ティグルに渡す。ティグルは一口だけ飲んだ。林檎酒(サガルド)だ。

酒瓶を返すとシャルルはもう一口だけ飲んでから、酒瓶を逆さにした。林檎酒が草花の上に振りまかれる。それが、彼なりの弔(とむら)いの儀式のようだった。

酒瓶を放り捨てて、シャルルはティグルに向き直る。

「欲をいえば、おまえさんとはいろいろと語りあいたいんだが、一晩じゃ足りないし、おまえさんの仲間が勘づいて、ここにやってこないともかぎらないんでな。ひとつだけ、手短にすませよう。なに、たいしたことじゃない。俺と弓で勝負してくれ」

「勝負……？」

「ああ。何しろ、せっかくよみがえったというのに、弓を使う機会がなくてな」

シャルルの態度は気さくで親しみがあり、倒さなければならない敵だとわかっていながら、ついうなずいてしまいそうな危うさがある。

ティグルは気を引き締めて、勝負方法について聞いた。どのような勝負だろうと、弓を使うものなら自信がある。シャルルの答えは明快だった。

「俺がおまえに向かって矢を射放つ。それを矢で落とせ。俺を狙ってもかまわんぞ」

勝負というより殺しあいである。ティグルは唖然としたが、シャルルの誘いに応じると決めたとき、戦いになる可能性は考えていた。うなずいて承諾する。

十五歩の距離を置いて向かいあうと、二人は弓をかまえ、矢をつがえた。

こちらに狙いを定めるシャルルの姿に、ティグルは息を呑む。全身の筋肉の盛りあがり、微動だにしない姿勢、まっすぐ伸びた左腕、弓弦を引く右腕、そのすべてが名工の手による彫刻のように見事だった。彫刻と違うのは、自分を見据える眼光だ。活力に満ちて、鋭い。

──矢の軌道が見える。

そのことに、ティグルは気づいた。きっとシャルルは小細工などせず、寸分の狂いもなく矢を放つだろう。それならば、自分の考えている通りのところへ矢は飛んでくる。

──当てることは難しくない。だとすれば、これは本当に勝負ということなのか。

首を横に振って、推測を打ち消す。いまは雑念はいらない。意図を問うのはあとでいい。

ティグルは弓弦を引き絞る。息を吸い、吐いて、止める。

微風がぴたりと止んだ。

弓弦の震える音が一度だけ響く。まったく同時に、二人は矢を放ったのだ。

二本の矢が中空で激突し、周囲に白い閃光をまき散らす。

そのときになって、気づいた。シャルルが放ったのはただの矢ではない。白い鏃の矢だ。

シャルルの矢が、ティグルの矢を音もなく打ち砕く。

ティグルはその場から動かず、かまえも解かずにシャルルの矢を見つめた。矢は、まったく軌道を変えずに飛んで、黒弓に命中する。そして急に力を失い、地面に落ちた。

白い鏃の矢を見下ろして、ティグルは大きく息を吐きだす。恐怖に駆られて少しでも動いていれば、いまごろ自分の腕か首が吹き飛んでいただろう。

「たいしたもんだ」と、シャルルが手を叩いて賞賛する。

「黒弓を信じたおまえの勝ちだ。その白い鏃を持っていけ」

「この鏃は……」

「魔弾の王。もうわかっているだろう？」

楽しげな笑みを浮かべて、シャルルが自分を見つめる。

「かつて、俺は弓を捨てた。あいつが顔に似合わず過保護だったというのもあるが、魔弾の王に興味を持てなかったのもたしかでな。取り戻そうと思わなかった」

あいつというのがガヌロンのことだと、ティグルには何となくわかった。

「もしも俺が勝ったら、おまえから黒弓と二つの鏃をちょうだいするつもりだった。だが、やはり魔弾の王は、いまを生きるおまえが務めるべき役目であるようだ」

「いまの勝負で、そんなことがわかるのか……？」

訝しげに問いかけると、「わかるとも」とシャルルは笑った。

「こう見えても俺は六十七だぞ。女を知ったばかりのおまえさんとは違うのさ」

絶句するティグルを笑って、シャルルはこちらに背を向ける。

その背中に、ティグルは呼びかけた。

「あなたは、これからどうするんだ？」

「行いを悔いて死ぬほど潔くもないし、返せる身体でもないんでな。やりたいようにやる」

身勝手きわまる言い分だが、不思議と反論する気は起きない。別のことを聞いた。

「デュランダルはどうするつもりだ？」

「ほしけりゃ俺をさがして取り返しにこいと伝えてくれ」

手を振って、シャルルは暗がりに消えていく。

ティグルはあらためて、白い鏃を見つめた。この先にある困難がどのようなものだろうと、立ち向かってみせる。その決意を抱いて、鏃を握りしめた。

その矢が蒼氷星へ届くとき、最後の戦いの幕が上がる
黒と白の魔弾、竜具が討つべき真の敵とは——

『魔弾の王と凍漣の雪姫』最終章、ついに開幕

あとがき

寒い！　こんにちは。年々、寒さに弱くなっていく身ではありますが、このあとがきを書いている十一月末は、暖房なしでは耐えられない寒さです。

おひさしぶりです、川口士です。『魔弾の王と凍漣の雪姫』十巻をお届けします。皆さまの応援のおかげで、ついに二桁の大台に到達しました。本当にありがとうございます。それに合わせて表紙も、一巻以来のティグルとミラで飾らせていただきました。

実は、この二人を表紙にしたのはもうひとつ理由があるからなのですが、それは本編を読んでいただいてのお楽しみということで。

物語は前巻に引き続き、復活を果たしたシャルルと彼を支えるガヌロンに、ティグルたちが総がかりで挑みます。ティグルとガヌロンの激突、ミラたちの活躍を楽しんでいただければと。

さて、ちょっと宣伝を。

本作と同日に僕が原案を、瀬尾つかささんが執筆を、そして白谷こなかさんがイラストを担当する『魔弾の王と天誓の鷲矢』が発売します。

『聖泉』はアスヴァールを舞台にしたティグルとリムの物語だったわけですが、新章たる『天誓』では、カル＝ハダシュトと呼ばれる遠い南の国を舞台に、ティグルとリムが恋人同士の語らいあり、戦ありの冒険を繰り広げます。興味を持たれた方は、書店さんで見かけたらぜひ。

的良（まとら）みらんさんによる『魔弾の王と凍漣の雪姫』コミカライズが、ニコニコ静画内「水曜日はまったりダッシュエックスコミック」にて連載中です。本編の二巻を描いていただいてまして、単行本も出ております。ティグル、ミラ、エレンの活躍やあれこれをご堪能（たんのう）ください。

同サイトでは、ｂｏｍｉ（ボミ）さんによる『魔弾の王と聖泉の双紋剣（カルンウェナン）』のコミカライズも連載中ですので、そちらもお見逃しなく。

それでは謝辞（しゃじ）を。シャルルにガヌロン、ザイアン、ロランと、男性率高めのイラストを描いてくれた美弥月（みやつき）いつか様、ありがとうございました！　ザイアンのあのシーンをイラストで見たとき、本当に絵にしたんだ……と正直驚きました。編集のＨ様、厳しいスケジュールの中で原稿チェックをはじめ諸々手伝ってくれたＴ澤さん、たいへんお手数をおかけしました。

本作が書店に置かれるまでのさまざまな工程に携わった方々にも、感謝を。

最後に読者の皆様、今巻もティグルとミラの物語におつきあいいただき、ありがとうございました。次巻は春の予定です。それではよいお年を！

川口　士

コミック版『魔弾の王と凍漣の雪姫』
ニコニコ漫画「水曜日はまったり
ダッシュエックスコミック」にて好評連載中
魔弾の王と凍漣の雪姫 1
『魔弾の王と凍漣の雪姫』
コミックス第１巻も好評発売中！
presented by
的良みらん

『魔弾の王と聖泉の双紋剣』
待望のコミカライズスタート！
異国の地でティグルとリムは
かつてない敵との戦いに挑む
presented by
bomi
ニコニコ漫画「水曜日はまったり
ダッシュエックスコミック」にて好評連載中

ダッシュエックス文庫

魔弾の王と凍漣の雪姫（ミーチェリア）10

川口 士

2021年12月28日 第1刷発行

★定価はカバーに表示してあります

発行者 瓶子吉久
発行所 株式会社 集英社
〒101-8050 東京都千代田区一ツ橋2-5-10
03(3230)6229(編集)
03(3230)6393(販売／書店専用) 03(3230)6080(読者係)
印刷所 図書印刷株式会社

ISBN978-4-08-631451-0 C0193